BAYARD ET LE CRIME D'AMBOISE

Après un doctorat en pharmacie puis un autre en droit, Éric Fouassier s'est spécialisé dans l'histoire de la médecine et de la pharmacie, qu'il enseigne à l'université. Passionné d'énigmes et de codes secrets, il est l'auteur de plusieurs romans historiques dont la trilogie *La Saga d'Héloïse, l'apothicaire* et *Le Bureau des affaires occultes*, qui a été récompensé entre autres du prix Maison de la Presse 2021 et du prix Griffe noire du meilleur polar historique de l'année 2021.

Paru au Livre de Poche :

Le Bureau des affaires occultes

La Saga d'Héloïse, l'apothicaire

2. Le Piège de verre

3. Le Disparu de l'Hôtel-Dieu

ÉRIC FOUASSIER

Bayard et le crime d'Amboise

La Saga d'Héloïse, l'apothicaire, tome 1

ÉDITIONS DU MASQUE

ISBN : 978-2-253-24382-3 – 1re publication LGF

À mon fils cadet Léo-Paul,
pour sa précieuse aide documentaire
et pour m'avoir suggéré le dénouement de ce livre,
avec toute mon affection.

« Je me suis mis en ce propos, parce que j'ay vu beaucoup de tromperies en ce monde, et de beaucoup de serviteurs envers leurs maistres... »

Philippe DE COMMYNES,
Mémoire des faits du feu roy Louis onziesme.

Prologue

La nuit était de pur cristal.

L'air, d'une limpidité à rendre jalouse la plus délicate des jouvencelles, vibrait comme la corde de l'archet à la fin d'une gavotte. La brise nocturne agitait le feuillage des arbres en un doux froissement de soie. Sur toute chose, la lune laissait pleuvoir sa clarté et l'on y voyait presque comme en plein jour. Oui, c'était bien là une nuit propice aux rêves les plus suaves. Une nuit de vitrail, toute palpitante d'étoiles. Une nuit à douter du pouvoir des forces maléfiques qui, cependant, depuis le commencement de ce monde, gouvernent l'obscurité et les sombres territoires que déserte le sommeil des hommes.

Rien ne bougeait dans le calme apparent du paysage.

Puis, brusquement, il y eut un bruit de cavalcade, le trot enlevé de deux chevaux qui surgirent soudain, ombres engendrées du néant, sous les épaisses frondaisons de la forêt. Les hommes qui les montaient étaient enveloppés dans de grandes capes noires. Leurs capuchons rabattus dissimulaient leurs traits et rien dans leur équipement, pas même la longue rapière que chacun arborait au côté, ne permettait de les identifier. Tels qu'ils se présentaient, farouches et solitaires sous la pâle lueur de la lune, ils offraient aux regards une apparence aussi mystérieuse qu'inquiétante.

S'il se fût trouvé quelque braconnier attardé en ces bois, nul doute qu'il eût cru voir dans ces deux silhouettes des spectres de l'apocalypse ou les fantômes de soldats tombés jadis en d'antiques batailles.

Les deux hommes chevauchèrent ainsi en silence jusqu'à un endroit de la forêt, non loin de la lisière, connu sous le nom de Combe de Malemort. Dans un repli de terrain, masquées en partie par des buissons, de hautes grilles de fer forgé défendaient l'accès d'un domaine. À travers les frondaisons, se découpant en ombre chinoise sur le disque clair de l'astre nocturne, se devinait la toiture en pignon d'un manoir en partie ruiné.

Les cavaliers longèrent l'enceinte jusqu'à atteindre un portail dont chaque battant arborait à hauteur d'homme un blason de bois sculpté. L'usure du temps et les intempéries avaient effacé les armes de celui qui avait cru bon de marquer ainsi les limites de son domaine afin de proclamer, même en ce lieu reculé, la fierté de son sang.

Le plus jeune des cavaliers, de petite stature et de constitution presque chétive, sauta prestement au bas de sa monture et inspecta un instant la grille attaquée par la rouille. Son regard se porta ensuite au-delà, cherchant à percer le rideau d'arbres derrière lequel s'évanouissait une allée envahie par les fougères.

— Ne perdons pas de temps, grommela derrière lui son compagnon, un homme d'âge mûr au regard vif et pénétrant, qui tenait fermement dans son poing ganté les rênes des deux chevaux. Nous devrions déjà être arrivés.

Manquant par trop de vigueur, l'autre dut faire un violent effort pour repousser le portail défendant l'entrée du domaine. Le battant tourna sur ses gonds avec un grincement aigu qui déchira l'air nocturne et acheva de dissiper tout à fait la quiétude de ce lieu désolé.

— Quel endroit singulier pour une rencontre !

L'homme qui avait pris le premier la parole frissonna désagréablement, tandis que son compagnon remontait en selle.

— Qu'attendiez-vous donc ? Espériez-vous être accueilli par de la musique et des lumières de fête ? Que diantre ! Il ne s'agit pas d'un rendez-vous galant. Ce relais de chasse est à l'abandon depuis des lustres. Il nous est gage de discrétion et de sécurité. C'est tout ce qui importe !

Les deux cavaliers donnèrent du talon contre le flanc de leurs montures, passèrent entre les piliers de pierre et pénétrèrent dans l'étrange domaine.

Pour qui aurait su lire l'avenir dans le dessin des constellations, ils auraient aussi bien fait de tourner bride promptement et de fuir ce lieu comme la peste.

Celui des cavaliers que son âge et l'assurance de son ton désignaient comme le chef frissonna de nouveau, avec mauvaise humeur.

— Je vous accorde cependant, mon cousin, que, pour être claire, cette nuit n'en est pas moins glaciale et que je ne serais pas mécontent de trouver céans le réconfort d'un bon feu.

— Pourrai-je enfin connaître ce soir tout le détail de notre affaire ? s'enquit son jeune parent.

— Ce n'est pas à moi d'en décider. Celui que nous

nous apprêtons à retrouver dispose de nous à son bon plaisir. Si vous tenez à la vie, vous prendrez garde de ne point le contrarier. D'ailleurs, ainsi que je vous l'ai déjà recommandé, je vous incite à ne parler que si l'on vous interroge directement. Laissez-moi présenter la chose et montrez-vous le plus discret possible. N'oubliez pas qu'en cette affaire votre fortune ainsi que votre salut ne dépendent que de mon intercession. À la moindre imprudence, nos deux vies se trouveraient en grand péril.

Celui à qui s'adressait ce solennel avertissement hocha distraitement la tête. Son attention était fixée sur la voûte immense que formaient au-dessus de l'allée les frondaisons des arbres séculaires. Des ronces géantes et de piquantes orties balayaient et fouettaient les montures aux robes fumantes.

— Je vous avoue, messire mon cousin, finit-il par soupirer, que tous vos mystères commencent à éprouver ma patience, et j'ose espérer que le jeu en vaut la chandelle.

— Tout doux, monsieur l'impatient ! Les entrailles de la terre regorgent de gens pressés. Mais si vous avez le soin de complaire au nouveau maître que je vous offre, vous n'aurez pas affaire à un ingrat. Je m'en porte garant !

Le pas des chevaux était étouffé par un tapis de mousse et d'herbes folles. Les rayons de la lune créaient, sous le couvert sombre des arbres, l'étrange impression de progresser dans un tunnel. Brusquement, celui-ci déboucha sur une vaste esplanade sablée, bordée de murets dont le lichen masquait la pierre. Les cavaliers arrêtèrent leurs montures devant un porche cintré sous lequel s'abritait une porte massive et cloutée de fer.

Les deux hommes mirent pied à terre. Se reculant de quelques pas, le plus âgé inspecta la façade lépreuse et les rangées de fenêtres aux volets dégondés. Mais son regard ne put rien discerner dans l'obscurité grise… Seul le vent nocturne lui cingla le visage. Irrité, il heurta la porte d'une succession de coups rapides dont il entendit le son se répercuter profondément à l'intérieur. Les échos se perdirent au loin, en un murmure caverneux. Puis, de nouveau, ce fut le silence.

— Je croyais que nous étions en retard, remarqua avec un brin d'ironie son compagnon dans son dos.

— Par ma foi ! C'est étrange en effet. Car nous le sommes bel et bien et il n'est guère dans les habitudes du maître de manquer ses rendez-vous.

— Le mieux serait d'essayer d'ouvrir cette porte, reprit l'autre avec l'impatience de la jeunesse. Cette chevauchée nocturne m'a glacé les os et nous pourrions tout aussi bien attendre à l'intérieur.

Celui qui se tenait devant la porte parut hésiter. Il pencha de nouveau la tête en arrière comme s'il espérait encore qu'un signe de vie daignerait apparaître derrière les fenêtres.

Mais rien. Le pavillon de chasse semblait définitivement pétrifié dans l'abandon des hommes, écrasé sous le poids des années mortes.

— Au fond, vous avez raison, finit par trancher le premier cavalier. Nul ne songerait à nous le reprocher.

Tournant la poignée avec agacement, il pesa de l'épaule sur la porte. Celle-ci céda avec une aisance inattendue, le précipitant dans une obscurité sentant le renfermé et l'humidité.

Deux torches enduites de poix, fichées dans des anneaux scellés au mur, projetaient leur lumière fuligineuse dans le vaste hall. Une vision pitoyable s'offrit alors au regard des visiteurs. Des tapis du Levant, pièces de grand prix, moisis et rongés par la vermine, recouvraient le parquet de chêne. Il y avait un très beau mobilier au bois terni et maculé de taches, des tapisseries en loques, et le tout reposait sous un linceul de poussière grise.

Les deux arrivants, d'un même geste, abaissèrent leur capuchon et défirent l'agrafe de leur longue cape. Ils fixaient la pénombre de leurs yeux écarquillés comme s'ils ne parvenaient pas à s'arracher au spectacle de la décrépitude et à l'accablant constat de la vanité des choses de ce monde.

Le cavalier le plus âgé arborait une cotte-hardie rouge bordée de fourrure, aux manches à plis serrés. Dessous, il portait un pourpoint brun molletonné, et ses hauts-de-chausses de même teinte étaient enfoncés dans des bottes de cuir souple. À ses tempes grisonnantes, aux ridules qui marquaient ses pommettes et le coin de ses yeux, un observateur attentif lui eût donné une cinquantaine d'années environ. Son front haut et l'acuité de son regard dénotaient une intelligence aiguë, la finesse de ses lèvres et l'impassibilité de son visage, un goût prononcé pour la dissimulation. C'était là un homme tout de malice et de calcul. Prompt à déchiffrer les âmes et à profiter des circonstances afin de les plier à ses tortueux desseins. Rien d'étonnant donc à ce qu'il fût le premier des deux visiteurs à s'arracher à l'étrange emprise du lieu.

Il appela d'une voix forte :

— Holà ! Y a-t-il âme qui vive ?

Et, des murs à hauts lambris jusqu'aux lointaines et obscures profondeurs du sinistre manoir, l'appel se répercuta : « vive, vive, vive, vive… »

Un sourire contraint joua sur les lèvres de son compagnon. Celui-ci portait sensiblement les mêmes habits mais son pourpoint de buffle semblait flotter sur ses maigres épaules. Un long cou étroit supportait une tête ronde dont les traits encore juvéniles semblaient tannés par la vie au grand air. Il ne devait avoir guère plus d'une vingtaine d'années. Toutefois, bien qu'une certaine maladresse accompagnât la plupart de ses gestes, comme s'il éprouvait quelque difficulté à inscrire dans l'espace sa frêle carcasse, on devinait en lui une sourde résolution.

Soudain, troublant le silence de la vieille demeure, plusieurs coups étouffés résonnèrent dans les hauteurs. Les deux hommes échangèrent un regard perplexe.

De nouveau ce fut l'homme à la cotte rouge qui prit l'initiative. D'un simple mouvement du menton, il désigna une des deux torches à son acolyte et se dirigea à pas feutrés vers le fond du hall. L'autre le rejoignit, le flambeau à la main, et ils gravirent ensemble l'escalier menant aux étages. Sur le palier, l'homme de tête tendit l'index. En face d'eux, une faible lueur trouait l'obscurité du couloir. Le cavalier au physique d'avorton porta la main à la garde de sa rapière. Son compagnon l'arrêta d'un geste impérieux et lui fit signe de garder son calme.

Puis il se dirigea vers l'extrémité du couloir. Le rai de lumière provenait de dessous une porte fermée devant laquelle il s'arrêta. Un coup discret étant demeuré sans réponse, il tourna la poignée et pénétra dans la pièce.

Quelques instants plus tôt, les deux hommes auraient mieux fait de ne point aller plus avant. À présent, pour qui eût su déchiffrer les caprices du destin, ils auraient immanquablement donné l'impression qu'ils se précipitaient, tête la première, dans les flammes éternelles de l'enfer.

C'était une vaste chambre, à haut plafond, éclairée par une chandelle de mauvais suif qui brûlait en fumant sur une table. Dans un coin trônait un immense lit à baldaquin, en chêne magnifiquement sculpté. Au centre de la pièce se trouvait une belle cheminée de pierre dont la grille reflétait l'éclat rouge d'un feu nourri. Les flammes jetaient par saccades des étincelles crépitantes et projetaient au plafond l'ombre déformée d'une cathèdre tirée devant le foyer. Une tête et un bras dépassaient du haut dossier de la chaise.

Une voix teintée de morgue cueillit à froid les deux arrivants :

— Nous avions dit minuit, et cela fait beau temps que cette heure a sonné à tous les carillons du pays.

L'occupant du fauteuil se dressa lentement et se tourna vers les cavaliers. Il portait des habits de velours noir, hormis une somptueuse casaque en satin argenté. C'était un homme de moyenne taille mais dont le port altier et le masque de goupil couvrant son visage avaient de quoi éprouver les âmes les mieux trempées.

Le plus âgé des deux cavaliers ne put réprimer un

frisson mêlé de crainte et de confusion. Car si l'homme qu'il avait fait vœu de servir se tenait là, face à eux, cela signifiait que, depuis qu'ils avaient franchi les grilles de ce domaine apparemment désert, des dizaines de paires d'yeux les avaient épiés. Dans l'ombre, assurément, des mains habiles avaient déjà tiré l'épée pour leur faire un triste sort, si telle avait été la volonté de celui qui comptait parmi les personnages les plus puissants et les plus redoutés du royaume. La pensée que ni lui ni son compagnon n'avaient rien remarqué n'était pas pour le rassurer. Si rusé et fin manœuvrier qu'il se croyait, il lui faudrait décidément se montrer fort habile pour ne pas laisser quelques plumes en la présente aventure.

— Je vous prie d'excuser notre retard, maître, fit-il sur un ton d'extrême déférence. Mais il m'a semblé opportun de prendre toute assurance de n'être pas suivis.

Tout en parlant, il plia le genou et esquissa une rapide courbette. Ce faisant, il se prit les jambes dans le fourreau de sa longue rapière, révélant par là même qu'il n'était point habitué à porter pareille arme au côté, et ne put retrouver son équilibre qu'en trébuchant vers l'avant.

L'inconnu masqué dodelina du chef et eut un geste agacé de la main comme pour signifier qu'il était inutile de perdre davantage de temps. Puis, retrouvant son immobilité de statue, il enchaîna de sa voix impérieuse, à laquelle le masque de renard, faisant caisse de résonance, conférait des accents sépulcraux :

— Vous savez pourquoi je vous ai fait mander. Je ne puis attendre plus longtemps. Les risques sont bien trop grands et il me faut frapper tant que les circonstances me sont favorables. J'attends de vous que vous me disiez où et quand vous pourrez accomplir nos desseins.

— Je vous entends, maître, et suis en la résolution d'agir au mieux de vos intérêts en cette affaire. Nous sommes prêts et n'attendons plus que votre ordre pour mener à bien le plan que je vous ai soumis et que vous avez eu la bonté d'approuver.

— Quel délai entre cet ordre et son exécution ?

— Deux jours tout au plus. Les derniers détails sont réglés. J'ai trouvé l'homme qui nous fournira ce que vous savez.

— Est-il fiable ?

— Assurément ! L'argent nous le gagnera, mais, surtout, lui-même ne sera jamais en mesure de deviner quel rôle aura été le sien dans les événements à venir.

— Est-ce lui qui vous accompagne céans ?

L'homme à la cotte-hardie rouge se retourna vers son compagnon, demeuré jusque-là en retrait, et lui fit signe d'avancer à sa hauteur.

— Que nenni, maître ! Je n'aurais pas commis pareille imprudence ! Celui-ci est mon cousin. Il jouera le rôle du comparse dans la comédie que nous nous apprêtons à donner. Je réponds de lui comme de moi-même.

À cet instant, le cavalier de petite taille, qui rongeait son frein depuis son entrée dans la chambre, crut son heure arrivée. Avec fougue, il fit trois pas en avant et déclara d'une voix enthousiaste :

— Vous servir et, à travers votre personne, œuvrer dans l'intérêt du royaume est un honneur, monsieur le duc ! Ma vie vous appartient !

Avant même de percevoir près de lui le raidissement de son parent, le jeune impétueux prit conscience de sa faute. Son cœur tressauta dans sa poitrine et son visage devint livide.

La voix jaillit, tranchante, entre les crocs du masque de goupil :

— Pas de titre ! Pas de nom ! Avez-vous perdu la tête ?

— Je… je suis navré, maître… Cela… cela ne se reproduira plus.

Le deuxième cavalier crut nécessaire de venir appuyer les balbutiements empruntés de son cousin. Des gouttes de sueur perlaient le long de ses tempes grisonnantes.

— Il faut lui pardonner, maître. Son enthousiasme maladroit est à la hauteur du dévouement sincère qu'il éprouve pour votre cause. Mais je ne doute pas qu'il exécutera sa mission à la perfection.

L'homme à la casaque d'argent, à qui l'on venait de s'adresser en faisant usage de l'une des plus hautes dignités qui fût en le royaume, s'avança pesamment.

Parvenu face au plus jeune des cavaliers, qu'il dominait d'une bonne tête, il marqua un temps d'arrêt. Puis il fit le tour de l'homme qui se tenait coi, comme s'il cherchait à en prendre la mesure, à le jauger au plus juste.

Le deuxième visiteur s'était, quant à lui, prudemment reculé de quelques pas dans la pénombre. Dehors, on entendait le vent souffler et agiter les feuilles en un continuel bruissement de parchemin.

Revenu face au jeune gringalet, le masque de renard susurra d'une voix étonnamment suave :

— Qu'avez-vous dit déjà, à l'instant ?

Comme l'autre ouvrait la bouche pour répondre, il posa un index devant sa propre gueule grimaçante, lui intimant le silence.

— Ah oui, j'y suis ! reprit-il sur le même ton doucereux. Que votre vie m'appartenait… Eh bien soit ! Je consens à la prendre !

Et, tout en prononçant ces dernières paroles, il plongea dans le cœur du malheureux jeune homme une longue et fine dague qu'il dissimulait en un pli de sa casaque d'argent.

Puis, pivotant sur ses talons, il marcha sur l'autre cavalier frappé d'effroi, qu'un tremblement nerveux agitait comme un épi de blé dans la tempête. Sa voix était redevenue hautaine et caverneuse.

— À l'avenir, mon bon ami, souvenez-vous que je suis seul à choisir les gens qui me servent. Quand j'aurai décidé du comparse qui vous secondera en notre affaire, c'est bien assez tôt que je vous le ferai savoir.

Un gloussement étouffé vint ponctuer les paroles de l'homme masqué, tandis qu'il essuyait négligemment sa lame ensanglantée sur le pourpoint de son vis-à-vis.

1

Un rêve d'Italie

Avril 1498

Le roi Charles VIII régnait sur la France. Ce monarque au physique ingrat, de petite stature et malingre de corps, ne manquait certes pas d'ambition et nourrissait, sous des dehors taciturnes, de grandioses projets. Il rêvait d'une épopée propre à attacher à son nom un peu de cette majesté qui lui faisait tant défaut, en dépit de sa naissance et de son titre.

Quatre ans plus tôt, ses désirs de gloire et de brillantes conquêtes l'avaient conduit, accompagné de la fine fleur de la chevalerie française, à se lancer dans la première des guerres d'Italie. Il s'agissait de contester la souveraineté des Aragonais sur les plus belles terres transalpines. Accueillis comme des libérateurs par les populations locales, les soldats de Charles avaient vu les villes s'offrir à leur approche, les unes après les autres, comme de tendres pucelles succombant en la couche nuptiale. Pavie, Florence et enfin Naples avaient jalonné cette joyeuse chevauchée qui s'était achevée en une piteuse retraite lorsque les Napolitains, alliés pour l'occasion aux Milanais, s'étaient avisés que leurs prétendus sauveurs avaient fait main basse, en quelques mois, sur un véritable trésor et se comportaient comme de vulgaires pillards.

Liguées avec les Espagnols, les troupes italiennes avaient forcé l'armée du roi à évacuer Naples dans le plus grand désordre. Puis par un astucieux mouvement tournant, elles lui avaient barré la route des Alpes.

Près de la ville de Fornoue, acculés sur les rives d'un fleuve en crue, dix mille Français avaient dû faire face à près de trente mille ennemis. Cela avait été un miracle si l'affaire n'avait pas tourné au désastre. Contraints d'abandonner derrière eux une bonne part de leur butin, les soldats de France étaient parvenus à forcer le passage. Encore Charles VIII n'avait-il évité que d'extrême justesse de tomber aux mains des Italiens. Coupé du gros de ses troupes, encerclé par un détachement de mercenaires albanais, le souverain n'avait dû son salut qu'à l'intervention d'une poignée de chevaliers menés par un jeune homme aussi intrépide qu'habile au maniement des armes.

De cette aventure si peu glorieuse, Charles VIII avait ramené en pays de Loire la nostalgie de ciels toujours bleus, le goût des jardins odorants et des palais alanguis sous le soleil. Depuis sa naissance, il avait toujours vécu à Amboise. À son retour, il avait voulu donner à sa ville et surtout à son château toute la splendeur qui convenait à un royal séjour. Deux maîtres maçons, Dominique de Cortone et Fra Giocondo, et un horticulteur napolitain, Pacello de Mercogliano, s'étaient chargés de concrétiser les désirs du monarque. Ce faisant, ces trois hommes ignoraient qu'ils se posaient en annonciateurs d'un renouveau culturel et artistique sans précédent, lequel devait culminer sous les règnes des successeurs de Charles VIII et passer à la postérité sous le joli nom de Renaissance.

Mais en ce lointain printemps de 1498, la succession n'était pas encore à l'ordre du jour, et, sous le soleil pâlot d'un mois d'avril qui s'annonçait bien maussade, le château d'Amboise faisait grise mine. Seules les exclamations montant du pied de la tour des Minimes pouvaient, à la rigueur, conférer à l'endroit un vague air de fête. Il se disputait là, par volonté royale, un grand tournoi de paume afin de célébrer les Pâques fleuries et le retour de la belle saison. Quelques tréteaux avaient été installés près des fossés, sur une étendue herbeuse où se déroulait la compétition. Les appels des marchands d'oublies rivalisaient vainement avec les harangues des jongleurs et autres cracheurs de feu. Bien peu de spectateurs en effet avaient osé braver le ciel menaçant pour assister aux joutes d'une poignée de gentilshommes en chemise.

Parmi ces derniers figuraient pourtant quelques-uns des plus prestigieux représentants de la noblesse française, et notamment le duc de Nemours et le comte de Lusignan, qui avaient accompagné le roi Charles en son aventure italienne. Ces deux hommes comptaient parmi les plus habiles joueurs de paume du royaume. Mais pour l'heure, ils semblaient se désintéresser du déroulement des parties. Se tenant légèrement en retrait de la lice, ils devisaient à voix basse.

— Savez-vous que le mystérieux hôte italien de

notre monarque s'est lui aussi inscrit au tournoi ? questionnait Lusignan en épiant de son œil vif les réactions de son interlocuteur. Je l'ai vu s'entraîner ce matin. Il se montre plutôt adroit et prompt à se déplacer. Nous aurons au moins un adversaire à la hauteur pour nous disputer la victoire.

— Vous voulez parler de ce Giacomo Nutti ?

— C'est cela même. Le connaissez-vous ?

Le duc de Nemours fit la moue. Avec sa haute silhouette nerveuse, son nez aquilin et ses lèvres minces, il faisait penser à un grand oiseau de proie. Et il lui arrivait parfois d'en manifester la cruauté altière.

— J'ignorais jusqu'à son nom avant de lui être brièvement présenté à mon arrivée à Amboise. L'homme a des façons qui ne me plaisent guère. Je ne peux m'empêcher de lui trouver l'air fourbe et calculateur.

— Je ne suis pas loin de partager vos sentiments à son égard. L'individu a tout de l'aventurier sans noblesse. Il semble cependant qu'il dispose de quelque puissant appui dans l'entourage proche de notre souverain. J'ai appris de source sûre que Charles lui avait déjà accordé la faveur d'une entrevue privée.

— Lorsqu'il m'a été présenté, reprit le duc de Nemours, j'ai saisi l'occasion de l'interroger moi-même sur les raisons de sa présence à la cour. Il a habilement éludé chacune de mes questions. À l'en croire, il serait négociant et servirait d'intermédiaire entre le roi et plusieurs peintres de la péninsule. Mais je suis certain qu'il ment.

— Vous n'avez pas cherché à le pousser dans ses retranchements pour l'amener à se livrer ?

— Par la vertu Dieu, je n'en ai pas eu l'opportunité !

Notre coquin a saisi le premier prétexte venu pour mettre fin à la conversation. Sa gêne était évidente. J'ai bien essayé d'en apprendre davantage auprès de Commynes. Mais, comme à son habitude, le grand chambellan est resté muet comme une carpe.

Le comte de Lusignan ne put retenir un sourire empreint de malice. Contrairement à son vis-à-vis, c'était un homme de petite taille, quelque peu enveloppé mais néanmoins vigoureux. Sa barbiche aux reflets roux et son regard en perpétuel mouvement lui donnaient l'air d'un lutin facétieux.

— Eh bien ! chuchota-t-il en contenant mal une certaine jubilation. Vous auriez pu faire meilleure chasse en choisissant mieux votre informateur…

— Diantre ! Vous piquez au vif ma curiosité. Il suffit de voir votre mine réjouie pour comprendre que vous avez percé quelque secret. Allons ! Ne me faites pas languir ! Dites ce que vous savez !

— Ce Nutti a beau être d'une nature dissimulée, il n'en reste pas moins homme. Il y a deux nuits, les filles du Coq Hardi, le bordeau de la rue des Étuves, ont bénéficié de sa galante compagnie. Le couvert lui a été servi, m'a-t-on dit, jusqu'à une heure fort avancée et par moult belles garces.

— Notre gaillard se distingue donc en joutes de toutes sortes. Mais j'avoue ne pas bien comprendre où vous voulez en venir.

Une certaine irritation perçait dans la voix du duc. Lusignan dut s'en apercevoir, car il décida de ne pas faire lanterner plus longtemps son illustre interlocuteur.

— Il est des hommes dont les fers du bourreau ne

sauraient délier la langue, mais qui peuvent oublier toute prudence quand ils ont vidé quelques pichets de vin clairet et s'abandonnent à faire le fendant*[1] devant une femme, fût-elle simple catin. Ce Giacomo Nutti appartient à cette race. Il n'a pu s'empêcher de comparer les filles du Coq Hardi aux belles de son pays. Une personne digne de foi, mais dont il est préférable ici de taire le nom, l'a entendu vanter ses prouesses amoureuses au lit des belles Milanaises.

— Un natif de Milan ? sursauta Nemours. Serait-il possible qu'il s'agisse d'un envoyé du Sforza ?

— Compte tenu du mystère qui entoure sa présence à la cour, gageons que la chose tienne davantage de la certitude que de l'hypothèse.

— Une ambassade secrète de Ludovic Sforza, le duc de Milan… mais alors, cela ne peut signifier qu'une chose…

— Je pressens que vous en tirez les mêmes conclusions que moi, fit Lusignan en esquissant un large sourire. Notre souverain n'a pas renoncé à faire valoir les droits qu'il tient de sa grand-mère, Marie d'Anjou, sur le royaume de Naples. Mais son échec d'il y a quatre ans lui a servi de leçon. Cette fois, il cherche à nouer de solides alliances dans la péninsule avant de nous entraîner à nouveau par-delà les Alpes.

— Si la chose est bien telle que vous le dites, prononça le duc en frottant les extrémités de ses doigts les unes contre les autres, comme l'aurait fait une mouche

---

1. Les mots suivis d'un astérisque sont expliqués dans le Glossaire en fin d'ouvrage.

avec ses pattes, voilà un secret que d'aucuns seraient prêts à payer fort cher et qui mettrait en branle la moitié de l'Europe s'il venait à s'ébruiter.

Lusignan jeta un regard circulaire autour d'eux, comme s'il voulait s'assurer qu'aucune oreille indiscrète ne fût en mesure d'épier leurs échanges.

Lorsqu'il reprit la parole, sa voix n'était plus qu'un faible murmure :

— Sans doute serait-il d'ailleurs plus prudent de rompre là notre entretien. Nous aurons tout le temps d'examiner les conséquences de la situation plus tard, en un endroit mieux approprié. Pour l'heure, il est à craindre que notre aparté finisse par nous faire remarquer. Ce serait, avouez-le, faire preuve de grande maladresse. Et puis il me semble que la partie en cours mérite d'être suivie de plus près.

Des salves d'applaudissements venaient en effet de retentir. L'un des joueurs en lice avait fini par retenir l'attention de l'assistance clairsemée. Et particulièrement le regard des femmes, qu'elles fussent simples bourgeoises, montées de la cité au bras de leur époux, ou de haute naissance, échappées du royal logis. Il se dégageait de lui une impression de force tranquille, un charme auquel on se laissait prendre comme une grive en la glu. Un homme d'à peine passé vingt ans, de haute taille, aux larges épaules et au torse puissant. Des cheveux châtains, des yeux d'un noir de jais, un visage volontaire. Tout roc et tout panache. Parmi les personnes du beau sexe, il se murmurait qu'il s'agissait là du héros de la bataille de Fornoue. Ce combattant valeureux qui, par sa hardiesse, avait tiré Charles VIII d'une bien vilaine affaire et s'était vu armé chevalier au soir de la bataille. Un presque inconnu, jamais croisé auparavant à la cour, qui se nommait Pierre Terrail et que l'on disait originaire du petit fief de Bayard, près de Grenoble.

Le jeune provincial, à en juger par la mine déconfite de son adversaire du moment, semblait d'ailleurs aussi habile au jeu de paume qu'au maniement des armes. Et quelle allure ! Bayard était la victoire en marche. En dépit de sa jeunesse, quelque chose d'irrésistible se dégageait de toute sa personne. À le contempler, on croyait entendre claquer fort et voir se dresser haut les bannières de France. Avec lui, à n'en pas douter, Charles VIII tenait enfin un meneur d'hommes capable de lui offrir un règne à la hauteur de ses ambitions.

Personne, ce jour-là, dans les jardins du château d'Amboise n'aurait pu imaginer que ce règne touchait à son terme et qu'un crime de sang, doublé d'une honteuse félonie, se fomentait en le royaume des lys.

2

Un nouveau champion

« Quarante-cinq à quinze ! De quarante-cinq pieds royaux, messire chevalier ! »

Bayard, vêtu d'une simple chemise et de braies courtes, se conforma à l'indication du juge-diseur et avança d'environ cinq mètres pour effectuer son service suivant. Il n'était plus qu'à quinze pieds du filet et à un point seulement de la victoire. Il n'osait y croire. La chose était tout bonnement stupéfiante. Le tournoi de paume touchait à sa fin et voilà qu'il s'apprêtait à disposer de l'un des grands favoris, le comte de Lusignan, qu'on lui avait désigné comme un adversaire redoutable. Le petit gros homme n'avait d'ailleurs pas failli à sa réputation, vendant chèrement sa peau sur chaque point, compensant le handicap dû à son manque d'envergure et à sa forte corpulence par une adresse diabolique et une remarquable science du placement.

Pour l'heure, le comte s'apprêtait à retourner le service de son adversaire, le front dégoulinant de sueur, les pommettes cramoisies mais un franc sourire aux lèvres. On eût dit qu'il prenait réellement plaisir à se frotter à un si rude parti.

— Êtes-vous prêt, messire comte ? demanda Bayard en s'inclinant avec prestance.

— Tout à fait ! répliqua Lusignan sans se départir de son sourire. Et je compte bien vous contraindre à demeurer quelque temps encore sur le terrain. Savez-vous ce qu'a écrit un poète anglais du nom de Gower à propos du jeu de tenetz* ?

— Je l'ignore, messire, dit Bayard, mais je brûle de l'entendre.

Une lueur joyeuse dansa un instant dans le regard fiévreux du comte.

— *À la paume*, récita-t-il en rajustant le gant de cuir sur sa main droite, *le gain ou la perte d'une chasse n'est connu de personne avant que l'esteuf ait fini sa course.*

— Voilà qui est de bonne sagesse, commenta sobrement Bayard. J'ajouterai que le vainqueur n'importe guère, pour peu que la lutte soit de haute tenue et que la beauté y trouve sa part.

Ce fut au tour de Lusignan de s'incliner pour rendre hommage à son adversaire. Mais quand il reprit la parole, sa voix sonnait fort et se parait de l'éclat du défi.

— Bien parlé, chevalier ! Mais voyons à présent si votre jeu est à la hauteur de votre discours et si votre bras ne tremble point au moment de conclure l'assaut !

L'assistance applaudit avec chaleur à cet échange verbal plein de fougue et de panache, si conforme à l'esprit chevaleresque tant prisé à l'époque et qui, en toutes occasions, devait présider aux affrontements entre gentilshommes.

Parmi les spectateurs qui se tenaient derrière les barrières clôturant le terrain, l'une des plus enthousiastes était une très jolie personne d'environ dix-neuf, vingt ans. Elle battait des mains avec une spontanéité presque enfantine, tout en couvant Bayard d'un regard où se lisait un grand et bel émoi de femme.

Élancée, la taille prise dans un bustier de toile brune, le corsage échancré sur une poitrine généreuse, une abondante chevelure auburn retenue en arrière par une coiffe de velours, Héloïse Sanglar semblait posséder tous les atours propres à faire chavirer le cœur des hommes. Son regard troublant, d'un vert lumineux, n'était pas le moindre de ses avantages, qui donnait à ceux qui le croisaient de folles envies de noyade, des désirs insensés de vagabondages en sous-bois.

Cependant, en dépit de charmes aussi éclatants, la jeune femme n'avait jamais eu besoin de repousser les avances de galants empressés. Elle se trouvait affublée en effet d'un méchant pied bot qui, très tôt, l'avait privée des compagnons de jeu que son caractère enjoué, son intelligence vive et son physique avenant auraient dû tout naturellement lui gagner. Au fil des années, à mesure que la jeune fille avait grandi et gagné en grâce et en joliesse, cette infirmité était apparue davantage encore comme une aberration de la nature, une tragique infortune. Comme si le plus habile sculpteur avait, en un terrible accès de folie, défiguré d'un ultime coup de burin sa création la plus remarquable.

Le père d'Héloïse, Étienne Sanglar, maître apothicaire de son état, avait terriblement souffert de la tare physique affligeant son unique enfant. Son épouse étant morte en couches, il vouait à sa fille une dévotion en laquelle se retrouvait beaucoup du tendre sentiment qu'il avait éprouvé envers la disparue. Et c'était pour lui un véritable crève-cœur que de ne pas voir Héloïse recueillir tous les hommages qu'auraient largement mérités ses innombrables vertus. En outre, bien qu'honoré par la plupart des habitants d'Amboise pour sa science et sa sagesse, l'apothicaire n'était pas sans savoir que les âmes les plus superstitieuses croyaient discerner dans cette tare malheureuse la rançon de quelque péché obscur, sans doute bien plus imputable au père qu'à sa progéniture. Lui qui se targuait d'être un esprit éclairé, ouvert aux nouvelles idées humanistes, supportait mal d'être ainsi la cible d'absurdes préventions. Il en concevait un profond chagrin, qu'il s'efforçait tant bien que mal de dissimuler à sa fille, de peur d'accroître l'infortune de celle-ci.

Mais Héloïse était moins en peine que ne l'imaginait son père. Son heureuse nature l'avait incitée à ne point concevoir trop de rancœur au sujet de son handicap. À force de volonté et d'exercices quotidiens acharnés, elle avait d'ailleurs réussi à limiter celui-ci à une claudication somme toute légère. Quant à son relatif isolement, elle l'avait mis à profit pour consacrer le plus clair de son temps à la lecture et à l'étude des savants ouvrages de la bibliothèque paternelle. Le *De materia medica* de Dioscoride ou le *De arte medica* de Celse n'avaient pas plus de secrets pour elle que le *Corpus hippocraticum*. À l'âge où les représentantes du beau sexe ne songent d'ordinaire qu'à trouver chaussure à leur pied et nourrissent leurs rêves des douces folies de l'amour,

Héloïse pouvait ainsi consacrer plusieurs nuits blanches d'affilée à la délicate confection d'un sirop de chicorée composé ou d'un flacon de *quatolicum* double. Elle avait trouvé là un terrain propice à son épanouissement et susceptible d'accroître, si tant est que la chose fût possible, l'admiration du seul homme dont l'avis comptât à ses yeux... son père. En outre, les subtils arcanes de l'apothicairerie comblaient amplement son appétit d'expériences inédites et suffisaient à divertir son esprit des mille et une frivolités où s'éparpille l'habituelle insouciance des jeunes gens.

Du moins, tel était le cas jusqu'à cet après-midi du mois d'avril 1498 où, revenant d'avoir été cueillir des plantes sauvages en compagnie d'Ermeline, son ancienne nourrice, et longeant les fossés du château d'Amboise, elle tomba en arrêt devant l'inattendu spectacle offert par les joueurs de paume.

Pour dire le vrai, ce furent moins les prouesses des participants qui la laissèrent pantoise que la saisissante beauté de l'un d'entre eux, ce grand gaillard au regard sombre et aux cheveux mi-longs, sous le charme duquel toutes les femmes de l'assistance, par quelque déroutant sortilège, semblaient être tombées.

Remise de sa première stupeur, Héloïse s'approcha de la lice et, sortant de sa réserve coutumière, prodigua ses encouragements au bel inconnu. Ermeline, la vieille et fidèle servante, ne se montra pas dupe d'une passion aussi soudaine et brutale à l'endroit d'un simple jeu de balle. Remarquant le trouble de sa maîtresse, elle distingua promptement l'objet réel de son engouement et ne fut pas sans s'en émouvoir, n'ayant pas accoutumé de voir Héloïse marquer de l'intérêt aux hommes en général et aux bellâtres bondissants en particulier. Quoique, à bien y regarder, ce chevalier qui régalait l'assistance de sa virtuosité n'avait rien d'un fat ou d'un fanfaron. Il faisait preuve au contraire d'une noblesse d'attitude en tout point remarquable, et son mâle sourire possédait ce charme ravageur dont on ne sait pourquoi il met le cœur des femmes à l'envers. Ce constat ne fit cependant que renforcer l'inquiétude de la sage Ermeline.

— Ne pensez-vous pas qu'il conviendrait à présent de nous hâter ? interrogea-t-elle en tirant Héloïse par la manche. Il commence à se faire tard et je crains fort que votre père ne nourrisse quelque inquiétude à ne point nous voir de retour au logis.

— Oh, Line ! Attendons encore un peu, veux-tu ! Il n'est point si fréquent de pouvoir ainsi nous divertir ! Et puis la partie est presque terminée. Nous rentrerons tout de suite après.

Sur le terrain, Bayard en effet menait la vie rude au comte de Lusignan. Ce dernier ne devait qu'à son acharnement et à sa science du jeu de ne pas avoir encore rendu les armes. Cependant, le comte ahanait tant et si fort qu'on eût dit un soufflet de forge et qu'il ne faisait aucun doute qu'il avait atteint la toute dernière extrémité de ses forces. Dans un ultime effort, il se détendit sur la gauche pour tenter de reprendre au bond une terrible attaque que Bayard, presque collé au filet, venait de lui décocher. Mais son pied manqua et il chut lourdement en avant. Aussitôt, Bayard sauta par-dessus le filet et, ôtant son gant de cuir, lui offrit sa main pour l'aider à se relever.

— Par le sang de la Vierge, messire chevalier ! s'exclama Lusignan en acceptant de bon cœur l'aide qui lui était offerte. Vous m'avez délivré là une belle leçon comme rarement il me fut donné d'en recevoir à ce jeu. Je salue en vous un brillant vainqueur. C'est peine amoindrie que de devoir s'incliner devant un si valeureux adversaire.

— Le grand merci, monsieur le comte. Mais la lutte fut si serrée que parler de leçon est faire trop peu de cas de vos propres mérites. Et j'espère avoir, en un avenir proche, l'occasion de vous offrir la revanche qui s'impose entre des rivaux d'égale force.

— Votre modestie vous honore, chevalier, et ce sera pour moi un plaisir que d'être à nouveau confronté à vous. Mais voici le juge qui s'approche pour vous remettre le prix de votre succès. Allez, monsieur, et profitez de ce moment qui est tout entier vôtre !

Dominant la clameur des spectateurs, le juge-diseur proclama en effet la victoire de Bayard et annonça que la finale du tournoi opposerait le lendemain matin, sitôt sonné tierce*, le chevalier au vainqueur du duc de Nemours, le dénommé Giacomo Nutti. Puis il décerna à Bayard la distinction symbolisant sa victoire, une cocarde nouée d'un ruban de soie bleue.

Une ovation salua cette remise et Bayard, peu habitué à être ainsi le centre de toutes les attentions, dans un réflexe dicté par sa candeur et sa profonde méconnaissance de la gent féminine, n'eut plus qu'une idée en tête : se débarrasser de cet inutile trophée dont il s'imaginait qu'il le désignait aux yeux de tous, quand seuls sa prestance et son air irrésistible lui valaient les faveurs des dames de l'assistance. Balayant celle-ci du regard, il crut y discerner un charmant minois et se dirigea droit sur Héloïse Sanglar qui, depuis la fin de l'ultime chasse, n'avait pas cessé un seul instant d'applaudir le nouveau champion.

Parvenu face à la jeune femme, il s'inclina galamment et lui tendit la cocarde en disant :

— Pour vous, madame !...

Héloïse frémit de la tête aux pieds. Son cœur s'emballa tel un tambour battant la générale, sa poitrine se gonfla, elle crut tout de bon défaillir et dut un instant prendre appui sur la balustrade. Ce fut au prix d'un réel effort que quelques syllabes parvinrent à franchir la barrière de sa gorge étranglée.

— Mais... mais monsieur, je ne puis... enfin, cette cocarde est vôtre... je ne puis...

Bayard sourit, ce qui eut pour effet de rendre rayonnant son visage inondé de sueur, aux narines tour à tour pincées ou dilatées par l'effort.

— Madame, il me plairait qu'une aussi aimable personne que vous arbore demain ce ruban. Ce me serait, gageons-le, assurance d'être en les meilleures dispositions pour affronter l'ultime rencontre de ce tournoi.

Héloïse Sanglar rougit de confusion, baissa la tête pour dissimuler son visage derrière les mèches rebelles qui s'échappaient de sa coiffe, et Bayard songea qu'il n'est aucun spectacle en ce monde qui pût égaler en beauté, en grâce et en émotion celui d'une femme ébranlée en sa pudeur.

Ce qu'il ignorait encore, c'est que ce visage émouvant, tout au long des prochaines années, devait se rappeler à lui bien des fois et venir ainsi adoucir ses longues veillées d'armes sur moult champs de bataille.

Non, il n'aurait pu imaginer qu'il venait de croiser celle que tout homme, sans toujours oser se l'avouer, attend de rencontrer et qu'il cherche en vain en chacune des femmes qu'il lui est donné de croiser… ni que cette personne délicate serait étroitement mêlée à quelques-unes des plus sombres histoires criminelles de ce temps !

3

Conciliabules

Si quelque flâneur solitaire, sujet aux insomnies ou cherchant l'inspiration dans la compagnie des étoiles, se fût attardé, cette nuit-là, à proximité des fossés du château d'Amboise, il n'eût pas manqué d'être intrigué par une étrange lueur dansant sur les parois d'une tente installée non loin du jeu de paume. C'était en cet endroit que l'on avait remisé pour la nuit tout l'équipement ayant servi aux affrontements de la veille.

Pour peu qu'il éprouvât une once de curiosité, nul doute que notre promeneur nocturne ne se fût approché afin de surprendre ce qui se tramait en ce lieu, à une heure aussi incongrue. Il eût pu entendre alors une fort insolite conversation, tandis que deux ombres se mouvaient derrière l'écran de toile.

— Soupesez-la, messire. C'est là une pelote confectionnée à l'ancienne mode et tout de bon garnie de sablon et de rognures de métaux.

— La chose est, ma foi, comme tu le dis.

— Aussi, lors d'une des premières chasses, vous suffira-t-il d'user de cet esteuf. Mobilisez toutes vos forces et visez droit au chef ! Votre homme ne s'en relèvera pas.

— Mais comment la reconnaîtrai-je ?

— J'ai pris garde à marquer le cuir avec la pointe d'un charbon. Voyez par vous même. Personne n'y prêtera attention, mais vous, vous saurez.

— Voilà qui me plaît. On m'avait vanté ton astuce et ta vilenie. Je vois qu'on ne m'avait point trompé. Demain, dès après la fin du tournoi, tu te présenteras à la porte de mes appartements et je te compterai la somme convenue.

Conscient d'être confronté à quelque méchante fourberie, notre promeneur eût pu considérer qu'il n'est pas de bonne politique de se mêler des affaires des autres et qu'en bien des occasions dame Prudence s'avère la meilleure conseillère. Si l'on ajoute que l'une des deux mystérieuses voix laissait entendre un fort accent italien et qu'il est chose fermement établie qu'à l'origine de toute perfidie se trouve une âme florentine, il n'eût guère été étonnant de voir notre hypothétique badaud gagner le large.

Le large… c'est-à-dire les magnifiques jardins exposant, sous les fenêtres du logis royal, leurs buissons odoriférants et leurs statues de porphyre. En parcourant les allées tracées au cordeau, notre adorateur de la lune eût pu se bercer de l'illusion d'avoir retrouvé la paix et la douceur des choses endormies. Cependant, en atteignant un petit banc de pierre protégé par une tonnelle, il eût éprouvé la désagréable surprise d'être, de nouveau, à son corps défendant, l'auditeur d'un mystérieux conciliabule. Cette fois, les voix provenaient d'une terrasse en surplomb. Deux hommes se tenaient là, chuchotant, et leurs ombres allongées par la clarté lunaire dessinaient, sur la pelouse faisant face au banc, comme la forme inquiétante de deux épées affrontées.

— Le maître vous fait savoir que la chose devra être accomplie demain. Tout est-il bien en place ?

— Oui, j'ai moi-même achevé de préparer le piège mortel. Et voilà les habits qu'il vous faudra revêtir.

— Parfait ! Mais comment quitterai-je ensuite la place ?

— J'en fais mon affaire.

— C'est que je ne voudrais pas lanterner céans une fois ma mission menée à bien.

— N'ayez aucune crainte ! Les circonstances nous favoriseront. Songez seulement à la confusion qui va s'abattre demain sur la cour. Charles n'a pas d'héritier direct.

Oui, s'il se fût trouvé quelque âme errante pour surprendre pareilles bribes de conversation au hasard de ses flâneries nocturnes, bien des événements eussent pu être différents. Mais il n'y avait aucun promeneur, cette nuit-là, dans les jardins d'Amboise, et il était décidément écrit que rien ni personne ne viendrait contrecarrer les terribles desseins qui s'étaient tramés au cœur de l'obscurité complice.

4

La chute d'un roi

Philippe de Commynes gravit avec peine les dernières marches de l'escalier à vis menant aux appartements royaux. Depuis deux jours, ses rhumatismes ne lui laissaient pas le moindre repos et s'acharnaient à lui compter double le poids des années. Au fardeau du temps qui file et jamais ne s'en revient s'ajoutaient les soucis de sa charge. À plus de cinquante ans, Commynes avait servi successivement trois maîtres et connu toutes les vicissitudes d'une longue carrière de diplomate.

Issu d'une famille de hauts dignitaires de la cour de Bourgogne, il était devenu, après la bataille de Montlhéry, chambellan du duc Charles le Téméraire. Son talent inné pour sentir tourner le vent lui avait dicté, au moment opportun, de virer casaque et d'embrasser la cause du roi de France, Louis le onzième. Il n'avait pas eu à s'en plaindre. Le roué souverain avait fait de lui son homme de confiance. Le grand ordonnateur des missions les plus délicates. Commynes s'était acquitté de sa tâche avec loyauté et efficacité. En retour, Louis XI l'avait comblé de bienfaits, lui offrant avec largesse titres et terres. La seule erreur de sa carrière, il l'avait commise à la mort de son protecteur, lorsqu'il avait cru bon de soutenir le duc d'Orléans dans son opposition au camp du jeune Charles VIII. Pendant deux ans, il avait connu la disgrâce, tâté même de la prison et goûté à la saveur amère de l'exil en sa seigneurie d'Argenton. Simple parenthèse. Le nouveau monarque n'avait pu se passer bien longtemps des réseaux politiques et financiers qu'il avait noués, de la Flandre jusqu'aux Balkans. Son retour en cour avait coïncidé avec le projet italien. Délaissant l'écriture de ses Mémoires, il avait su donner sa pleine mesure dans l'élaboration de la campagne de 1495.

Philippe de Commynes songeait à tout cela, non sans nostalgie, à l'instant où il atteignit le dernier étage du logis royal. L'escalier débouchait à l'amorce d'une longue galerie qui courait sur toute la façade du château. Elle desservait d'abord, en son extrémité nord, une vaste antichambre puis, au sud, les petits appartements de Charles VIII : un cabinet de travail et une pièce meublée d'un lit de campagne qui permettait au roi de se reposer lorsqu'il imaginait ses futures conquêtes jusque tard dans la nuit.

La particularité de cette galerie était qu'elle se trouvait plongée dans une épaisse pénombre sur près d'une trentaine de toises*. Elle ne recevait en effet le jour que par deux étroites fenêtres découpées à chacune de ses extrémités. Commynes avait toujours trouvé la chose mal commode et avait osé s'en ouvrir au souverain un jour où il avait failli trébucher dans la semi-obscurité. Charles avait ri et glissé, d'un ton de plaisanterie, que l'accès à son cabinet de travail était pensé tout exprès pour montrer à ses visiteurs que le métier de roi ne se limite pas, loin s'en faut, à parader dans les ors et la lumière.

Laissant à main droite la porte de l'antichambre qui faisait face à la première fenêtre, le vieux chambellan s'enfonça dans les ombres de la galerie. L'endroit dégageait une odeur tenace de bête en sous-bois, mélange d'urine, de pierre humide et de moisi. Rien d'étonnant à cela. Compte tenu de la configuration des lieux, il n'était pas rare qu'un visiteur, ayant trop longtemps patienté dans l'antichambre, ne soulageât sa vessie dans la pénombre complice avant d'être reçu en audience. La chose était si connue que, dans tout le château, on avait décoré du nom de «pissoir» le corridor des petits appartements, appelé sinon galerie Hacquelebac, du nom d'un ancien garde d'Amboise.

Retenant sa respiration, Commynes continua d'avancer dans la pénombre en songeant qu'il était plus facile de copier les splendeurs des palais italiens que d'imposer à ses gens les raffinements d'une civilisation millénaire.

À l'autre extrémité du long corridor s'ouvraient deux nouvelles portes. Commynes frappa cinq coups rythmés sur celle qui lui faisait face et, privilège rare, actionna la poignée avant d'y avoir été invité.

Charles VIII, engoncé dans une épaisse pelisse de velours grenat, était assis à son bureau et examinait avec attention une carte de l'Italie du Nord. Son épouse, la reine Anne de Bretagne, se tenait debout derrière lui. La main posée sur l'épaule du monarque en un geste de tendre complicité. Ces deux-là formaient un couple des plus insolites. Lui, teint cireux, yeux exorbités, nez excessivement allongé, mouvements convulsifs des mains, expression souvent floue rappelant l'hébétude des demeurés. Elle, charmante, cultivée, un visage aux doux arrondis, des formes agréables et un maintien jamais pris en défaut.

Comme tous les membres de la cour, Commynes savait fort bien que le mariage avait été imposé à la jeune duchesse en raison du traité du Verger qui, lui-même, avait découlé de la défaite, en 1488, des troupes bretonnes auxquelles s'était joint le cousin et néanmoins rival de Charles VIII, le duc Louis d'Orléans. Mais ce qui n'avait échappé à personne aussi, c'était que ces épousailles, arrangées pour une raison de haute diplomatie, avaient permis l'éclosion de sentiments profonds. Dès la nuit de noces, Anne avait trouvé en Charles un amant plein de vigueur et d'empressement. Cela l'avait grandement aidée à oublier la nervosité maladive de son époux et ses manières abruptes, parfois si déroutantes.

— Vous êtes bien matinal, Commynes, constata Charles en levant sur son visiteur ses yeux globuleux. Je croyais que nous ne devions examiner votre projet d'alliance avec les Milanais que cet après-midi.

— C'est juste, Votre Majesté ! Mais puisque vous abordez le sujet, puis-je vous demander si vous avez eu le temps d'examiner les documents que le duc Sforza nous a fait parvenir par l'intermédiaire de son envoyé extraordinaire ?

Le roi désigna de la main, non sans quelque agacement, une épaisse liasse de papiers posée sur sa table de travail.

— Je m'y suis efforcé, mais la moitié de ces écrits

est en latin ! Pourquoi n'a-t-on pas exigé des transcriptions en langue vulgaire ? Il m'eût été plus agréable d'en prendre connaissance[1] !

— Que Sa Majesté daigne me pardonner, fit Commynes en s'inclinant. La chose m'avait échappé. Je ferai venir tantôt un traducteur afin que vous puissiez lire l'ensemble des documents avant d'accorder une nouvelle entrevue au Milanais. Il serait souhaitable en effet que nous avancions rapidement dans la négociation, si vous voulez toujours franchir les Alpes avant la fin de la belle saison.

Tout en parlant, le grand chambellan ne put s'empêcher de songer combien Charles le huitième avait été mal préparé à son métier de roi. Il est vrai que rarement un règne ne s'était engagé en France sous d'aussi mauvais auspices. Enfant déjà, celui qui n'était encore que le dauphin s'était senti écrasé par la personnalité de son père, le défunt roi Louis XI. Ce dernier, en souvenance sans doute de sa propre jeunesse rebelle, avait fait élever son fils loin de la cour et, arguant d'un retard intellectuel et d'une nature débile, l'avait privé de toute instruction sérieuse. Si bien que lorsqu'il avait hérité de la Couronne, à l'âge de treize ans, Charles ne savait ni lire ni écrire correctement.

Conformément aux vœux de son père, les affaires du royaume avaient été confiées à la sœur aînée du

1. L'anecdote est authentique et se trouve rapportée par Agostino Calco, ambassadeur milanais. Charles ne connaissait pas le latin, pourtant la langue des lettrés de son temps, et avait donc recours aux services de nombreux interprètes.

jeune souverain, Anne de Beaujeu. Celle-ci avait dû faire preuve cependant d'habileté et de fermeté pour s'opposer aux ambitions des grands du royaume qui lui avaient âprement disputé la régence. Ne lésinant pas sur les libéralités, elle était parvenue à gagner à sa cause son plus dangereux rival, Jean II, duc de Bourbon. Puis elle avait eu raison, grâce aux succès de ses armes sur les champs de bataille, de son obstiné cousin Louis, duc d'Orléans. Ayant ensuite déjoué les inévitables intrigues de cour entourant toutes les successions délicates, Anne s'était efforcée de poursuivre les efforts de son père en vue de construire une France forte, prospère et entièrement soumise au pouvoir royal.

Commynes n'était pas sans savoir que Charles détestait cette sœur intelligente, rusée et si peu commode, presque autant qu'il la craignait. Le jeune roi lui en avait toujours voulu de posséder les qualités de prudence et de diplomatie que Louis XI prisait tant. Il n'était pas idiot au point de ne pas voir que son père s'émerveillait des dons naturels de sa fille et aurait souhaité pouvoir lui transmettre son héritage. Par la suite, durant les sept années de la régence d'Anne, il avait souffert en silence d'être mis sous tutelle, relégué à l'arrière-plan. Trop timoré pour se dresser contre sa sœur, trop frustré pour ne pas accumuler la rancœur en son âme, il s'était résigné à ronger son frein en attendant son heure. Ceci expliquait que, depuis qu'il exerçait personnellement le pouvoir, Charles ne rêvait que de revanche, d'action grandiose et chevaleresque, propice à éblouir ses sujets et à rejeter dans l'ombre l'œuvre édificatrice de son aînée.

La voix du monarque vint tirer Commynes de ses pensées :

— Au fait, monsieur le grand chambellan, vous ne nous avez toujours pas confié la raison de votre visite matinale…

Commynes tira un pli de son pourpoint.

— Je vous apportais un nouveau courrier de la plus haute importance, que Giacomo Nutti m'a transmis hier soir de la part de son maître. Je venais aussi prévenir la reine, madame votre épouse, que le tournoi de paume touche à sa fin. Le vainqueur doit recevoir le trophée de ses mains en récompense de ses grandes prouesses.

— Et qui l'emporte ? demanda Charles VIII. Nemours ? Lusignan ?

— Point du tout, Votre Majesté. Ils ont tous deux été défaits hier. La finale oppose le jeune Bayard à l'envoyé du Sforza.

— Vraiment ? La chose est à la fois inattendue et plaisante. Tel que nous le connaissons, Nemours doit écumer de rage. Mais, pour ne pas gâcher la fête, encore faudrait-il que Bayard l'emporte sur ce coriace Milanais ! La chose vous semble-t-elle possible, Commynes ?

— Sire, votre jeune sujet fait preuve d'une adresse et d'une endurance étonnantes. Si j'en crois l'opinion des connaisseurs et celle, unanime, des gentes dames de votre cour, il devrait finir par s'imposer. Toutefois…

Le conseiller laissa sa phrase en suspens. Et ce fut Anne de Bretagne qui le lui fit remarquer.

— Qu'y a-t-il, Commynes ? Vous semblez nourrir quelque doute au sujet de la victoire du chevalier.

— C'est que, Votre Majesté, il s'est produit ce matin

un regrettable incident. Sur un de ses premiers services, Giacomo Nutti a expédié la pelote droit sur Bayard. Le chevalier a été touché en plein front et s'est écroulé comme s'il avait été foudroyé.

— Comment cela se peut-il ? s'étonna Charles VIII. Mon père a précisément réglementé la confection des esteufs afin d'éviter ce genre de blessure[1].

— On ne s'explique pas la chose, sire. Sans doute une erreur commise par un valet de lice.

— Et qu'est-il advenu de Bayard ? s'inquiéta la reine.

— Tout autre que lui eût été assommé. Mais il ne lui a guère fallu que quelques minutes pour se remettre du choc et reprendre la partie. À l'heure où je vous parle, il domine le Milanais, mais son avantage est minime, alors qu'il aurait déjà victoire acquise s'il disposait de tous ses moyens.

— Quel hardi gaillard ! s'exclama le roi avec un enthousiasme presque enfantin. Décidément, ce Bayard me surprendra toujours !

Commynes désigna la fenêtre de la main.

— Il vous suffit d'ouvrir la croisée pour le voir à l'œuvre, sire. Le spectacle, me suis-je laissé dire, vaut une bonne joute de chevalerie et s'avère aussi plaisant qu'un numéro de jonglerie.

Joignant le geste à la parole, le conseiller se dirigea vers la fenêtre, écarta les battants et invita le couple de souverains à se rapprocher.

---

1. Par une ordonnance du 24 juin 1480, Louis XI avait en effet interdit, sous peine d'amende, de garnir les esteufs de terre, de métal, de chaux, de pierre, etc.

— Tenez ! Le voilà qui s'apprête à lancer. N'a-t-il pas fière allure, l'animal ?

Charles VIII et Anne de Bretagne se penchèrent pour goûter au spectacle. Quinze mètres plus bas, la noble silhouette de Bayard dominait le champ clos d'où montait une vague d'encouragements enthousiastes. Encore quelques points et la victoire finale lui reviendrait.

Après avoir observé un long échange, Charles finit par se retourner vers son conseiller.

— Il faudra compter, dit-il, avec ce noble cœur lors de notre prochaine marche par-delà les Alpes. À la tête de ma cavalerie, il ferait merveille. Vous m'en ferez souvenance, Commynes !

Le chambellan se tenait en retrait, près de la table de travail. Faisant taire la plainte de ses vieux os, il s'inclina avec déférence.

— Je n'y manquerai pas, sire. Mais en attendant, sans doute conviendrait-il de lui remettre dès à présent le prix de sa victoire.

Charles se retourna vers son épouse.

— Faites, ma mie ! Ce garçon mérite que nous lui marquions notre intérêt. Dites-lui que je le garde en profonde affection. Si l'inflexible conseiller que voilà ne m'avait pas fait promettre d'étudier, ce jour, un projet d'alliance avec le duché de Milan, je serais moi-même descendu féliciter notre héros. Mais je gage qu'en croisant vos beaux yeux, le chevalier Bayard ne sera pas trop chagrin que je manque à son succès. Voulez-vous bien accompagner la reine, Commynes ?

— C'est à la fois un plaisir et un honneur, sire. Par ailleurs, j'ai déposé le message du Milanais sur votre table. Je ne peux que vous engager à en prendre rapidement connaissance. Quand ce sera fait, j'imagine que nous aurons des mesures urgentes à arrêter.

Commynes et Anne de Bretagne sortirent en silence du cabinet de travail. Une clarté chagrine filtrait à travers la fenêtre à croisillons. Galamment, le chambellan offrit son bras à la reine pour traverser la pénombre de la galerie Hacquelebac.

À peu près au milieu de celle-ci, Commynes trébucha. Dans le mouvement qu'il fit pour garder l'équilibre, il accrocha la croix pectorale de la reine. La chaîne se brisa et le bijou tomba au sol.

— La peste soit de la vieillesse et de cette obscurité incommode ! gronda le conseiller. Un jour quelqu'un finira par se rompre le cou dans ce méchant corridor !

Puis, comme s'il réalisait seulement toutes les conséquences de sa maladresse, il balbutia :

— Je… je suis navré, Votre Majesté. J'espère que vous voudrez bien pardonner à votre humble sujet sa maladresse. Mais votre croix ne doit pas être loin. Je vais la retrouver.

Réprimant une grimace de souffrance, Commynes passa outre ses rhumatismes, se mit à genoux et entreprit d'explorer le sol à tâtons. Prise au dépourvu, Anne de Bretagne mit un temps avant de protester :

— Cela n'est rien, messire. Ne vous donnez pas tant de peine pour si peu. Vous savez combien je vous apprécie. Aussi ne sauriez-vous imaginer que je pourrais vous tenir rigueur pour un incident si bénin.

— Mais elle est forcément quelque part par là ! s'entêta le chambellan. Je vais finir par mettre la main dessus.

— Je vous en prie, messire de Commynes, relevez-vous ! Nous enverrons tantôt un valet avec un flambeau pour chercher cette croix. Avec de la lumière, la chose sera tellement plus aisée !

— Tenez, la voici ! s'exclama alors Commynes en se redressant, les cheveux en désordre et le rouge aux joues, mais exhibant fièrement la fameuse croix au bout de ses doigts.

Anne de Bretagne eut un sourire amusé. Elle éprouvait une profonde affection pour le vieux conseiller. Commynes comptait en effet parmi les rares personnes à la cour de France qui, dès son mariage avec Charles en décembre 1491 au château de Langeais, avaient vu en elle autre chose qu'une enfant vaincue, contrainte de marcher à l'autel en victime expiatoire. Depuis lors, le chambellan lui avait toujours témoigné un sincère attachement.

Ce fut elle qui, cette fois, offrit son bras à Commynes pour reprendre leur marche en avant.

Le couple allait atteindre l'escalier, à l'autre extrémité du corridor, lorsqu'un cri étranglé, suivi d'un choc sourd, retentit soudain dans leur dos. Ils se retournèrent d'un seul mouvement.

— Qu'était-ce donc, cet appel ? demanda la reine, intriguée.

— Je l'ignore, Votre Majesté. On eût dit la plainte d'un animal blessé.

La reine porta la main à sa bouche. Une brusque inquiétude venait de s'emparer d'elle.

— Le roi est seul en son cabinet, dit-elle. Personne d'autre que lui n'a pu pousser ce cri. Et s'il avait été victime d'un malaise ?

Commynes la regarda sans répondre ni faire un mouvement, comme s'il lui fallait un certain délai pour laisser les mots se frayer un chemin en lui. Puis, comme mû soudain par la détente d'un ressort, il fit demi-tour et parcourut à grandes enjambées l'obscur corridor.

Le corps gisait à une quinzaine de pas de la porte du cabinet royal. À l'aplomb d'une arcade qui marquait un passage plus étroit, où deux marches en pierre compensaient la différence de niveau entre l'ancien logis et la partie ajoutée par les architectes italiens. Tout recroquevillé dans sa grande pelisse grenat, le gisant laissait entendre un faible gémissement. Commynes se laissa tomber à genoux et posa sa main sur le front couvert de sueur.

— Mordiable ! Le roi est blessé ! s'exclama-t-il. Vite, Madame ! De l'aide ! Il nous faut de l'aide au plus tôt !

Anne de Bretagne laissa échapper un petit cri et traversa à nouveau la longue galerie afin de rejoindre l'escalier à vis, seule issue possible pour gagner les autres parties du château. Essoufflée, gênée par ses nombreux atours, elle s'engagea alors dans la cage étroite où deux personnes eussent été bien en peine de se croiser. Elle avait presque atteint l'étage inférieur où se trouvait logée la garde personnelle du souverain, lorsque plusieurs soldats, alertés par ses appels, se portèrent à sa rencontre. En quelques mots, elle leur expliqua la cause de son affolement et les entraîna à sa suite dans une pénible remontée. Parvenue au sommet des marches, elle put enfin leur céder le passage et les suivit à distance.

À l'autre bout de la galerie, le vieux chambellan s'était assis sur les talons et avait déposé la tête du roi sur ses genoux. Une plaie sanglante marquait le front pâle de Charles. Quand Anne de Bretagne l'eut enfin rejoint, précédée par les soldats, Commynes leva sur elle un regard larmoyant.

— Trop tard, Madame..., murmura-t-il. Votre époux, notre roi bien-aimé, vient tout juste de rendre son dernier souffle à Dieu.

5

Le conseil de la chèvre et du chou

Ce même jour, mais plus avant dans la matinée, la bibliothèque du château d'Amboise accueillait un véritable conseil de crise. Sous un dais de velours bleu, parsemé de fleurs de lys, la reine Anne assistait à la séance, silencieuse et immobile, comme statufiée dans sa robe de Bruges fourrée de menu-vair. La partie se jouait en sa présence mais sans qu'elle y prenne véritablement part. Seuls les plus grands seigneurs présents à la cour, en cette journée tragique, décidaient entre eux de l'avenir du royaume.

Il y avait là, notamment, le bailli Raymond de Dezest, l'aumônier du monarque défunt, Jean de Rély, évêque d'Angers, et Pierre de Beaujeu, duc de Bourbon et d'Auvergne, pair de France. Ces trois hommes avaient compté parmi les meilleurs soutiens du roi Charles VIII. Face à eux, de l'autre côté d'une imposante table de chêne, trônait le parti du duc Louis d'Orléans représenté par le beau-frère de celui-ci, Jean de Foix, comte d'Étampes et vicomte de Narbonne, également pair de France, ainsi que François de Longueville, comte de

Dunois, petit-fils de l'un des plus célèbres compagnons de Jeanne d'Arc et favori du duc.

Plus proches du dais royal et comme figurant le camp neutre en face des deux partis rivaux, le duc de Nemours et Philippe de Commynes observaient le même silence attentiste.

Entre ces sept hommes devaient se décider les premières mesures de l'entre-deux-règnes. La tension était palpable. Le décès brutal de Charles VIII soulevait en effet de délicates questions de succession. Il s'agissait d'éviter les désordres qui avaient accompagné sa propre accession au trône, à l'âge de treize ans, et de ne pas réveiller les vieilles querelles qui s'étaient fait jour lors de la régence d'Anne de Beaujeu.

— Le trépas de notre bon roi Charles est un grand malheur pour la France, soupira le bailli Raymond de Dezest, car le défunt n'avait pas de descendance. Aussi sommes-nous céans réunis, à la demande et sous le couvert de notre vénérée reine, que Dieu garde en sa bienveillance, pour décider des mesures urgentes à prendre, car il ne saurait y avoir césure dans l'exercice du pouvoir royal.

— Je ne vois point là qu'il y ait matière à discussion, intervint Jean de Foix. Louis d'Orléans est le cousin germain de Charles. En tant que plus proche parent, il vient au premier rang dans l'ordre de succession.

L'évêque d'Angers, Jean de Rély, s'agita sur son siège comme pris d'une soudaine irritation du fondement. Ses grosses joues tremblotèrent tandis que ses lèvres charnues et roses se plissèrent en une moue contrariée. Quand il prit la parole à son tour, l'onctuosité toute ecclésiastique enrobant ses mots ne suffisait pas à en masquer la froide hostilité :

— La chose n'est peut-être pas aussi assurée que vous l'affirmez, messire comte. Je gage que nombreux sont ceux qui pourraient trouver à y redire.

— Que voulez-vous suggérer ? questionna Jean de Foix en feignant le plus grand étonnement. Qui, en ce royaume, pourrait s'égarer à contester les droits légitimes de monseigneur le duc d'Orléans sur la Couronne ?

Sans se laisser démonter, l'aumônier du dernier roi de France défia du regard son vis-à-vis.

— Mais… toute personne du pays des lys pour qui honneur et parage ne sont pas devenus de vains mots !

— Je crains de ne pas très bien saisir le sens de vos propos. Oseriez-vous insinuer que le duc d'Orléans n'est pas assez digne chevalier et que les liens du sang ne sauraient suffire à établir son bon droit ?

— Louis est entré par le passé en état de rébellion ouverte contre notre souverain. Même si celui-ci, par un effet de sa trop grande mansuétude, a accordé son pardon, l'attitude ancienne du duc doit être prise en compte.

Piqué au vif par ces paroles, le jeune et impétueux comte de Dunois se dressa à demi, les poings crispés sur les bras de son siège.

— Tout doux, monseigneur l'évêque ! intervint-il avec véhémence. Nous savons tous ici où vous portent vos inclinations et qui vous a acheté votre mitre. Mais vous allez, ce me semble, un peu vite en besogne !

L'homme d'Église mima à son tour un sursaut outré et se tourna vers son voisin, Pierre de Beaujeu, comme pour l'appeler à la rescousse. L'époux de l'ancienne régente ne se déroba pas.

— Il fut un temps, déclara-t-il d'une voix glaciale, où les comtes de Dunois comptaient parmi les plus fidèles soutiens du royaume. Mais toute chose en ce monde est changeante. C'est une réalité qu'il nous faut, hélas, admettre.

— Corps-Dieu ! Vous êtes bien trop grand seigneur pour que je puisse exiger que vous me rendiez raison d'un pareil affront, riposta Dunois. Mais sachez bien que tout autre que vous eût immédiatement payé de son sang des propos aussi infamants.

Voyant que la réunion était en train de tourner à l'affrontement, Commynes crut bon d'intervenir :

— Allons ! Allons, messeigneurs ! Ne laissons pas la colère ou de vaines rancœurs obscurcir notre entendement. Nous sommes ici pour apporter à la reine le soutien de notre conseil et non pour lui infliger, dans l'horrible malheur qui la frappe, de nouvelles sources de tourments.

Tous les regards se tournèrent vers Anne de Bretagne comme si chaque membre de l'assistance, au même instant, prenait à nouveau conscience de sa royale présence dans la pièce. La tension retomba d'un coup et la souveraine adressa à Commynes une légère inclinaison de la tête, comme pour le remercier d'être intervenu si à propos.

Ainsi conforté, le vieux chambellan se crut autorisé à conserver la parole :

— La mort du roi a été si soudaine, si inattendue qu'elle risque fort de frapper les imaginations. Il faut à tout prix éviter que les esprits ne divaguent et que les plus folles rumeurs ne se mettent à circuler. En ces heures funèbres pour le royaume, la prudence seule doit dicter nos actes. Quel est votre avis, monsieur le duc, vous qui n'avez point encore pris la parole ?

L'habile conseiller s'était incliné vers le duc de Nemours, que sa qualité de pair de France et son absence d'animosité connue à l'égard du camp d'Orléans désignaient aux yeux de tous comme un arbitre suffisamment impartial.

— Mais, par Dieu juste, commença le duc au profil d'aigle, il me semble que ce n'est pas la toute première fois qu'un roi de France vient à décéder sans descendance en capacité de régner. Prenons donc inspiration de ce qu'ont fait nos pères en pareille situation.

Pierre de Beaujeu s'empressa de s'engouffrer dans la brèche qui venait à peine de s'entrouvrir.

— Je vous rappelle qu'au décès du roi Louis, huitième du nom, il fut décidé que la régence serait confiée à sa veuve, la reine Blanche de Castille, qui put s'appuyer sur un Conseil de la Couronne composé des princes du sang. La reine s'acquitta fort noblement de cette tâche et à la plus grande satisfaction de tous. Pourquoi ne pas confier pareillement le pouvoir à la reine Anne ?

François de Longueville, comte de Dunois, ne put s'empêcher de blêmir. C'était précisément ce que les favoris du duc d'Orléans tenaient à éviter : la confiscation du pouvoir par le parti du roi défunt. Cependant, si la fougue de ses vingt ans avait fait du jeune homme le compagnon favori de Louis d'Orléans et le plus prompt à partager les frasques du duc, cette jeunesse bouillonnante le disposait mal à répliquer aux arguments coutumiers qui leur étaient présentement opposés. Poussant un soupir excédé, il esquissa un geste de dépit et se laissa retomber en arrière sur son fauteuil.

Jean de Foix lui-même n'en croyait pas ses oreilles. Voilà qu'on s'apprêtait tout bonnement à leur servir la même chanson qu'à la mort de Louis XI. Une nouvelle régence ! Certes, cette fois, il n'était pas question de remettre à Anne de Beaujeu l'exercice de la justice et du gouvernement, mais une régence de la reine n'offrait guère de meilleures perspectives aux grands du royaume. Sans aucun doute, en effet, Pierre de Beaujeu ne manquerait pas d'accaparer tous les pouvoirs au sein du Conseil de la Couronne, comme il l'avait déjà fait quinze ans plus tôt. Car c'était lui, autant sinon davantage que son épouse, qui avait tenu d'une main ferme le royaume pendant la minorité du futur Charles VIII, lui qui s'était opposé aux prétentions de Louis d'Orléans jusqu'à obtenir l'emprisonnement du prince insoumis.

Cette rapide analyse de la situation convainquit Jean de Foix qu'il ne pouvait acquiescer à la proposition du duc de Bourbon et d'Auvergne. Sa comté-pairie d'Étampes lui conférait l'autorité suffisante pour rejeter d'un bloc la bâtarde solution. Mais il fallait, dans le même temps, éviter de froisser la susceptibilité de Nemours et de Commynes, qui paraissaient ne pas avoir encore choisi leur camp. Il préféra donc argumenter :

— J'entends bien votre raisonnement, monsieur le duc, fit-il en s'adressant à Pierre de Beaujeu. Et je comprends aisément que vous alliez puiser dans les annales du royaume les précédents qui vous arrangent. Mais il me semble que, ce faisant, vous vous fourvoyez.

— Et comment donc, je vous prie ?

— Point n'est besoin de remonter au début du glorieux règne de Saint Louis pour trouver trace de régence exercée par une femme. Votre propre épouse endossa la charge il y a encore fort peu. Et l'on sait de quels troubles s'accompagna son accession au pouvoir.

— La faute à votre ami d'Orléans ! le coupa sèchement l'évêque d'Angers en agitant en l'air, comme pour un vague anathème, son index boudiné.

— Nous pourrions discuter de cela fort longuement, mais là n'est pas la question ! poursuivit Jean de Foix sans se laisser démonter. Ce que je voulais dire en affirmant que messire de Beaujeu faisait fausse route, c'est qu'il ne saurait être question, en la situation présente, de régence. Lorsque Blanche de Castille exerça le pouvoir, ce fut au nom de son fils, le futur roi Louis le neuvième. De même qu'Anne de Beaujeu gouverna au nom de son frère, notre regretté sire Charles le huitième. Dans les deux cas, le monarque défunt avait laissé un héritier mâle que seul son jeune âge empêchait de régner. Tel n'est pas le cas aujourd'hui. Point de fils pour recueillir la couronne du père ! Aussi, puisque vous en appelez aux coutumes du royaume, convient-il de se reporter à des épisodes qui soient réellement comparables. Quand un roi de France décède sans héritier mâle, depuis Louis X le Hutin, la règle de succession veut que l'on appelle au trône son plus proche parent. Nous en revenons donc à ce que je proclamais tout à l'heure : la Couronne revient de droit à Louis d'Orléans !

— Un rebelle à son roi ! gronda Pierre de Beaujeu, approuvé en cela par un hochement de tête péremptoire de l'évêque Jean de Rély.

— Un prince du sang qui n'a toujours fait que proclamer tout haut son bon droit ! rétorqua Jean de Foix.

Commynes tenta de s'interposer à nouveau.

— Messires ! Messires ! Vous n'allez tout de même pas recommencer à vous chamailler !

Mais Jean de Foix coupa net toute velléité d'intercession d'un geste tranchant du bras. Quand il reprit la parole, ce fut la main appuyée sur l'épaule du comte de Dunois, pour bien marquer qu'il ne parlait pas en son seul nom mais que les deux seigneurs faisaient cause commune en la présente querelle.

— Assez clabaudé ! Pour notre part, et toute déférence gardée envers Sa Majesté la reine, nous refusons de consentir à toute forme de régence. En tout état de cause, la question ne peut être tranchée ici et doit être débattue devant l'assemblée des pairs !

Ce fut cet instant précis que choisit Anne de Bretagne pour sortir de la léthargie mélancolique qui s'était abattue sur elle à l'annonce du décès de son royal époux. Très pâle, mais ses traits portant la marque d'une ferme résolution, elle se leva et étendit sa main en avant pour obtenir le silence. Ce dernier geste s'avéra d'ailleurs superflu, car la vision de leur reine soudain dressée face à eux avait plongé les sept hommes dans un état de stupeur muette.

— Je vois bien, gentils seigneurs, commença la reine d'une voix dont elle ne parvenait pas à masquer tout à fait la lassitude, que vous ne parviendrez pas à vous accorder ce jour. Examinons donc ensemble la situation qui se présente à nous. La mort du roi ne s'est pas encore ébruitée hors des appartements royaux. Si l'on fait exception des personnes présentes dans cette pièce, seuls quelques gardes sont au courant de l'accident qui est survenu ce matin. N'est-il point vrai, Commynes ?

Le vieux chambellan s'inclina avec déférence.

— C'est exact, Votre Majesté. J'ai moi-même donné des instructions pour que les soldats qui nous ont aidés à relever le corps du roi soient tous, sans exception, affectés à la surveillance des petits appartements, sous le commandement de ce chevalier Bayard qui montra tant de dévouement au service de notre bon roi et s'en fit encore si récemment remarquer. Comme je l'ai dit, nous ne tenions pas à ce que des rumeurs insensées courent le palais avant d'avoir tenu la présente réunion et décidé du proche avenir du royaume.

— Et vous avez, en cela, fort bien agi, sage Commynes. Voici donc ce que je vous propose à tous. Gardons pour l'heure la mort de mon regretté Charles encore secrète. Il n'y a qu'à colporter la nouvelle que le roi a été victime d'une mauvaise chute mais que son état est jugé satisfaisant par ses médecins. Cela nous laissera le temps de dépêcher des chevaucheurs auprès des principaux pairs et de préparer la tenue, ici même et au plus tôt, d'un grand Conseil. Ainsi, l'annonce de la mort de notre malheureux souverain ne précédera-t-elle l'assemblée des grands seigneurs que de fort peu.

Pierre de Beaujeu et le sire de Dezest approuvèrent du chef. Après une courte hésitation, Jean de Foix et le comte de Dunois en firent de même. Au fond, cette décision qui ne tranchait rien était peut-être le meilleur compromis qu'ils pouvaient obtenir. À son arrivée à Amboise, dans quelques jours, ce serait à Louis d'Orléans lui-même de défendre ses propres intérêts. Leur position à tous deux n'en serait que plus confortable.

L'évêque Jean de Rély semblait, seul, éprouver encore quelque scrupule. La tête inclinée, son menton disparaissant dans les plis graisseux du cou, il bougonnait en triturant nerveusement la croix pectorale ornant son habit de soie violette.

— Qu'y a-t-il, monseigneur ? l'interrogea Anne de Bretagne. Vous paraissez encore chagriné.

— Je m'interroge seulement sur la possibilité que nous avons de celer la mort d'un roi à ses sujets.

Non sans finesse, la reine fit semblant de ne percevoir dans l'objection du prélat qu'une simple réserve d'ordre pratique.

— Bien entendu, nous ferons intervenir les embaumeurs dès tantôt et veillerons à conserver le corps comme il convient. Il n'est question, après tout, que de retarder l'annonce de trois ou quatre jours. Il sera toujours temps alors de rendre à notre cher Charles tous les honneurs que l'intérêt supérieur du royaume nous commande aujourd'hui de différer.

L'évêque n'osa pas insister et s'enferma dans un silence boudeur.

— Nous voici donc accordés, constata Anne de Bretagne dans un bref soupir. Eh bien ! Il en sera fait ainsi que nous l'avons décidé ! Agissez en ce sens, Commynes. Vous avez toute notre confiance.

Le vieux conseiller de la Couronne s'inclina par deux fois et sortit de la pièce à reculons. Il n'avait pas plus tôt franchi le seuil qu'il se heurta à l'imposante carcasse de Pierre Terrail.

— Comme je suis heureux de vous avoir enfin trouvé, monsieur le premier chambellan ! s'exclama le chevalier Bayard avec une mine défaite. J'ai une bien terrible nouvelle à vous annoncer !

Commynes leva des yeux étonnés sur son vis-à-vis. Alors que l'on devait faire face au décès subit du roi, quelle autre nouvelle pouvait être qualifiée de terrible et bouleverser à ce point une âme aussi valeureuse ?

— Parlez donc, mon jeune ami ! Vite ! Ce jour, mon temps est, hélas, plus que précieux !

— C'est que… la chose n'est pas des plus aisées à confier. Je ne savais trop qui pourrait s'en faire le dépositaire. Puis j'ai songé que, depuis mon arrivée au château, je n'avais cessé d'entendre louer votre sagesse et votre habileté. Alors me voilà devant vous !

— Au fait, chevalier ! Au fait ! Confiez-vous à moi sans délayer !

Bayard sembla hésiter, puis il finit par se lancer comme on se jette à l'eau.

— J'ai fort soupçon que la mort de notre roi ne soit pas naturelle.

— Qu'est-ce que vous dites ?

— Charles le huitième n'a pas été blessé lors d'une chute, comme nous l'avons tous d'abord supposé. Il a été assommé… On a assassiné notre roi !

6

L'impossible crime

— Voyez vous-même, dit Bayard. Bien que je sois obligé de courber l'échine pour le franchir, ce linteau est bien trop haut pour avoir pu causer la blessure du roi. Celui-ci était de fort petite taille. J'ai encore vive souvenance de l'accolade qu'il me donna au soir de la bataille de Fornoue. Il ne m'arrivait pas à l'épaule.

Le jeune chevalier avait entraîné le sire de Commynes à l'endroit exact où celui-ci avait découvert le corps navré de Charles VIII. Bien que les cloches vinssent tout juste de sonner l'office de sexte qui marquait le milieu du jour, la galerie des petits appartements se trouvait plongée dans une obscurité encore plus impénétrable qu'à l'accoutumée. La chose avait grandement frappé le conseiller royal. On eût dit que toutes les ombres qui commençaient à s'amonceler sur le royaume, suite au décès du roi, prenaient naissance en ce lieu funeste. Commynes s'était ébroué, faisant effort sur lui-même afin de chasser une si méchante pensée. Après tout, le mauvais temps persistant et ce printemps trop timide étaient les seules causes du manque de lumière et il était absurde de vouloir discerner, dans cette circonstance, quelque mauvais présage.

Voilà comment se morigénait le sage chambellan en trottinant sur le dallage pour suivre les grandes enjambées du chevalier Bayard. Toutefois, son malaise ne se dissipant pas, il avait fini par ordonner que l'on apportât des flambeaux afin d'éclairer désormais le corridor en permanence.

— Il serait par trop stupide qu'un nouvel accident survint à raison des mêmes causes, dans ce boyau malsain ! s'était-il exclamé en frissonnant des pieds à la tête.

À présent, quelque peu rasséréné par les torches que des soldats avaient fichées au mur, en différents points du couloir, le chambellan suivait d'une oreille attentive les explications de son jeune compagnon. Quand celui-ci eut achevé sa démonstration, il s'approcha du linteau, jeta un coup d'œil rapide à l'arche de pierre que lui désignait Bayard et se contenta de hausser les épaules.

— Est-ce là tout ? fit-il, dubitatif. Vraiment, vous me semblez avoir crié au loup un peu hâtivement, chevalier. Ne vous est-il pas venu à l'idée que notre bon roi avait pu rater la première marche, être emporté par son élan et donner de la tête contre la pierre ?

— Assurément, c'est la première explication qui vient à l'esprit, dit Bayard sans paraître autrement troublé par l'attitude sceptique de son interlocuteur. Mais les choses ne se sont pas déroulées ainsi, je le crains.

— Vous le craignez ?

— J'en suis même certain. Avant de venir vous trouver, je m'en suis assuré.

— Comment cela ? fit Commynes qui paraissait à présent intrigué.

— J'ai examiné de près ce linteau, ce que, semble-t-il, dans l'affolement général, personne n'a songé à faire auparavant. Aucune trace. Si le roi l'avait heurté de plein fouet et si le choc avait occasionné la plaie ouverte que vous lui avez vue au front, nul doute que j'aurai dû y trouver une trace de sang. Or, il n'y en avait aucune ! Et pas davantage sur le sol !

— Et vous en concluez ?

— Que si le roi ne s'est pas blessé par accident, c'est qu'il a été agressé. Quelqu'un l'attendait ici, embusqué dans l'ombre, et l'a violemment frappé au passage.

Commynes observa un court silence. Une main sur le menton, il semblait plongé dans une intense réflexion. À la fin, il hocha la tête gravement.

— J'avoue que vos remarques sont quelque peu déconcertantes. Mais enfin ! Si l'accident vous semble peu probable, l'agression, elle, s'avère tout bonnement impossible !

— Et pourquoi donc ?

Le premier chambellan marqua un temps comme s'il prenait soin de peser chacun de ses mots. Quand il finit par répondre, ce fut avec le ton docte mais néanmoins affectueux du maître enseignant quelque jeune disciple et corrigeant chez celui-ci un raisonnement trop hâtivement bâti.

— À vous entendre, l'assaillant se serait dissimulé dans la galerie où il aurait attendu le moment propice pour commettre son forfait. C'est oublier que, par deux fois, j'ai moi-même arpenté ce corridor sans rien remarquer. La première fois en allant retrouver le roi et la reine. La seconde fois en accompagnant celle-ci, qui s'apprêtait à vous remettre le prix de votre belle victoire au jeu de paume. La pénombre est, certes, importante en cette partie du château, mais le risque était tout de même grand que l'homme fût surpris et eût à expliquer sa présence dans les appartements royaux. Mais il y a plus dérangeant encore. Si quelqu'un a assassiné notre roi, où a-t-il disparu une fois son forfait accompli ? Impossible pour lui de gagner l'escalier, puisqu'il lui eût fallu d'abord passer devant moi, puis croiser la reine et les soldats alertés par ses cris. Restaient le cabinet du roi et sa chambre de repos. La première pièce était fermée à double tour et nous en avons retrouvé l'unique clé dans le manteau que portait Charles. La seconde n'offre aucune cachette possible. En outre, immédiatement après la découverte du corps, j'ai moi-même fait procéder à la fouille de chacune d'entre elles. Nous n'avons rien trouvé de suspect.

— Et les fenêtres ? risqua Bayard.

— Vous n'y songez pas ! Nous sommes au dernier étage du château. La façade n'offre aucune prise permettant l'escalade et, du fait du tournoi, il y avait bien trop de témoins potentiels au-dehors. J'ajouterai, mais ça paraît presque superflu, que toutes les fenêtres ont été retrouvées closes.

— Et pourtant, Charles est mort…

— D'une mort qui, en dépit de vos observations troublantes, ne peut être qu'accidentelle, conclut Commynes en hochant la tête d'un air convaincu. Car, à moins de lui imaginer accointances avec le diable ou quelque autre puissance maléfique, votre hypothétique assassin n'a tout de même pas pu partir en fumée !

— Nul doute qu'il s'agit d'un démon ! rétorqua Bayard. Mais je vous concède au moins une chose, monsieur le conseiller : il n'a pas pu se volatiliser par magie ou sortilège. C'est donc qu'il faut nous montrer aussi ingénieux que lui pour percer le mystère de sa disparition.

Le chambellan fixa son regard aigu sur le jeune chevalier. Il était impossible de dire s'il admirait la conviction dont celui-ci faisait montre ou si, au contraire, il s'agaçait d'un entêtement qui niait l'évidence. Il frotta de ses doigts noueux ses paupières et poussa un long soupir.

— Je vois qu'aucun appel à la raison ne saurait vous conduire à réviser votre jugement. Cependant, avez-vous bien pesé les risques que représente la folle théorie que vous venez de m'exposer ?

— De quels risques parlez-vous ?

Cette fois, un mince sourire éclaira le visage de Commynes comme s'il s'amusait de la naïveté du jeune chevalier.

— La mort naturelle d'un souverain est déjà une chose grave, déclara-t-il. Mais son meurtre constitue un véritable sacrilège, le crime le plus abominable qui se puisse concevoir en ce monde. Si vous avez vu juste, ce dont encore une fois je ne suis pas convaincu, c'est tout l'équilibre du royaume qui peut en pâtir. Inévitablement, tout le monde va chercher à savoir à qui le crime profite, et les rivalités à la cour s'en trouveront dangereusement exacerbées. On ne peut donc s'engager dans cette voie sur de simples suppositions. Il faut des certitudes, des preuves. Imaginez le sort que l'on réserverait à l'écervelé qui s'en serait allé clamer partout que le roi a été assassiné, si la thèse de l'accident en définitive l'emportait.

— Mais alors, que faire ?

— Fiez-vous à mon conseil, chevalier ! Réfrénez les élans de votre trop généreuse nature. Prenez le temps de la réflexion et n'agissez qu'après avoir tout de bon pesé le pour et le contre.

— Certes, je vous entends bien, monsieur le conseiller, rétorqua Bayard en s'efforçant de tempérer le tumulte dont son sang se trouvait agité. Mais vous évoquiez vous-même, à l'instant, la nécessité de réunir des preuves suffisamment solides. Or, il nous faut agir avec promptitude si nous voulons éviter que ces dernières, si elles existent, ne disparaissent de façon irrémédiable.

Commynes posa de nouveau des yeux songeurs sur son vis-à-vis. Bayard mesurait plus de six pieds de hauteur, il était tout en nerfs et en muscles secs, et avec cela un visage aux traits résolus, une vitalité éclatante prête à surmonter toutes les difficultés, à relever tous les défis. Il était évident que ce solide gaillard n'était point homme à renoncer aisément à ses convictions.

— Notre défunt sire vous avait pris en affection, dit le chambellan en posant la main sur l'épaule du chevalier, et j'éprouve moi-même un sentiment ému devant votre bouillonnante jeunesse et votre attachement aux affaires du royaume. Vous pouvez donc compter sur mon appui. Pour commencer, je vais donner ordre que la dépouille du roi soit conservée en la chambre des petits appartements. Les embaumeurs doivent intervenir demain matin. Je ferai en sorte que le médecin personnel de Charles puisse examiner la dépouille auparavant. Sa science nous livrera peut-être quelques indications précieuses sur la cause du décès. D'ici là, vous avez le champ libre pour vous livrer à toutes les investigations que vous jugerez utiles dans la galerie. Cela vous laisse près de vingt-quatre heures pour tenter d'étayer votre fantasque théorie de l'assassinat.

Bayard ne releva pas ce que ce dernier adjectif pouvait avoir de péjoratif, tout à sa joie de se voir donner l'occasion de démontrer la pertinence de son jugement.

— Grand merci, monsieur le conseiller ! s'exclama-t-il. Soyez certain que je ferai tout mon possible pour me montrer digne de votre confiance !

— Ne vous réjouissez pas trop vite, mon ami ! le tempéra Commynes. Quelques heures pour faire la preuve que l'impossible est advenu, c'est à la fois bien trop de temps et fort peu !

7

La Vipère Couronnée

Le chevalier Bayard arpentait d'un pas nerveux le chemin en pente qui reliait le château à la cité d'Amboise. Une expression d'intense préoccupation marquait son visage.

Il venait de perdre tout l'après-midi en vaines investigations. Et pourtant, au cours des quatre heures qui venaient de s'écouler, il n'avait guère ménagé ses efforts. On l'avait vu parcourir dix fois, vingt fois, la galerie Hacquelebac, une torche à la main, s'attardant à chaque coin d'ombre, sondant les murs du pommeau de sa dague. Il avait inspecté ensuite la poignée des deux fenêtres, les avait manœuvrées plusieurs fois et s'était penché au-dehors pour mieux examiner la façade du château. Puis il avait fouillé avec minutie les trois pièces des petits appartements : l'antichambre, le cabinet de travail et même la salle où, sur un lit de campagne, veillée par quatre sergents d'armes, reposait la prestigieuse dépouille de feu le roi Charles le huitième.

Et le résultat de cette inspection approfondie ?

Rien. Absolument rien. Pas le plus petit indice, pas

le moindre début d'une piste permettant de comprendre comment un agresseur aurait pu prendre la fuite, une fois son forfait accompli. Ainsi que l'avait souligné avec justesse le chambellan Philippe de Commynes, si la thèse de l'accident s'avérait problématique, l'agression, elle, paraissait tout bonnement impossible. Pourtant, Bayard n'en démordait pas. Le roi n'avait pu se blesser à la tête en heurtant ce fameux linteau. Il fallait donc qu'une main criminelle l'eût frappé avant de se fondre mystérieusement dans l'ombre. Or, cette main sacrilège, il lui appartenait à lui, Pierre Terrail, seigneur de Bayard, d'en identifier le propriétaire et de traîner celui-ci devant la justice des hommes !

Cette conviction ne l'avait pas quitté depuis son entrevue avec le grand chambellan, mais l'échec de ses récentes recherches le faisait douter à présent de ses capacités à mener à bien la tâche délicate qu'il s'était à lui-même confiée. Pour tout dire, il était fort découragé d'avoir déployé tant d'efforts pour un si piètre résultat. Du coup, la déception aidant, il ressentait à nouveau de violents maux de tête, comme ceux qui, le matin même, avaient suivi sa blessure lors de la finale du jeu de paume, quand l'esteuf était venu le frapper en plein front.

Quand il eut atteint les premières maisons du bourg, l'animation qui régnait dans les rues le détourna un temps de son sentiment d'échec et de sa douleur. Une foule nombreuse, attirée en ville par la fête des Rameaux, encombrait les rues. D'étal en étal, les commerçants rivalisaient d'imagination pour haranguer les passants et vanter, avec moult exagérations, la qualité de leurs marchandises : « Goûtez la tourte chaude ! La meilleure à cent lieues à la ronde ! », « Tâtez mes rubans et mes dentelles ! A-t-on déjà vu plus beaux atours ailleurs qu'à la cour ? », « Achetez ! Achetez ! », « Que vous faut-il ? », « Oublies, galettes ! Achetez ! »

Toute cette animation tranchait avec la chape de plomb qui s'était abattue sur le château depuis ces dernières heures. Car, bien que le décès de Charles VIII n'ait pas été ébruité et que l'on se soit contenté d'évoquer un simple accident, il n'avait pas échappé au jeune Bayard qu'une étrange mélancolie s'était emparée de tous ceux qui, de près ou de loin, appartenaient à la maison du roi. Du dernier des palefreniers au plus puissant des conseillers, tous semblaient frappés par un morne abattement, par un sentiment inexplicable de vacuité et d'abandon. C'était comme si toute la cour retenait sa respiration, comme si un linceul impalpable avait déjà recouvert le centre névralgique du royaume.

Se frayant un chemin à travers la foule, Bayard finit par atteindre la rue de l'Herberie, la voie traditionnellement impartie aux épiciers, marchands-ciriers et autres apothicaires. Abritant les demeures des membres les plus influents de ces illustres corporations, elle se présentait comme une artère bien entretenue avec de nombreuses boutiques richement achalandées.

L'attention de Bayard fut attirée par une belle et imposante enseigne de ferronnerie représentant une vipère enroulée autour d'un arbre et arborant une couronne dorée au-dessus de la tête. Il s'approcha des éventaires. Devant les deux volets de bois rabattus sur la rue, une matrone à la nombreuse nichée attendait que l'on achevât de préparer ses remèdes.

L'apothicairerie de la Vipère Couronnée était une échoppe accueillante et de dimensions notables, occupant le plus bel emplacement de la rue. La façade à encorbellements témoignait à elle seule de l'aisance du propriétaire. Au premier étage, les deux fenêtres présentaient des colonnes de bois sculpté où se reconnaissaient les symboles alchimiques des principaux minéraux et les feuilles entrelacées de différentes plantes médicinales. Tout dans l'aspect de cette boutique respirait la grandeur d'une vie exemplaire, tournée vers les sciences et les arts, marquée par la soif de connaissances et le goût des belles choses.

Tout à sa contemplation, Bayard ne prit pas garde à l'approche d'une carriole brinquebalante, et il s'en fallut de peu qu'il ne fût éclaboussé par les jaillissements de boue et d'ordures projetés de l'égout central. Le brusque écart qu'il fit pour échapper à un traitement aussi humiliant le fit heurter une personne qui remontait la rue dans son dos.

Une voix gentiment moqueuse retentit à ses oreilles :

— Eh bien, messire Bayard ! Vous êtes, ce me semble, plus à l'aise sur la lice du jeu de paume que dans les rues de notre chère cité d'Amboise !

Le chevalier se retourna, confus, et se retrouva face à la piquante jeune femme qui l'avait soutenu de ses vifs encouragements lors des dernières parties du tournoi. Celle à qui il avait offert la cocarde du vainqueur et qui était revenue le matin même, le corsage orné du trophée, pour assister à son triomphe face à son adversaire italien.

La taille serrée dans une robe de laine toute simple et ses boucles auburn rangées sagement sous une coiffe en lin, la belle portait un panier rempli de linge propre. Elle lui souriait avec un rien d'effronterie dans le regard qui ajoutait encore à son charme naturel.

— Grand pardon, damoiselle, s'excusa Bayard. Mais je ne vous avais point vue.

Héloïse Sanglar fit semblant de s'offusquer.

— Ma foi, chevalier ! s'exclama-t-elle sur un ton espiègle. Je ne sais si je dois prendre votre propos en bonne part ou, au contraire, m'en offusquer. D'ordinaire, les hommes se plaisent à me remarquer.

Le cœur de Bayard battit plus fort et plus vite. Son trouble était tel qu'il ne remarqua pas combien la jeune femme s'émouvait elle-même de sa propre audace. Afin de dissimuler sa gêne, Bayard baissa les yeux et porta la main à son front.

— Je ne voulais certes pas vous offenser, d'autant que votre soutien, tantôt, au jeu de paume, a sans nul doute eu sa part dans ma victoire. Mais il se trouve que je me ressens encore de la blessure reçue sur le terrain et que je n'ai pas vraiment toute ma tête. Je m'en venais quérir justement quelque baume pour soulager la douleur, mais ce diable d'apothicaire se plaît à me faire lanterner !

Tout en parlant, le chevalier désigna du menton le garçon qui malaxait au pilon le contenu d'un mortier en gros grès d'Irlande et échangeait des propos futiles avec la cliente à la marmaille vociférante.

— Adelphe, un apothicaire ! s'exclama Héloïse en étouffant un éclat de rire derrière sa main. Vous n'y pensez pas ! Il faudrait d'abord, pour cela, qu'il combatte la paresse dont il se trouve accablé depuis sa naissance comme d'une tare congénitale. Le pauvre garçon n'est que compagnon et c'est déjà miracle insigne qu'il en soit arrivé là. C'est maître Étienne Sanglar, mon père, qui dirige cette apothicairerie. Mais il a été appelé au-dehors pour la pose d'un clystère. Je ne pense pas qu'il sera rentré avant l'heure du souper.

Bayard s'inclina et fit un pas en arrière, comme s'il lui tardait de battre en retraite.

— C'est bien dommage pour moi ! soupira-t-il en se frottant à nouveau le front. Tant pis ! J'essaierai d'obtenir quelque réconfort auprès des médecins de la cour.

— Je crains qu'ils n'aient guère le loisir de se pencher sur votre cas. Ils doivent tous être au chevet du roi à cette heure.

Bayard sursauta et dévisagea la jeune femme avec une curiosité nouvelle.

— Que dites-vous ?

— Je reviens de chez la lingère, où il se disait que le roi avait été victime d'une mauvaise chute, en fin de matinée. L'une des commères présentes entretient une tendre relation avec un garçon employé aux cuisines du château. C'est de lui qu'elle tenait la nouvelle. Il paraîtrait que le choc a été si rude que notre sire a été contraint de s'aliter. Mais je gage que vous en savez bien plus que moi là-dessus.

Bayard se souvint qu'en le quittant, Commynes lui avait intimé de garder secrète la mort du roi. Seuls la reine et quelques hauts personnages de la cour étaient au courant. Pour tous les autres, la raison d'État imposait que l'on accréditât la fable d'un simple accident, sans autre conséquence qu'une indisposition passagère.

— Certes, fit-il en retrouvant toute son assurance. Je

m'étonnais seulement que la nouvelle soit déjà connue en ville... Mais il se fait déjà bien tard. Il va me falloir prendre congé.

Bayard s'inclina pour gratifier la jeune femme d'un salut courtois. Cependant, Héloïse ne l'entendait pas de cette oreille. Puisque ce chevalier à la si belle prestance était venu à elle, il n'était pas question de le laisser partir aussi vite, au risque de ne plus jamais avoir l'occasion de l'approcher. Dans un geste où elle mit toute sa détermination de femme libre et peu soucieuse des convenances, la belle coinça son panier sous son bras gauche et effleura de sa main droite la tempe de Bayard.

— Il ne me plaît guère, dit-elle, de vous laisser aller ainsi, en sachant que votre blessure ne vous laisse point de repos. Si vous ne craignez pas de vous en remettre aux soins d'une femme, je m'efforcerais d'y apporter remède. Vous n'avez qu'à vous donner la peine d'entrer.

De la main, elle lui désigna la porte de la boutique.

Bayard hésita. Bien qu'il s'en défendît intérieurement, il était tombé sous le charme de cette quasi-inconnue. C'était la première fois qu'il ressentait un tel élan pour une personne du sexe opposé. Et la nouveauté de ce sentiment, alliée à la gravité des événements extérieurs auxquels il se trouvait confronté, n'allait pas sans l'inquiéter. Il craignait en effet d'être distrait et de manquer à son devoir si, d'aventure, il laissait son cœur lui dicter ses actes.

Héloïse dut percevoir son indécision, car elle crut bon de prendre les devants et franchit résolument le seuil de l'apothicairerie.

Ce mouvement révéla au chevalier la légère claudication dont la belle était affectée. Rouge de confusion, il se précipita derrière elle et lui offrit de la soulager en se chargeant de son panier. Le premier réflexe d'Héloïse consista en une amorce de rebuffade. C'était sa fierté que de ne laisser personne lui rappeler, fût-ce pour la secourir, qu'elle était handicapée. Elle-même d'ailleurs avait tendance à oublier son pied bot, et c'était le plus souvent le regard navré des autres qui la ramenait à cette injuste réalité. Néanmoins, cette fois-ci, elle refréna son impétuosité et consentit à céder une anse de son panier au chevalier.

Comme, ardente, elle relevait la tête pour bien signifier qu'il ne fallait voir dans cette acceptation aucun aveu de faiblesse, ses prunelles s'allumèrent d'une lueur farouche et ce visage fier et obstiné bouleversa une fois encore Bayard. Le chevalier dut prendre sur lui pour concentrer son attention sur la pièce dans laquelle ils venaient de pénétrer.

Il ne connaissait rien à la fabrication des remèdes, mais point n'en était besoin pour comprendre que ce commerce prospérait. Outre le dénommé Adelphe qui s'affairait au comptoir, deux jeunes apprentis, à peine sortis de l'adolescence, travaillaient dans la boutique. Le premier, monté sur une échelle, accrochait des bottes de simples aux solives du plafond, tandis que le second récurait une marmite en cuivre à l'aide de brindilles et de sable.

Tout autour de la pièce, des étagères supportaient mortiers de bronze ou de pierre, pots d'onguents et cruchons d'argile renfermant sirops, potions ou électuaires. Sur une grande table cirée étaient répandues corolles, feuilles et herbes médicinales qui achevaient de sécher avant de rejoindre l'abri de tiroirs en bois richement ornés de décors polychromes. Le mur du fond, quant à lui, s'ornait d'un buste d'Hippocrate, de bocaux portant en abrégé le nom latin des drogues qu'ils contenaient, ainsi que d'une impressionnante collection de balances de tailles diverses. Une odeur douceâtre et indéfinissable d'herbes, de camphre et d'emplâtre à la moutarde régnait sur cet univers voué au culte d'Hygie et de Panacée[1].

Sans prononcer un mot, Héloïse fit comprendre à Bayard qu'ils pouvaient laisser là leur fardeau puis elle se dirigea vers une porte basse, en partie dissimulée dans les boiseries ornant le fond de la salle.

Quand il comprit qu'elle s'apprêtait à le faire pénétrer dans l'arrière-boutique, Bayard éprouva un soudain scrupule.

— Pardonnez-moi, damoiselle, mais en l'absence de votre père, je ne sais s'il convient de…

— Mon père serait le tout premier à me faire le reproche de vous avoir laissé aller sans vous apporter les soins que votre état nécessite, le coupa Héloïse. Et puis, n'étant point noble, vous me donnez de la gêne à m'appeler « damoiselle[2] ». Je préférerais que vous usiez de mon prénom : Héloïse.

— Héloïse, Héloïse, répéta Bayard à mi-voix comme

1. Les deux filles du dieu grec Asclépios (Esculape chez les Romains) ; elles symbolisaient les deux aspects, préventif et curatif, de la médecine.

2. À la fin du Moyen Âge, le terme désignait exclusivement une jeune fille noble, non mariée.

s'il lui fallait graver ces syllabes au plus profond de son âme.

Elle le fit asseoir sur une chaise en paille et commença à s'affairer au milieu d'un véritable capharnaüm de récipients, de tailles et de formes variées.

Cette seconde salle était à la fois plus exiguë et moins soigneusement rangée que la première. Un amoncellement d'instruments hétéroclites occupait l'unique table taillée dans un bois des plus vulgaires. Il y avait là des cornues et des matras à cols de cigogne, des tuyaux en poterie emboîtés les uns dans les autres, un alambic de cuivre rouge, des creusets plus ou moins volumineux, ainsi qu'un fourneau à combustion lente. En raison de la pénombre qui régnait dans la pièce, chichement éclairée par deux étroites lucarnes laissant deviner une cour intérieure et un jardinet de simples, chacun de ces objets paraissait sur le point de s'animer d'une vie propre. On eût dit une faune chimérique et vaguement inquiétante. Pour tout dire, cet attirail évoquait moins le laboratoire d'un honnête médicastre que l'antre d'un alchimiste se livrant à d'obscures et inavouables expériences.

Le naturel avec lequel la jeune femme évoluait en ce lieu et manipulait tous ces objets étranges était d'autant plus déconcertant.

— Je ne savais pas que les femmes pouvaient prétendre à être instruites dans l'art de l'apothicairerie, dit Bayard pour dissiper le malaise qui s'insinuait en lui. Est-ce votre père qui vous a transmis sa science ?

— Je lui dois en effet la plupart de ce que je sais, répondit Héloïse en terminant de mélanger plusieurs poudres avant de les triturer avec de la graisse animale.

Il a commencé à me dispenser ses enseignements très tôt, en fait dès que j'ai été en âge de lire les traités de nos glorieux Anciens, notamment Hippocrate et Galien. Mais cela fait quelques années que je me livre à mes propres recherches, et j'ai déjà mis au point certaines formules originales. Quant à savoir si une femme peut rivaliser avec les hommes dans le façonnage des remèdes, il en va de ce domaine comme de bien d'autres. Pour peu qu'on lui permette d'exprimer ses capacités, une femme peut égaler et même surpasser bien des mâles imbus de leurs prérogatives.

Bayard ne fit aucun commentaire, mais la crâne réponse de la jeune femme lui plut assez. Son ravissement fut porté à son comble lorsque, de ses doigts délicats, Héloïse entreprit de lui enduire le front avec le baume qu'elle venait d'achever.

— Dire que ce tantôt encore, je vouais aux gémonies le valet qui avait la responsabilité des esteufs lors de la finale ! soupira d'aise le chevalier en se laissant aller en arrière contre le dossier de sa chaise. Pourtant, sans sa sotte méprise, je n'aurais pas eu la satisfaction de m'en remettre ainsi à vos bons soins.

Tout en continuant son massage, Héloïse secoua la tête avec un air contrarié.

— Je ne sais, dit-elle, si, en la circonstance, le terme de « méprise » est bien le plus approprié.

— Que voulez-vous dire ? demanda Bayard en se redressant à demi pour lever vers la jeune femme un regard étonné.

Héloïse parut hésiter un court instant puis elle laissa tomber en détachant soigneusement chaque syllabe :

— J'ai de bonnes raisons de croire que votre accident, ce matin, n'en était pas vraiment un.

— Ah, çà ! sursauta Bayard. Il faut m'en dire plus, Héloïse. Car vous me baillez là une nouvelle des plus déroutantes. Comment pouvez-vous affirmer pareille chose ?

— Il se trouve que j'avais les yeux fixés sur ce diable d'Italien lorsqu'il vous adressa cette pelote qui, de bien peu, manqua vous estourbir. J'ai vu l'expression mauvaise de son visage. Le doute n'est pas permis : il savait que l'esteuf était garni de pierres et de rognures de métal et vous a visé intentionnellement.

Bayard sourit avec malice.

— Ne pensez-vous pas, Héloïse, que vous avez plutôt été victime de votre imagination ou bien, et je serai le dernier à vous en faire le reproche, influencée par votre désir de me voir l'emporter ?

— Il n'est point dans mes habitudes, messire Bayard, de porter une accusation à la légère, comme bien vous le verrez si vous me laissez achever.

— Pardonnez-moi, fit le chevalier qui invita la jeune femme à poursuivre d'un geste conciliant de la main. Je vous écoute et promets de demeurer coi.

— Souvenez-vous que, sous la violence du choc, vous avez chu en la prairie et que l'Italien fut le premier à se porter auprès de vous. Tout le monde dans l'assistance vit dans cet empressement une manifestation de sollicitude. Tout le monde, sauf moi ! Or, la première chose que fit votre rival, une fois agenouillé auprès de vous, consista à ramasser l'esteuf et à le dissimuler sous sa chemise. Il agit fort prestement, et je doute que quelqu'un d'autre ait surpris son manège. Toutefois, comme je me défiais de lui, la chose ne m'échappa point.

Malgré sa promesse, Bayard ne put retenir une exclamation outrée :

— Le coquin ! Il m'en rendra raison !

— Ce n'est pas tout, enchaîna Héloïse. Après votre victoire, il y a eu un court moment de confusion, lorsque l'on a appris que la reine, contrairement à ce qui était prévu, ne viendrait pas elle-même récompenser le vainqueur. J'en ai profité pour me rapprocher du quartier des jouteurs. J'y ai surpris votre adversaire en secrète conversation avec l'un des valets de lice. Un grand échalas, aux membres malingres, avec des cheveux si roux qu'on les eût dits embrasés par les flammes infernales. L'Italien semblait en grand courroux, tandis que son vis-à-vis cherchait visiblement à se disculper de quelque accusation ou reproche. Pour finir, le premier a confié au second l'esteuf qu'il avait tiré de sous sa chemise.

Bayard se leva :

— Héloïse, vous êtes décidément une personne pleine de ressources. Et je rends grâce à la providence qui m'a fait vous rencontrer. Je ne sais encore quelle résolution adopter à la suite de ce que vous venez de m'apprendre, mais je ne doute pas que ces informations me seront précieuses. Je vous remercie aussi pour l'apaisement que vous m'avez procuré. Je ne ressens quasiment plus aucune douleur.

En lui-même, le chevalier ne pouvait s'empêcher de songer que les qualités d'observation et la finesse d'esprit de la jeune femme auraient pu lui être d'un grand secours pour résoudre l'énigme apparemment insoluble de la mort du roi, mais, bien évidemment, il n'en souffla mot.

Avant qu'il ne quitte l'apothicairerie de la Vipère Couronnée, Héloïse Sanglar lui confia une fiole renfermant une décoction de pavot mêlée de jus de laitue. Il s'agissait, à l'en croire, d'une composition infaillible pour l'aider à trouver le sommeil si, à Dieu ne plaise, la douleur venait à se réveiller dans la soirée. Puis, sur le seuil de la boutique, la jeune femme le gratifia d'un sourire lumineux qui la rendait plus belle et plus irrésistible encore.

En s'éloignant presque à contrecœur, Bayard se demanda si le délicieux trouble qu'il sentait poindre en sa poitrine ressemblait à la naissance de cet amour dont il n'avait point la connaissance directe, mais qu'exaltaient certains récits de chevalerie parcourus du temps de son adolescence. Et le seul fait de se poser cette question lui procurait une sorte de joie béate…

S'il avait été moins accaparé par le souci de ses propres sentiments, peut-être eût-il remarqué la silhouette engoncée dans un long manteau et dont le visage disparaissait sous un chapeau à larges bords, qui semblait l'attendre au plus proche carrefour.

À son passage, l'inconnu se rencogna dans l'ombre d'un porche, puis le laissa prendre de la distance avant de lui emboîter furtivement le pas.

Point n'était besoin de croiser son regard pour lui deviner une lueur meurtrière en les prunelles. Son allure fourbe et sa vêture le désignaient assez comme un redoutable assassin. De ceux qui ne frappent qu'à coup sûr et plus volontiers dans le dos…

8

Nuit d'insomnie

C'était une nuit sans lune. De grands nuages couraient dans le ciel, telles des cavales en furie. On eût dit une charge d'apocalypse, un choc de troupes affrontées. Le vent tourmentait les feuillages, jetant les arbres les uns contre les autres, arrachant les ardoises des toits. Et ses sifflements impérieux semblaient provenir de mille serpents assemblés, en cette nuit d'épouvante, pour gober le monde et détruire jusqu'au souvenir de l'humanité.

Emmitouflée dans une cape de drap brun dont la profonde capuche lui protégeait le visage, Héloïse luttait contre les bourrasques.

Le corps penché en avant, elle achevait de gravir le raidillon menant au château d'Amboise. Les rafales de vent lui cinglaient les joues comme autant de gifles. La peau lui cuisait et des larmes lui jaillissaient des paupières. Cependant, elle ne faiblissait pas, luttant bravement contre les éléments déchaînés et faisant effort sur elle-même pour ignorer la douleur lancinante qui irradiait de son pied bot. Le pressentiment d'un danger imminent l'avait tirée de sa couche au beau milieu de la nuit. Elle avait aussitôt songé au chevalier Bayard. Sans raison précise, mais avec cette intuition qui vient parfois aux âmes qui ne s'appartiennent plus en raison de leur attirance irrésistible pour un autre être.

La vue qui s'offrit à ses yeux, lorsqu'elle parvint enfin aux grilles du château, tout en confirmant ses craintes, laissa la jeune femme muette de stupeur.

Les sentinelles dévolues à la garde de la porte principale gisaient, sans vie, sur le sol. Les corps ne portaient aucune blessure apparente ni aucune trace de sang. Cependant, au premier regard, Héloïse comprit que leur immobilité ne devait rien au sommeil ni même à une quelconque drogue.

Traversant à la hâte la vaste cour d'honneur, la jeune femme parvint à d'autres grilles dont la garde avait été pareillement neutralisée. De là, terrorisée mais ne pouvant renoncer à aller de l'avant, elle gagna le grand escalier et pénétra à l'intérieur du château.

L'enfilade des salons du rez-de-chaussée était déserte. Pas âme qui vive ! Mais ce qui surprit encore davantage Héloïse, ce fut de constater que toutes les fenêtres étaient ouvertes. Le vent s'y engouffrait en tourbillons violents et tourmentait les tentures jusqu'à les animer d'une vie propre, si bien que la jeune femme avait l'impression angoissante de progresser entre une double haie de fantômes.

Bien qu'elle n'eût jamais auparavant pénétré dans la demeure royale, Héloïse se dirigea sans hésitation jusqu'au palier du premier étage. Parvenue là, sans même se donner la peine de réfléchir, elle avisa une porte ouvragée, la poussa et pénétra dans une pièce éclairée par la lueur d'un feu mourant.

C'était une grande chambre pleine d'ombre. Des rideaux de velours masquaient l'embrasure de la fenêtre et étouffaient les sons du dehors, rejetant les hurlements incessants de la tempête dans des lointains presque irréels. Au centre de la pièce se trouvait un lit à baldaquin qui, chose des plus étranges, constituait le seul meuble du lieu. Sur ce lit se devinait la forme d'un homme endormi.

Héloïse s'approcha, les yeux fixés sur cette silhouette dont elle ne distinguait que le dos. Son cœur cognait dans sa poitrine et l'angoisse lui glaçait le sang. Quant à son pied déformé, il la faisait souffrir comme jamais.

Les derniers pas qui la portèrent auprès du lit exigèrent de sa part un effort presque surhumain.

Lentement, sa main blanche se posa sur l'épaule du dormeur et fit rouler celui-ci sur le dos. Héloïse ne put réprimer alors un cri d'horreur en découvrant le visage livide du chevalier Bayard. Ce ne sont point tant les lèvres exsangues ni même le teint cireux de la peau qui la bouleversèrent, mais bien plutôt l'horrible plaie que l'infortuné gisant portait au front. Les chairs sanglantes semblaient déchiquetées, l'os était enfoncé. Pareille blessure ne pouvait avoir été provoquée que par un mousquet, mais pour engendrer un trou de cette dimension il eût fallu que la balle soit au moins de la taille d'une pelote de tenetz.

Alors qu'Héloïse reculait, titubante d'effroi, les mains croisées devant sa bouche pour se retenir de hurler, se produisit l'inimaginable. Sous une brutale poussée du vent, les battants de la fenêtre s'écartèrent brusquement, de même que les lourds rideaux. Puis une pluie d'une rare intensité s'abattit à l'intérieur de la chambre. Mais ce n'étaient pas des gouttes d'eau qui balayaient en crépitant le plancher de chêne. Il s'agissait d'un liquide épais, visqueux, à l'odeur douceâtre, écœurante, aux reflets d'un rouge très sombre.

C'était une averse de sang qui jaillissait de la nuit obscure !

*

Héloïse Sanglar s'éveilla en sursaut. Elle écarquilla les yeux et fut toute surprise de se retrouver dans sa chambre, au deuxième étage de la maison familiale. Un cauchemar ! Cette horrible course dans la nuit et la vision du visage ensanglanté de Bayard n'étaient – Dieu merci ! – que les fruits d'un mauvais songe.

Ébouriffant ses longs cheveux emmêlés, elle se redressa tout à fait sur sa couche et tendit l'oreille. Une pluie obstinée heurtait le volet en bois. C'était sans doute ce tambourinement qui avait engendré la dernière vision de son rêve et fini par l'arracher à l'emprise du sommeil.

Lentement, elle se leva, passa un surcot bordé de fourrure sur sa chemise de toile et alla à la fenêtre. En bas, dans la rue enténébrée, brillaient des torches enduites de poix et protégées de la pluie par de petits auvents. Elle ouvrit la croisée. Le clapotement de l'averse était plus fort à présent et l'air nocturne semblait chargé de l'odeur âcre du soufre. Par intermittence, de grands éclairs silencieux zébraient le ciel. Héloïse se recula d'un pas et, songeuse, appuya son front contre l'encadrement de la fenêtre. Elle se sentait perturbée. Jamais encore auparavant, elle n'avait croisé un homme capable de lui faire suffisamment d'effet pour s'imposer à elle jusque dans ses rêves. Quelques jours plus tôt, la chose lui eût même paru inconcevable. Elle était si fière de son indépendance et du savoir que son père lui avait transmis, si accaparée par les doctes travaux auxquels elle consacrait toute son énergie, qu'elle pouvait se croire à l'abri de ces ridicules émois amoureux qui faisaient pourtant l'ordinaire des filles de son âge. Et voilà que cette certitude sur laquelle elle s'était construite, qui lui avait permis de surmonter son handicap physique, se mettait à vaciller comme la flamme d'une chandelle sous l'effet d'un brusque courant d'air.

Un frisson à la fois délicieux et trouble la parcourut tout entière quand elle se remémora l'instant où, dans l'arrière-boutique de l'apothicairerie, ses doigts s'étaient posés sur le front de Bayard. Une vive émotion l'avait envahie à ce premier contact, et c'était un miracle qu'elle eût réussi à n'en rien laisser percevoir au chevalier. Était-ce là ce que l'on appelait l'amour ? Était-elle à ce point semblable aux autres filles qu'elle manquât tomber en pâmoison devant le premier beau parti qu'il lui était donné d'approcher ? Plusieurs sentiments contradictoires l'assaillaient. Ébranlée, elle en venait à se demander si son cauchemar ne constituait pas, au fond, une manière d'avertissement. Fallait-il s'alarmer d'une si soudaine attirance ? Ne devait-elle pas se tenir à l'écart de ce jeune homme trop valeureux et trop séduisant, sous peine de devoir dire adieu à toute quiétude ? La sagesse lui dictait-elle de renoncer à le revoir quand bien même cette seule pensée suffisait à la bouleverser ? Cependant, tandis qu'elle se posait ces questions aussi nombreuses que vaines, Héloïse sentait bien que quelque chose de très profond était en train de naître en elle, contre lequel ni son orgueil ni sa raison ne pourraient lutter.

Elle en était là de ses atermoiements lorsqu'un bruit étouffé attira son attention.

Sur l'instant, elle n'y accorda pas vraiment d'importance, mais le bruit se répéta, venant des étages inférieurs de la maison. C'était une sorte de raclement indistinct. Elle prêta l'oreille. On eût dit les grattements d'un renard forçant l'entrée d'un poulailler. Perplexe, la jeune femme s'habilla à la hâte et passa sur le palier. Une seule autre pièce occupait le dernier étage de la maison : la chambre de son père. Héloïse fut sur le point d'en ouvrir la porte pour s'assurer de sa présence, mais elle se ravisa. L'apothicaire avait eu une rude journée et elle ne voulait pas risquer de troubler son repos. Elle retourna dans sa chambre chercher une chandelle et s'engagea résolument dans l'escalier.

Au premier étage, la salle commune se trouvait plongée dans l'obscurité. La deuxième pièce correspondait à la chambre d'Ermeline. Un ronflement sonore traversait la porte, qui suffit à convaincre Héloïse que son ancienne nourrice n'était en rien responsable du bruit entendu quelques instants plus tôt. Au passage, la jeune femme ne put s'empêcher de sourire en imaginant la vigueur des protestations que la fidèle servante ne manquerait pas de lui opposer si jamais elle se risquait à évoquer devant elle la profondeur et le caractère si peu discret de son sommeil.

Un nouveau raclement l'arracha à cette pittoresque évocation. Tous ses sens aux aguets, elle tenta de localiser l'origine du bruit. Elle entendit alors un deuxième grincement, suivi d'un bruit sourd et d'un juron étouffé. Le cœur d'Héloïse se mit à battre plus rapidement. Il ne faisait plus le moindre doute que les bruits provenaient de l'arrière-boutique. Quelqu'un s'y livrait à quelque obscure besogne en s'efforçant de ne pas trahir sa présence. Un voleur ? La chose n'était pas impossible. La boutique regorgeait de marchandises d'un prix certain : racines de mandragore, bézoard, poudre de licorne, feuilles d'or et d'argent pour enduire les pilules, cinabre, corail, sans compter les nombreuses gemmes utilisées en thérapeutique[1], l'agate active contre l'inflammation, le lapis-lazuli efficace en pommade pour combattre la cataracte, l'onyx réputé chasser la tristesse, le béryl contre les spasmes… Certes, il y avait là de quoi exciter bien des convoitises !

La jeune femme fut, l'espace d'un instant, tentée d'ameuter son monde. À son appel, nul doute que son père n'eût rapidement surgi à ses côtés, de même qu'Adelphe, le compagnon, qui logeait dans un réduit

1. L'utilisation en thérapeutique des pierres précieuses, incorporées dans différentes formes galéniques après broyage au mortier, connut son apogée sous la Renaissance. Mais leur usage remonte à la plus haute Antiquité. Au XIe siècle, le médecin byzantin Michel Psellos leur consacra un ouvrage fameux : *Le Traité sur les propriétés des pierres*.

de l'arrière-cour avec les deux apprentis. L'intrus se trouverait ainsi pris en tenaille. Cependant, pour une raison inexplicable, Héloïse sentait qu'agir ainsi serait commettre une maladresse. Elle devait surprendre le manège du visiteur nocturne et découvrir ainsi les raisons exactes de sa présence dans les lieux. Un vague pressentiment lui disait qu'après tout, le désir de lucre n'était peut-être pas sa principale motivation.

Mobilisant son énergie pour maîtriser la peur qui commençait à l'étreindre, Héloïse descendit la volée de degrés qui menaient au rez-de-chaussée. D'une main, elle masquait l'éclat de sa chandelle afin de ne pas trahir son approche. De l'épaule, elle prenait appui contre le mur pour alléger ses pas et ne pas risquer de faire grincer une marche. Quand elle atteignit l'étroit couloir où aboutissait l'escalier, elle hésita de nouveau. À l'une des extrémités, une porte basse, que l'on verrouillait tous les soirs, ouvrait sur la rue. Plus proches d'elle se découpaient dans la pénombre les portes en vis-à-vis donnant sur la cuisine et sur l'arrière-boutique et celle permettant d'accéder à la cour et au jardin de simples. En passant par cette dernière, il ne lui faudrait que quelques minutes pour atteindre le réduit, réveiller Adelphe et les garçons et revenir en force dans la maison. Était-ce la meilleure solution ou, au contraire, risquait-elle d'offrir ainsi le délai suffisant à l'intrus pour prendre la fuite ?

Un nouveau grincement l'incita à ne pas tergiverser plus longtemps. Tout en se reprochant intérieurement sa tendance à toujours vouloir se débrouiller seule, elle commença malgré tout à manœuvrer avec d'infinies précautions la bobinette donnant accès à l'arrière-boutique.

Une fois le battant écarté, elle passa la tête par l'étroite ouverture pour examiner l'intérieur de la pièce. Baignée de clarté lunaire, celle-ci présentait au regard la faune vaguement inquiétante de ses cornues, tubulures et autres instruments nécessaires aux expériences d'alchimie. Parmi cet amoncellement hétéroclite, Héloïse ne tarda pas à distinguer une ombre plus dense qui masquait en partie le grand alambic de cuivre. Le doute n'était pas permis. Il s'agissait bien d'un homme qui s'arc-boutait contre la cucurbite de l'appareil comme pour le repousser près du mur.

La jeune femme s'apprêtait à regagner prudemment le couloir, bien décidée cette fois à alerter la maisonnée, lorsqu'un mouvement de l'inconnu l'amena à déplacer son profil en plein dans le halo d'un rayon de lune. Héloïse ne put retenir une exclamation stupéfaite en reconnaissant les traits d'Adelphe, le compagnon de son père. Quelle mouche avait donc piqué ce grand dadais, plus paresseux qu'une couleuvre, pour lui faire ainsi déserter son lit au beau milieu de la nuit ?

Abandonnant toute précaution, la discrétion étant désormais superflue, Héloïse s'avança dans la pièce en dévoilant la flamme de sa chandelle.

Le cri poussé par la jeune femme avait fait se redresser l'aide-apothicaire avec la vivacité d'un diable monté sur ressort. Une expression effarée se peignait sur son visage. On eût dit un enfant pris en faute, la main dans le pot de confiture.

— Que diable fais-tu donc là, Adelphe ? gronda Héloïse. On n'a pas idée de farfouiller comme ça dans le noir. J'ai cru qu'un voleur s'était glissé chez nous.

Ah çà ! Tu peux te vanter de m'avoir fichu une sacrée frousse !

— C'est… c'est vous, maîtresse Héloïse ? balbutia l'intéressé en cherchant vainement à masquer son trouble. Je ne vous avais pas entendu venir. Je… je croyais que tout le monde dormait.

— Tu n'as pas répondu à ma question. Pour quelle raison te trouves-tu debout à pareille heure ?

— Moi ? Vous… vous me demandez ce que, moi, je fais là ?

— Ma foi, oui : toi ! insista la jeune femme. Sinon, à qui d'autre crois-tu que je pourrais m'adresser ? Nous sommes seuls dans cette pièce, non ?

L'attitude d'Adelphe, tête basse, bras collés contre le corps, jambes croisées, trahissait un embarras évident.

— C'est à dire que… je me suis souvenu… enfin, je veux dire, je dormais et, soudain, la pensée que j'avais omis de couvrir le foyer de l'alambic m'a traversé l'esprit… Je… j'ai eu peur qu'un accident ne survienne pendant la nuit. On ne sait jamais… Il pourrait suffire d'une seule braise projetée… alors j'ai jugé utile… j'ai préféré me lever pour corriger mon erreur et tout remettre en ordre.

Héloïse, que les explications emberlificotées du compagnon agaçaient plus qu'autre chose et qui, toute crainte envolée, sentait revenir le sommeil, étouffa un bâillement du dos de sa main.

— Voilà donc la raison de cet intermède nocturne ! Encore un effet de ta distraction ! La prochaine fois, tu seras bien avisé d'accomplir tes vérifications à une heure plus chrétienne. Cela m'évitera de risquer d'attraper la malemort en jouant à mon tour les somnambules pour découvrir ce qui se trafique sous notre toit.

— Je… je suis navré, marmonna Adelphe avec un air contrit. Je ferai en sorte que cela ne reproduise pas.

Il s'inclina par deux fois et se faufila rapidement en direction de la porte. Au moment de la franchir, il se retourna vers la jeune femme. Sa voix se fit plus cauteleuse :

— Peut-être n'est-il pas utile que maître Sanglar soit mis au courant de mon oubli. C'est que je crains fort son courroux, étant donné qu'hier déjà il m'a reproché la confection défectueuse d'un looch* aux figues et à la violette.

Héloïse ne prit pas la peine de répondre et éloigna l'effronté d'un geste agacé de la main. Demeurée seule, elle songea que son père était décidément bien mal secondé. Elle s'était déjà demandé plusieurs fois comment il pouvait supporter la négligence de son employé et pourquoi il ne l'avait pas encore tout bonnement chassé de sa boutique. En fait, elle connaissait pour partie la réponse. Orphelin de père et mère, Adelphe leur avait été chaudement recommandé par un lointain cousin, abbé de son état, qui dirigeait le monastère des Minimes à Amboise. Sans motif puissant, il était inutile, voire téméraire, de déplaire à un prélat si haut placé. Après tout, dans deux ans, Adelphe aurait accompli son temps de compagnonnage et pourrait aller se faire pendre ailleurs. Nul ne le regretterait chez les Sanglar !

Perdue dans ses pensées, Héloïse s'était rapprochée sans y prendre garde du grand alambic. La flamme de sa chandelle arrachait des éclats rougeoyants au cuivre du serpentin et de la chaudière, créant ainsi d'étonnantes métamorphoses, d'insaisissables fantasmagories. Machinalement, la jeune femme ouvrit la trappe qui permettait d'accéder au foyer de l'instrument. Un lit de cendres en tapissait le fond. Héloïse promena prudemment sa main au-dessus et, à sa grande surprise, ne ressentit aucune chaleur.

Les cendres étaient aussi froides que le marbre d'un tombeau…

9

La bibliothèque du Cloux

Ce soir-là, de retour au château après son escapade dans la cité d'Amboise, Bayard eut toutes les peines du monde à entrapercevoir Philippe de Commynes. Le grand chambellan se trouvait accaparé par la préparation de l'assemblée des pairs qui devait se tenir quelques jours plus tard, afin de décider de l'avenir du royaume. En ces heures critiques, la reine Anne de Bretagne tenait à conserver son conseiller le plus avisé au plus près de sa personne, et le jeune chevalier put seulement échanger avec ce dernier quelques mots entre deux portes.

— Avez-vous découvert des éléments nouveaux susceptibles de faire progresser l'enquête que vous savez ? lui demanda Commynes aussitôt qu'il l'aperçut.

— Hélas, non ! admit Bayard avec un soupir qui en disait long sur son désappointement. J'ai inspecté les petits appartements et la galerie Hacquelebac de long en large. Pas le moindre résultat ! Pourtant, je demeure persuadé que ma version est la seule qui s'approche de la vérité. Il me faudrait simplement plus de temps pour mener à bien mes investigations.

L'expérimenté chambellan fit la moue et tira Bayard à l'écart des gens de cour qui composaient le cercle des favoris de la reine.

— Malheureusement, comme je vous l'ai dit tantôt, c'est le bien qui nous fait le plus défaut. Les heures sont comptées. Si vos recherches n'aboutissent pas cette nuit ou demain matin au plus tard, il nous faudra rendre publique la version du décès par accident.

— Mais vous, vous savez bien que notre infortuné sire a été assassiné. Je vous ai convaincu, n'est-ce pas ?

— Plus bas, malheureux ! Si l'on venait à vous entendre ! Je ne croirai que ce que ma raison, et non mon imagination, reconnaîtra pour vrai. Pour l'heure, il me faut seulement admettre que vous vous êtes livré à des constatations troublantes. Mais, jusqu'à preuve du contraire, votre thèse se heurte à une impossibilité matérielle. Tant que cet obstacle ne sera pas levé, nul ne pourra y apporter officiellement foi.

— Et officieusement ? insista Bayard qui avait besoin de se sentir conforté au moment d'affronter ce qui s'annonçait comme la nuit la plus longue de sa jeune existence.

— Officieusement, je vous l'ai déjà dit, vous pouvez compter sur mon appui. Votre dévouement et votre vivacité d'esprit plaident en votre faveur. D'ailleurs, pour vous montrer combien je suis attaché à votre réussite, je vais vous livrer une possible piste.

Le conseiller saisit Bayard par le bras et l'entraîna encore davantage à l'écart, dans l'encoignure d'une fenêtre.

— L'existence d'un passage secret n'est pas à exclure

et permettrait d'expliquer la disparition d'un éventuel agresseur.

— J'ai sondé moi-même tous les murs. En vain !

— L'issue a pu être particulièrement bien masquée. Ce qu'il faudrait, c'est consulter les plans originaux des architectes italiens qui ont présidé au réaménagement du château.

— Vous croyez la chose possible ?

Un mince sourire éclaira les traits de Commynes, estompant les rides et faisant disparaître l'expression de lassitude qu'avaient inscrite, sur le beau visage, trente années de diplomatie au service des grands de ce monde. L'espace d'un instant, une lueur espiègle joua dans ses prunelles et laissa entrevoir le jeune homme astucieux et plein de ressources qu'il avait été et qui, sans doute, se retrouvait pour partie en Bayard.

— Non seulement je le crois, mais je vais vous procurer le moyen d'accéder à ces documents en toute discrétion. Autrement, je n'aurais pas parlé d'une possible piste. Je sais avec certitude que les plans sont conservés parmi les archives du fief d'Amboise, dans la bibliothèque seigneuriale. Celle-ci se trouve au château du Cloux[1], la résidence d'été de la reine. Elle occupe le dernier étage de l'aile ouest. Il faudra vous y rendre à la nuit tombée. Des bruits commencent à circuler sur l'état

1. Il s'agit du manoir du Clos Lucé, édifié en 1477 à cinq cents mètres du château royal par Étienne Le Loup, maître d'hôtel du roi Louis XI. Charles VIII l'avait acquis en 1490 et transformé pour qu'il puisse séduire sa jeune épouse, Anne de Bretagne. C'est dans ce manoir que Léonard de Vinci vécut les trois dernières années de sa vie, entre 1516 et 1519.

véritable du roi et certaines langues évoquent déjà les investigations auxquelles vous vous êtes livré cet après-midi dans les petits appartements. Il convient désormais de ne plus alimenter ce genre de rumeurs.

— Je comprends, fit Bayard en hochant gravement la tête. Mais comment pourrai-je pénétrer au Cloux, surtout la nuit, sans avoir à me faire reconnaître ?

— C'est là précisément qu'intervient le moyen que je viens d'évoquer. Un souterrain relie les deux châteaux. Vous en trouverez l'entrée dans le cellier attenant aux cuisines. Une porte dissimulée derrière la première rangée de tonneaux. En voici la clé. À présent, séparons-nous. Il ne serait pas bon que l'on nous voie trop longtemps converser ensemble.

Cette courte entrevue suffit à rasséréner le chevalier. Celui-ci ne se plaisait en effet que dans l'action, et, depuis ses vaines explorations de l'après-midi, il se morfondait dans une expectative forcée. Au moins le grand chambellan lui offrait-il l'occasion de reprendre l'initiative.

Peu après onze heures, Bayard gagna les cuisines du château pour se restaurer. Ce n'était pas la première fois depuis son arrivée à Amboise qu'il délaissait les salles de réception pour s'attabler en toute simplicité dans les communs. À lui qui avait passé sa petite enfance à la campagne, dans la demeure familiale qui tenait plus de la maison forte que du château, la compagnie des servantes et des valets était sinon plus agréable, du moins plus familière que celle des hauts personnages de la cour. Les années passées par la suite dans l'entourage de Charles Ier, duc de Savoie, en qualité de page, n'avaient en rien changé son inclination naturelle qui le poussait vers les rapports simples et directs, cette fraternité teintée de rudesse dont il avait pu apprécier le prix lors de ses premières campagnes militaires.

À Amboise, c'est une matrone originaire du Poitou et en charge de la préparation des repas pour les gens de la maison royale qui l'avait pris sous son aile. Éléonore, car tel était son prénom, régnait en maîtresse sur toute une armée de marmitons qu'elle menait à la baguette. Dotée d'un tour de taille éléphantesque, d'une voix tonitruante mais aussi d'un cœur en or, elle terrorisait ceux qui se trouvaient placés pour la première fois sous ses ordres et s'attirait, à la longue, l'affection dévouée de tout son petit monde de rôtisseurs, gâte-sauce et autres laquais de bouche.

Succombant comme tant d'autres au charme de Bayard, charme d'autant plus redoutable que lui-même n'en avait pas conscience, la brave cuisinière s'était donnée pour mission de nourrir cette solide carcasse. Elle n'avait de cesse également de prodiguer au chevalier cette affection maternelle dont débordent certaines femmes d'âge mûr quand, les années passant, elles réalisent que leur prince charmant se fait par trop attendre et que leur trop-plein de tendresse risque de s'amenuiser comme l'huile des lampes, sans jamais avoir alimenté aucun feu de joie. Renonçant à la passion, elles deviennent alors de parfaites mères de substitution.

Cette fois-là, constatant que Bayard semblait plongé dans ses pensées et enclin à négliger ce premier devoir d'un bon chrétien qui est de ne point se laisser dépérir, cet esprit simple mais généreux mit un point d'honneur à confectionner au chevalier un repas digne d'un roi. Il dîna donc de rôties au fromage, d'un cuissot de chevreuil accompagné d'un gâteau de pommes indignes* et d'une tourte aux poires. Le tout arrosé d'un vin de Bourgogne, avec du pain de seigle et de son.

Quand la brave Éléonore délaissa enfin ses fourneaux pour venir constater *de visu* les effets de sa pratique sur son protégé, elle fut toute surprise de constater que Bayard ne l'avait pas attendue. Lui qui d'ordinaire se plaisait à la taquiner, à lui plaquer de furtifs baisers sur la joue et qui s'attardait volontiers dans sa cuisine, goûtant les sauces en y trempant les doigts, arrachant ici une cuisse à un poulet, picorant là un morceau de fromage, comme ça, juste pour lui laisser le plaisir de le morigéner, s'était escamoté sans demander son reste.

La cuisinière fit d'abord la moue puis, cédant à sa bonté naturelle, elle haussa les épaules avec attendrissement et laissa tomber d'une voix amusée :

— Ah, ces jeunes gens sont bien tous les mêmes ! Pas moyen de les faire tenir en repos un moment ! Ne dirait-on pas que l'avenir du royaume est suspendu à leurs bottes !

Et, ravie au fond d'elle-même d'avoir remplumé son petit coq, Éléonore fit pivoter son corps volumineux et s'en retourna malmener son personnel.

Pendant ce temps-là, Bayard avait discrètement gagné le cellier. Il ne tarda pas à repérer l'alignement de tonneaux dont lui avait parlé Commynes et à trouver la porte défendant l'entrée du souterrain. La clé joua aisément dans la serrure et l'huis pivota sur ses gonds sans le moindre bruit.

Ayant pris soin de se munir de plusieurs bougies, il en tira une de sous son pourpoint, l'alluma à l'une des torches du cellier et s'enfonça dans le souterrain. Très rapidement, au bout de deux ou trois toises, il lui fallut s'engager dans un escalier aux marches glissantes. En bas, la maçonnerie des murs le cédait à la roche. L'air était humide et sentait à la fois la terre et le moisi. Le souterrain était relativement étroit. Deux hommes n'auraient pu s'y engager de front. Bayard, tout en progressant à pas mesurés, s'efforçait d'apprécier la distance parcourue. La chose n'était point aisée car le confinement du lieu perturbait tous ses repères. La flamme de sa bougie n'accrochait que de vagues et fugitives lueurs sur les parois de pierre, ce qui l'obligeait à tendre son bras libre en avant pour se diriger. Même le bruit de ses propres pas lui échappait, recouvert par un clapotis permanent venu d'on ne sait où.

En fin de compte, il lui sembla avoir parcouru près d'une dizaine d'arpents* quand il sentit le sol se relever en pente douce. Un peu plus loin, de nouveaux degrés remontaient pour aboutir à une paroi de planches. Une corde passait dans un trou pratiqué sur la droite. Il suffisait de la tirer pour que le châssis pivote et dégage une ouverture donnant sur une étonnante profusion de jupons et de soieries. Un instant décontenancé, le chevalier comprit qu'il venait d'émerger par le double-fond d'une penderie. Il écarta les vêtements et poussa précautionneusement les deux battants de l'armoire pour se retrouver enfin dans un espace où l'air circulait librement.

C'était une chambre de grandes dimensions, aux

murs tendus de tapisseries magnifiques et aux meubles en bois précieux. Bayard brandit sa bougie en avant et tourna sur lui-même pour mieux inspecter l'endroit où il se trouvait. La faible lumière accrocha le manteau d'une cheminée. En apercevant le blason sculpté dans la pierre qui figurait un double semis d'hermines et de fleurs de lys, le jeune chevalier sentit l'excitation le gagner. Il venait de réaliser qu'il se trouvait dans la propre chambre d'Anne de Bretagne !

Il eut alors une pensée émue pour son oncle Laurent Alleman, frère de sa mère et évêque de Grenoble. Sans la générosité de celui-ci et la confiance qu'il lui avait jadis témoignée, Bayard n'aurait jamais pu entamer d'études ni accomplir son apprentissage des armes dans l'entourage du duc de Savoie. Il songea également au comte de Ligny, dans la compagnie duquel il était entré, cinq ans plus tôt, en qualité d'homme d'armes et qui lui avait permis de gagner la cour de France. Ces deux hommes, qui avaient joué pour lui, tour à tour, le rôle de protecteur, auraient été stupéfaits s'ils avaient pu le voir à l'heure présente, pénétrant seul, et qui plus est par un passage secret, dans la chambre de la reine.

Surmontant son émotion passagère, le jeune chevalier se dirigea à pas de loup vers la porte. Il colla son oreille contre le battant et attendit quelques instants. De l'autre côté régnait un silence absolu. Il n'y avait là rien de surprenant car la saison n'était pas encore assez avancée pour que le manoir fût réellement habité. Servant de résidence d'été à Anne de Bretagne, le château du Cloux était gardé pendant les longs mois d'hiver par quelques serviteurs et une poignée de soldats. Tous se trouvaient logés dans les communs aménagés dans l'aile opposée. À cette heure avancée de la nuit, les appartements de la reine et la bibliothèque située juste au-dessus devaient être déserts.

Bayard pesa doucement sur la poignée de la porte qui céda à la première sollicitation. Il se trouvait à présent dans un couloir à l'extrémité duquel un escalier en bois menait à l'étage supérieur. La flamme de la bougie qu'il masquait de la paume de sa main laissait planer une pénombre cuivrée permettant de deviner les tableaux rapportés par Charles VIII de son expédition italienne, la balustrade en dentelle de l'escalier et les armures damasquinées qui montaient la garde autour de chaque fenêtre.

Le chevalier avança le long du corridor, tout en s'agaçant intérieurement de son poids qui faisait grincer le plancher sous ses pieds. Il atteignit ainsi l'escalier qu'il gravit avec précaution, s'arrêtant de temps en temps pour observer autour de lui, sans rien voir ni entendre d'anormal.

Parvenu au dernier étage du manoir, il n'eut aucun mal à se repérer, car deux portes seulement donnaient sur le palier. La plus proche, à deux battants, devait être celle qu'il cherchait. Il l'ouvrit et pénétra dans la bibliothèque.

La salle, tout en longueur, semblait plus vaste qu'il ne l'avait imaginé. Encore la semi-obscurité ne lui permettait-elle pas d'en apprécier avec précision toutes les dimensions. Les rideaux en serge de Hondschoote ornant les quatre fenêtres étaient en effet tirés, ce dont se félicita Bayard car, dans le cas contraire, deux des croisées donnant sur la cour intérieure, il eût été à craindre qu'un garde puisse apercevoir la lueur mouvante de sa bougie.

Avec une sorte de recueillement, le chevalier s'avança sur le dallage de marbre où ses pas éveillaient un écho sonore impossible à étouffer. Sur leurs rayonnages, les livres, dont l'or fin des reliures brillait doucement dans l'ombre, semblaient dormir d'un long sommeil. Bayard alluma une nouvelle bougie à la flamme mourante de la précédente et entreprit d'inspecter les premières étagères.

Très vite, il constata que les rayons entourant la pièce supportaient uniquement des ouvrages imprimés. Les manuscrits et documents d'archives se trouvaient regroupés dans une modeste bibliothèque vitrée. Bayard poussa un soupir de soulagement. En pénétrant dans la pièce et en constatant l'importance des rayonnages, il avait craint de ne pouvoir mettre la main sur les fameux plans, même en y consacrant toute une nuit de recherches, et s'était demandé pourquoi Philippe de Commynes ne lui avait pas donné de plus amples informations sur leur emplacement. À présent, il comprenait mieux. La bibliothèque du Cloux était avant tout un lieu d'agrément, et un très petit nombre seulement de documents originaux s'y trouvaient conservés.

Son soulagement cependant ne dura pas. La porte de l'armoire vitrée refusa obstinément de céder à ses sollicitations. Elle était verrouillée à double tour.

10

Des sonnets salvateurs

Le chevalier hésita, indécis. La solution la plus évidente consistait à briser la vitre, mais c'était prendre le risque de donner l'alarme. Il pouvait aussi tenter de forcer la porte. Il lui suffisait pour cela d'utiliser sa dague afin de faire levier. Le bruit serait assurément moins fort et il pouvait espérer que personne ne l'entendrait. Il se pencha et examina de près la serrure, tentant d'en apprécier la solidité. La chose, à n'en pas douter, était réalisable. Ce qui le retenait encore, c'était la pensée qu'en agissant ainsi il signait son passage nocturne en ces lieux, alors que le premier chambellan lui avait recommandé la plus grande discrétion. Mais, après tout, celui-ci aurait pu lui faciliter le travail en lui confiant aussi la clé de ce maudit meuble. En outre, il ne pouvait se permettre de tergiverser plus longtemps. Dieu seul pouvait savoir en effet combien de temps exactement il lui faudrait pour retrouver les plans des architectes italiens.

Les battements de son cœur s'accélérèrent quand il glissa sa lame dans le faible interstice entre les deux portes de l'armoire. Il pesa de tout son poids, tout en s'efforçant de maîtriser l'effet de la poussée. Le bois laissa entendre un grincement lugubre puis un craquement, et les deux battants s'écartèrent. Retenant un cri de joie, Bayard commença d'examiner le contenu du meuble.

Il finit par découvrir un épais dossier où une main inconnue avait calligraphié les noms de Dominique de Cortone et Fra Giocondo. Il tenait probablement ce qu'il était venu chercher !

Avisant une petite table à proximité du meuble qu'il venait de fracturer, il y posa sa bougie en équilibre, ouvrit le dossier et, prévoyant que son examen pourrait nécessiter un temps relativement long, il s'assit pour en examiner, plus à son aise, le contenu.

Comme il l'avait déduit en découvrant les noms des deux maîtres maçons que Charles VIII avait ramenés d'Italie pour l'aider à transformer sa résidence préférée, il s'agissait bien des manuscrits ayant trait à la réfection du château d'Amboise. Mais la quantité de feuillets avait de quoi désarçonner le jeune chevalier. Il y avait là non seulement de nombreux plans, mais aussi diverses factures, des mémoires à l'intention du roi, des projets inachevés, des copies de lettres adressées à différents fournisseurs. Pour retrouver, dans tout ce fatras, le croquis de la galerie des petits appartements, il allait falloir s'armer de patience.

*

Avec le bruit de fond monotone de la pluie qui s'était mise à tomber, dans la grande bibliothèque noyée d'ombres, parmi ces centaines d'ouvrages écrits par des hommes qui depuis longtemps avaient sombré dans l'oubli des siècles, le temps s'écoula insidieusement. Deux heures après avoir entamé sa lecture, Bayard était encore assis à sa table, luttant contre l'engourdissement du sommeil.

À force de s'appliquer à déchiffrer des notes manuscrites à la faible lueur d'une unique chandelle, il avait les yeux qui le brûlaient, et ses paupières congestionnées lui paraissaient avoir doublé de volume. Quelques instants plus tôt, il avait enfin mis la main sur une esquisse représentant les petits appartements du roi. Malheureusement, le plan ne mentionnait aucune issue dissimulée dans la galerie Hacquelebac ou l'une des trois pièces que celle-ci desservait.

Déçu, Bayard avait failli renoncer quand il s'était avisé que, si un tel passage existait bel et bien, rien ne garantissait que les deux architectes italiens l'eussent reporté sur leurs dessins. Bien au contraire ! L'exigence du secret pouvait les avoir incités à n'en point faire état. À moins qu'ils ne l'eussent mentionné sur un autre document. Hypothèse peu probable mais qui devait être néanmoins vérifiée, ce qui obligeait le chevalier à examiner l'intégralité de l'imposant dossier.

Luttant contre la résignation qui menaçait de le gagner, le chevalier s'apprêtait à replonger dans l'étude d'une liasse de feuillets jaunis, lorsqu'il eut la fâcheuse sensation que quelque chose venait subitement de changer dans son environnement immédiat. Un vent coulis chargé d'humidité frôlait sa nuque. Il frissonna désagréablement et se retourna sur son siège. Les rideaux de la plus proche fenêtre se balançaient imperceptiblement, produisant un léger bruissement.

Il se leva, écarta avec prudence les pans de tissu et constata que la fenêtre était entrouverte. Sans doute était-elle mal fermée, pensa-t-il, et une rafale de vent en aura repoussé les battants.

Avant de refermer la croisée, il risqua un regard au-dehors. Le rideau de pluie lui masquait en grande partie la vue, mais, à la faveur des éclairs, il put constater que la cour intérieure était déserte et que l'autre aile du manoir se trouvait plongée dans l'obscurité. Pas étonnant ! Par une nuit pareille, avec cet orage diluvien, pas un être sensé n'aurait commis la folie de délaisser la chaleur de sa couche. Songeant cela, il aurait été bien étonné s'il avait pu deviner que, non loin de là, exactement à la même heure, la belle Héloïse Sanglar se tenait à la fenêtre de sa chambre et contemplait la nuit humide en dirigeant vers lui ses pensées.

Après s'être étiré longuement en étouffant un bâillement, Bayard ferma la croisée et fit demi-tour pour rejoindre son fauteuil et son fastidieux labeur. Comme il s'éloignait de la fenêtre, les rideaux bruissèrent de nouveau derrière lui. Mais cette fois, ce ne pouvait plus être un effet du vent… Soupçonnant une présence étrangère, il se retourna à demi, et ce mouvement lui sauva la vie. La lame d'une dague déchira son pourpoint et lui causa une profonde estafilade au niveau de l'aine. Étourdi par la douleur, il eut la présence d'esprit de faire un bond de côté, évitant l'ombre qui se jetait sur lui pour un second assaut mortel.

Emporté par son élan, le mystérieux assaillant vint

buter contre la table de travail mais se rétablit prestement, avec la souplesse de qui a l'habitude des rixes nocturnes. Quand il fit de nouveau face au chevalier, ce dernier distingua un visage masqué par un loup de velours noir, un corps petit mais sec et nerveux. L'inconnu tenait une dague dans chacune de ses mains. Non sans effroi, Bayard réalisa que son adversaire venait de récupérer sa propre lame, celle dont il s'était servi pour forcer la bibliothèque et qu'il avait négligé de remettre au fourreau.

— Qui êtes-vous ? demanda le chevalier avec une grimace due autant à la blessure reçue qu'à son dépit de s'être laissé aussi bêtement surprendre.

L'homme masqué esquissa un sourire féroce mais ne répondit pas. Il marchait lentement sur Bayard en exécutant de dangereux moulinets des deux bras.

Contraint de reculer devant la menace, le solide gaillard chercha vainement du regard un objet pour se défendre. Mais il n'y avait rien à portée de main. Encore quelques pas et il allait se retrouver acculé contre les rayonnages du mur. Une fois coincé là, les mains nues face à un assassin déterminé et doublement armé, il n'aurait pas la moindre chance. L'autre pourrait le saigner comme un agneau sans défense.

Curieusement, la peur n'était pas le sentiment qui dominait l'esprit du jeune chevalier. Il ressentait plutôt une froide détermination à faire face, ainsi qu'une vive colère à l'égard de celui qui l'agressait aussi lâchement.

— Tu fais bien de masquer ton visage, fourbe ! gronda-t-il entre ses dents. Elle doit être bien laide, la face d'un homme qui frappe ses adversaires dans le dos !

Le tueur fit glisser ses deux lames l'une contre l'autre et ses yeux étincelèrent comme des braises. Sa bouche se contracta en un rictus plein de suffisance.

— Tu as la langue bien pendue pour quelqu'un qui s'apprête à rendre gorge ! Au lieu de lancer des imprécations, tu ferais mieux de recommander ton âme à Dieu ou au diable !

La voix était déplaisante, nasillarde.

Bayard comprit qu'il lui fallait gagner du temps, faire parler son agresseur en espérant que l'autre baisserait sa garde et qu'il pourrait en profiter.

— Il est facile de fanfaronner face à un homme désarmé. Mais sans doute n'es-tu pas accoutumé à te battre autrement.

L'inconnu ne répliqua pas. Il semblait résolu à ne pas se laisser distraire. Sa concentration, sa façon de tenir les dagues avec le bras légèrement plié, tout chez lui trahissait le spadassin professionnel.

Tout en continuant à reculer, le chevalier tenta d'apprécier la distance qui le séparait de la porte d'entrée. Trois ou quatre toises environ. Son adversaire le serrait de si près qu'il n'aurait jamais le temps de l'atteindre. Même en se ruant à l'improviste. Quant à appeler du secours, c'était tout aussi impossible ; l'autre aurait tôt fait de lui faire rentrer son cri dans la gorge.

Comme s'il lisait dans ses pensées, l'assassin laissa entendre un petit rire sardonique.

— N'y pense même pas ! souffla-t-il en bougeant lentement la tête d'un côté à l'autre. Je t'aurai transpercé avant que tu aies fait trois pas !

À la faveur de son mouvement de dénégation, Bayard

remarqua que l'homme arborait une tache de vin en forme de poire sur le cou, juste au-dessous de l'oreille gauche. Toutefois, il ne se berça pas d'illusions sur ses chances de pouvoir tirer profit de cette information. À moins d'un miracle, il ne sortirait pas vivant de cette bibliothèque. Assurément, l'idée de mourir là, dans cette pièce obscure, ne l'effrayait pas ; il regrettait seulement de ne pouvoir lutter et, plus encore, d'ignorer qui lui avait envoyé ce méchant bourreau qui se donnait des allures de matamore.

Il recula encore de deux pas en arrière et heurta le rayonnage derrière son dos. Cette fois, la fin était proche. Il se crispait déjà dans l'attente de l'estocade fatale, lorsqu'il entrevit une fugace lueur d'espoir. Sans perdre son assaillant du regard, il glissa sa main gauche derrière son dos, tâtonna et saisit le premier ouvrage relié que ses doigts rencontrèrent. Un exemplaire des *Sonnets* de Pétrarque.

En le voyant brandir le livre à bout de bras, le tueur marqua un temps d'arrêt puis haussa dédaigneusement les épaules. Que pouvait bien espérer ce pauvre fol qui prétendait opposer quelques malheureux feuillets à vingt pouces de bon acier trempé ? Sans lui laisser le temps d'approfondir la question, Bayard résolut de tenter le tout pour le tout. Lui qui avait naguère démontré une si belle adresse à la paume, il joua cette fois sa vie sur un seul lancer. Et, tandis qu'il faisait décrire à son bras un arc de cercle rapide vers l'avant, il sut qu'en cas d'échec il n'aurait pas le temps de nourrir un seul regret.

Lancé avec une rare précision, le *Pétrarque* tournoya dans les airs et vint heurter de plein fouet la chandelle demeurée sur la table. Comme Bayard l'avait espéré, la flamme s'éteignit en touchant le sol, plongeant du même coup la bibliothèque dans une complète obscurité.

Un cri hargneux retentit. Conscient de devoir agir avec promptitude, Bayard fit un pas sur le côté et effaça sa poitrine en se penchant vers l'arrière. Il sentit un souffle près de lui et eut conscience d'un mouvement violent en direction de l'endroit où il se tenait l'instant d'avant. L'assassin venait de lancer une estocade à l'aveugle. La lame de sa dague heurta le bois de la bibliothèque et un juron rageur lui échappa.

Dominant la douleur que lui occasionnait sa blessure à l'aine, le chevalier prit ses distances en décrivant, le plus silencieusement possible, une courbe destinée à le ramener vers la table de lecture. Si ses calculs étaient bons, son agresseur ne songerait pas à le chercher de ce côté-là mais s'efforcerait plutôt de lui bloquer l'accès à l'escalier intérieur.

Alors qu'il atteignait son but et, faute de mieux, s'emparait de la chaise restée là, il entendit un fracas de vase se brisant à terre. Cela venait de sa gauche, à une vingtaine de pas approximativement. Comme il l'avait prévu, l'assassin cherchait à gagner la porte de la bibliothèque afin de lui couper la seule voie de retraite possible. Il devait se douter que Bayard n'oserait pas appeler à l'aide, de peur de trahir l'endroit où il se tenait. Le chevalier s'efforça au calme pour tenter d'analyser au mieux la situation. À son arrivée, il se souvenait d'avoir remarqué un flambeau sur le palier du dernier étage. Si jamais le tueur s'en emparait, Bayard perdrait son seul avantage, et l'autre ne lui laisserait pas une nouvelle occasion de se dérober. Rassemblant alors ses forces défaillantes, le chevalier projeta la chaise dans la fenêtre la plus proche. La vitre éclata dans un grand vacarme. Aussitôt, l'écho d'une ruée furieuse en direction de la croisée lui révéla qu'il avait réussi à mystifier son agresseur. Persuadé que Bayard venait de s'élancer à travers la fenêtre, l'autre se précipitait pour apprécier les conséquences de la chute et décider de la conduite à tenir.

Le chevalier, profitant de la diversion, traversa en vacillant toute la bibliothèque et se glissa rapidement par la porte entrouverte. Sur le palier, appuyé contre le mur, il dut marquer une courte pause car sa poitrine oppressée le brûlait et l'empêchait de respirer normalement. Puis il descendit tant bien que mal les marches, pénétra dans la chambre de la reine et se dirigea droit vers l'armoire à double fond. Ce fut seulement lorsqu'il eut atteint l'abri du souterrain qu'il se laissa glisser à terre. Ses vêtements étaient trempés de sueur et du sang coulait abondamment de sa blessure. Mais enfin il était vivant et plus que jamais déterminé à faire toute la lumière sur le complot ayant conduit à la mort du roi. Car, à présent, il n'avait plus le moindre doute. Les événements dramatiques de la nuit lui prouvaient qu'il ne s'était pas trompé…

Charles VIII avait bel et bien été assassiné.

11

Où une simple écharde laisse entrevoir la vérité

Plus tard, cette même nuit, Philippe de Commynes, mis au courant des récents événements, se présenta au chevet de Bayard. Il était accompagné d'un petit homme chétif, dont le profil allongé n'était pas sans évoquer le museau d'une fouine ou d'une belette. Il le lui présenta comme étant Jehan Michel, le médecin du défunt roi.

Comprenant que le praticien s'était vu confier la charge d'examiner sa blessure, le chevalier voulut se dérober. Ce n'était qu'une estafilade sans gravité. N'eût été tout le sang qu'il avait perdu en regagnant le château, il se serait lui-même déplacé pour rendre compte de son expédition au grand chambellan. Ce dernier écarta l'objection, et ce fut seulement lorsque le médecin eut pansé son protégé après avoir appliqué sur la plaie un onguent à la prêle et l'eut rassuré sur son état de santé qu'il autorisa l'homme de l'art à se retirer.

Dès qu'ils furent seuls dans la chambre, Bayard entreprit de narrer au chambellan le récit circonstancié de son expédition nocturne. Commynes l'écouta sans l'interrompre, mais à mesure que le récit avançait, sa mine s'assombrit. À la fin, il hocha gravement la tête.

— Messire Bayard, je dois admettre que vous aviez probablement vu juste. L'agression de cette nuit ne laisse guère planer de doute à ce sujet. On aura voulu vous empêcher de poursuivre votre enquête sur la mort du roi. Vos investigations d'hier ont dû alerter les criminels. Ils vous auront épié et saisi la première occasion pour tenter de vous neutraliser.

— C'est aussi la seule explication à laquelle je suis arrivé.

— Rendons grâce au Seigneur qu'ils aient échoué ! Et louons aussi la bravoure dont vous avez fait preuve ! Je connais peu d'hommes qui auraient été capables de se sortir presque indemnes d'une telle situation.

— Il faut croire que mon heure n'était point encore venue, dit Bayard en évitant de s'attarder sur les mérites qu'on lui prêtait un peu trop généreusement à son goût. Pensez-vous pouvoir parler, à présent, à Sa Majesté la reine ? Des mesures urgentes doivent être prises afin d'éviter la fuite des criminels.

Commynes laissa son regard flotter un instant dans le vague, comme s'il pesait les paroles de son vis-à-vis. Puis il poussa un léger soupir.

— Comme je vous l'ai dit, je ne doute plus à présent que vous ayez deviné la vérité. Mais je ne comprends toujours pas comment l'on s'y est pris pour trucider notre bon roi et se volatiliser au nez et à la barbe de tous.

— Il doit y avoir une porte dérobée. Comme vous l'avez suggéré tantôt, c'est la seule explication logique.

— Avez-vous eu le temps de découvrir quelque chose dans la bibliothèque du Cloux ?

— J'ai trouvé les plans des architectes italiens, mais aucune trace d'un passage secret dans les petits appartements.

— Voilà qui ne nous avance guère !

— Certes ! Mais le fait qu'il ne soit mentionné nulle part dans les archives l'existence d'un passage n'est en rien décisif. Et j'en veux pour preuve que le souterrain reliant le château royal au manoir du Cloux ne figure pas non plus sur les dessins.

— L'argument n'est pas dénué de pertinence, approuva Commynes. Voici donc ce que nous allons faire. Pour commencer, vous allez prendre un peu de repos…

Comme Bayard ouvrait la bouche pour protester, le conseiller l'arrêta d'un geste impérieux de la main.

— Si nos soupçons s'avèrent fondés et, encore une fois, tout porte à le croire, je vais avoir besoin de vous dans les prochaines heures. Mais c'est un Bayard plein de vaillance sur lequel je dois pouvoir m'appuyer, pas un homme affaibli et à l'esprit engourdi par le manque de sommeil. C'est donc un ordre que je vous donne : reposez-vous jusqu'à l'aube. Pendant ce temps, soyez tranquille, je ferai diligence concernant notre affaire. Des ordres vont être donnés pour que les murs des petits appartements soient sondés. Je vais aussi faire procéder à l'examen du corps du roi avant son embaumement. Quel que soit le résultat de ces recherches, il nous faudra prévenir la reine dans la matinée.

Bayard inclina la tête et s'abandonna en arrière

contre les coussins. Rassuré quant à la détermination de Commynes à prendre enfin les choses en main, il s'autorisa à laisser son esprit partir à la dérive. Toute la tension nerveuse accumulée au cours des dernières heures se relâcha brusquement. Il se sentit alors glisser dans le sommeil comme en une eau profonde et perdit conscience avant même que le conseiller eût quitté la chambre.

*

Quand Bayard rouvrit les yeux, il faisait grand jour et la chandelle des heures s'était consumée jusqu'au huitième anneau. Le jeune chevalier sauta au bas de son épais matelas en plumes d'oie et se rendit au lavarium pour s'asperger d'eau le visage et les mains. Sa blessure à l'aine l'élançait encore mais il se sentait déjà beaucoup mieux que la veille au soir, et en grand appétit, ce qui, chez ce garçon vigoureux et solidement bâti, était plutôt bon signe.

Lorsqu'il eut revêtu une tunique à plis et un surcot brodé d'une fourrure d'agnelin, il descendit aux cuisines où la prévenante Éléonore acheva de le remettre d'aplomb en lui servant pour le mangé[1] une coupe de petit lait et une galette d'avoine chaude avec du miel et de la cannelle.

Ce fut là qu'un officier de la garde vint le quérir, comme les cloches de la chapelle royale sonnaient

---

1. L'expression désignait alors le repas du matin, par opposition au grand mangé qui correspondait au principal repas de la journée.

tierce. Philippe de Commynes le faisait mander de toute urgence auprès de lui. Bayard tenta bien d'interroger le messager pour savoir si les investigations dont lui avait parlé le conseiller s'étaient révélées fructueuses et pouvaient expliquer cette convocation matinale, mais l'officier ne savait rien.

L'un à la suite de l'autre, les deux hommes s'enfoncèrent dans les sous-sols du château. Ils parcoururent un dédale de couloirs aux murs recouverts de salpêtre et dont les rats, qui fuyaient à leur approche, semblaient être les seuls habitants. Le guide de Bayard finit par faire halte devant une porte de bois grossier mais renforcée par des ferrures dont l'éclat disait assez qu'elles étaient soigneusement entretenues. Deux soldats en armes en défendaient l'accès. L'officier frappa trois coups, ouvrit la porte sans attendre de réponse et s'effaça devant le chevalier pour le laisser entrer.

Bayard pénétra dans une salle voûtée, faiblement éclairée par une fenêtre ogivale guère plus large qu'une meurtrière. Si son sens de l'orientation ne le trompait pas, l'ouverture devait donner sur les fossés du château, ce qui expliquait le jour chiche qui pénétrait par là. Point de meuble ou d'ornement. Des murs nus, un sol de pavés inégaux. L'endroit n'était pas des plus engageants.

Le chevalier ne s'attarda pas à détailler les autres éléments du décor, car son attention fut immédiatement captée par les deux silhouettes qui, au centre de la pièce et dans le halo d'un unique candélabre, se penchaient sur un banc de pierre recouvert d'un drap blanc. Comme les deux hommes se retournaient pour le saluer, Bayard reconnut Philippe de Commynes et Jehan Michel, le médecin qui avait soigné sa blessure durant la nuit. Il remarqua aussi un corps nu allongé, raide, sur le banc, et cette vision le fit frissonner des pieds à la tête. Cette dépouille ne pouvait qu'être celle du malheureux Charles VIII.

— Approchez, chevalier ! l'encouragea Commynes en accompagnant ses paroles d'un geste d'invite. Nous vous attendions déjà depuis un certain temps. Mais je suis heureux de constater que ces quelques heures de repos vous ont été profitables. Vous faites bien meilleure figure que la nuit dernière.

Il portait sous son nez un mouchoir qui masquait entièrement sa bouche, et Bayard comprit pourquoi dès qu'il eut fait quelques pas en direction du banc de pierre. Bien que la mort fût récente, il se dégageait en effet déjà du cadavre les émanations insupportables du trépas et de la corruption.

— Messire Michel, reprit le grand chambellan, je vous prie de bien vouloir nous aider de vos lumières et de dresser à mon intention et à celle du chevalier Bayard que voilà l'inventaire de vos constatations et éventuelles découvertes.

Le frêle médecin s'inclina. Il farfouilla rapidement dans un sac en cuir posé aux pieds du cadavre, en extirpa une lancette et se pencha en avant, narines et lèvres pincées.

— Ainsi qu'il m'a été demandé, commença-t-il, j'ai procédé moi-même au prélèvement des viscères, étape préalable au travail des embaumeurs. Je n'ai rien remarqué de particulier à ce niveau. Les poumons ne présentaient aucune rétractation anormale. Les intestins et l'estomac m'ont paru avoir bel aspect. Pas de coloration ou d'odeur particulière. Le cœur aurait pu être celui d'un jeune homme. Très peu de graisse, des vaisseaux bien en place, exactement tels que décrits par Guy de Chauliac[1].

Le praticien usait d'un ton neutre, apparemment dépourvu d'émotion, comme s'il ne parlait pas du corps de son ancien souverain mais donnait une leçon d'anatomie à quelque disciple d'Esculape. Bayard jeta un coup d'œil interrogateur à Commynes. On aurait dit que le chevalier quêtait une sorte d'assentiment, qu'il voulait recevoir l'assurance que ce qu'ils faisaient là n'avait rien de sacrilège. Mais le grand chambellan ne remarqua pas son trouble. Il semblait hypnotisé par les gestes du médecin. Prenant sur lui-même, le chevalier baissa à son tour les yeux vers la très noble dépouille. La peau avait pris une teinte cireuse et les traits du visage semblaient plus marqués. Comme si l'âme en désertant l'enveloppe charnelle avait desséché celle-ci, l'avait racornie.

De la pointe de sa lancette, le médecin désignait à présent les parties du corps de Charles VIII qui appelaient quelques commentaires de sa part.

— Voyez les éraflures sur les genoux. La mort hélas n'a pas dû être instantanée, et notre malheureux roi semble avoir rampé sur le sol. Sans doute cherchait-il un point d'appui pour tenter de se relever.

Commynes approuva d'un hochement de tête.

---

1. Médecin de quatre papes, Chauliac fut le plus grand chirurgien du XIVe siècle. Pionnier de la dissection humaine, son important traité de chirurgie *Chirurgia Magna* sera diffusé dans tout le monde latin.

— Notre regretté Charles respirait encore, certes difficilement, mais il respirait, lorsque Sa Majesté la reine et moi l'avons trouvé étendu dans le corridor. Il avait cependant déjà perdu connaissance.

— Nous trouvons aussi des traces de frottement ou de contusion sur le torse, poursuivit le médecin avec la même voix désincarnée. Voyez ces taches rouges, légèrement marbrées, là, à l'abdomen, et encore là, sous le sein droit.

— Qu'en concluez-vous ? demanda Commynes qui fixait le praticien de toute l'intensité de ses prunelles grises.

— Nous pouvons en déduire la grande rudesse du choc. Le roi ne s'est pas senti partir en avant et n'a manifestement pas esquissé le moindre geste pour amortir sa chute.

— Bien, bien, maître Michel. Poursuivez, je vous prie. Que faut-il penser de la blessure qui causa la mort de notre souverain ?

Bayard porta ses yeux sur le front du cadavre, où une tache plus sombre se découpait sur la peau jaunâtre.

— J'ai procédé moi-même au nettoyage de la plaie. Cela ne fut guère difficile d'ailleurs car, étonnamment, elle avait très peu saigné. Je dis étonnamment car, comme vous pouvez le voir vous-mêmes, l'impact a entamé non seulement la peau mais aussi l'os frontal. Cela confirme à nouveau la violence extrême du choc. Un coup porté volontairement n'aurait pas causé plus grand dégât.

— Précisément, réagit aussitôt Bayard, ne peut-on envisager une pareille hypothèse ? J'ai du mal à croire que, même emportée par son élan et chutant de tout son poids, Sa Majesté ait pu se faire à elle-même une aussi profonde navrure.

À peine eut-il achevé que Bayard, en sentant Commynes se raidir à ses côtés, comprit qu'il venait de commettre une grave imprudence. Le médecin venait d'ailleurs de se redresser et le dévisageait à présent non sans quelque appréhension. Pour la première fois, Bayard s'avisa qu'il avait des yeux étonnamment globuleux et que ce détail, ajouté à sa frêle constitution, le faisait ressembler à un batracien plutôt grotesque.

— Que... que cherchez-vous à me faire dire ? balbutia Jehan Michel qui semblait se recroqueviller sur lui-même, pareil à une grenouille affolée sur le point de sauter à la sauve-qui-peut dans les eaux d'une mare.

— Mais rien du tout ! Absolument rien ! intervint Commynes en agitant son mouchoir avec irritation. Messire Terrail a parlé sans réfléchir, ce qui est un regrettable défaut, je vous l'accorde, mais ne doit pas vous troubler plus outre. Vous disiez donc que le front a peu saigné...

— C'est cela même, reprit le médecin après un dernier regard inquiet en direction de Bayard qui, confus de sa maladresse et conscient d'avoir mis en difficulté son protecteur, venait d'esquisser deux pas en retrait. La plupart des blessures situées au niveau du crâne provoquent en général un écoulement sanguin abondant, mais cela n'a pas été le cas ici.

L'homme de l'art approcha la lame de sa lancette du crâne royal et écarta délicatement les lèvres de la plaie.

— Vous constaterez l'absence de réel hématome. La

quantité de sang coagulé est, pour ainsi dire, infime… Tiens ! Mais qu'est-ce donc que ceci ?

Le petit médecin s'inclina encore davantage sur le cadavre. Du bout de sa lancette, il cherchait visiblement à extraire quelque chose des chairs déchirées.

— Qu'y a-t-il ? Qu'avez-vous vu ? interrogea un Commynes soudain nerveux en se penchant à son tour pour mieux voir.

— Je ne sais…, murmura Jehan Michel sans interrompre la minutieuse et savante besogne de ses doigts. Il y a là comme une pointe, *exterus corpus*, un corps étranger… Ah ! Cette fois, je l'ai !

Et, triomphalement, il ramena dans la lumière du candélabre l'extrémité rougie de sa lancette, sur laquelle se détachait un petit objet sombre ayant la forme allongée d'un clou de tapissier.

— Comme c'est curieux, dit le médecin en rapprochant la lame de ses yeux exorbités de batracien. Je ne l'avais pas remarqué tout à l'heure en procédant au nettoyage rapide de la blessure. On dirait un mince éclat de bois.

Bayard, qui s'était à nouveau rapproché, intrigué par la découverte du praticien, croisa le regard enfiévré de Commynes. Il crut y lire la même question muette qui venait de traverser son cerveau avec la fulgurance d'un trait enflammé.

Comment une écharde de bois pouvait s'être ainsi plantée dans le crâne d'un homme censé avoir heurté un linteau de pierre, avant de s'écrouler sur le dallage d'un corridor désert ?

12

Anne de Bretagne

— Voilà la preuve qui nous faisait défaut jusqu'ici, commenta Commynes lorsqu'il se retrouva seul avec le chevalier dans l'escalier qui les ramenait tous deux au rez-de-chaussée du château. Cette écharde de bois prouve que Charles VIII n'a pas heurté ce fameux linteau mais qu'il a été assommé.

— C'est ce que j'ai toujours soutenu, risqua Bayard.

— Et je vous en dois moult compliments, chevalier. Sans vous, personne n'aurait jamais soupçonné qu'une main criminelle fût à l'origine du trépas de notre bien-aimé souverain. Il nous faut à présent en avertir Sa Majesté la reine. Je tiens à ce que vous m'accompagniez. Tout le mérite de cette funeste découverte vous revient, et il est juste que vous soyez mis à l'honneur.

Bayard sentit le rouge de la confusion empourprer ses joues.

— Mais je ne peux me présenter à la reine dans cette vestaille ! Il me faudrait d'abord passer un habit de cour. En outre, je crains de ne point savoir comment aborder la chose.

Commynes sourit à son compagnon.

— En les présentes circonstances, je doute fort que Son Altesse prête attention à votre mise. Quant à savoir quoi lui dire, remettez-vous en à moi. Je parlerai et vous vous contenterez de répondre aux questions que la reine souhaitera éventuellement vous poser.

Les deux hommes gagnèrent le premier étage, où se situaient les appartements privés qu'Anne de Bretagne occupait quand elle ne résidait pas au manoir du Cloux. Bayard fut impressionné de voir Commynes pénétrer dans l'antichambre de la reine sans avoir à se faire annoncer.

Les murs de la pièce étaient recouverts, à mi-hauteur, d'un lambris de chêne à motif d'étoffe plissée. Les fenêtres garnies de papier ciré diffusaient une lumière pâle sur les sols recouverts de tapis chatoyants, les tapisseries et les tableaux dans leurs cadres dorés. Deux femmes, assises sur des tabourets, jouaient au jeu de table*. La première faisait tinter plusieurs dés dans un gobelet, tandis que l'autre enfilait avec application des jetons sur une tige de métal. Elles s'interrompirent en apercevant les deux arrivants.

— Madame de Guérande, je suis bien aise de vous trouver ici ! s'exclama Commynes en se dirigeant promptement vers la plus âgée des occupantes du lieu. Pourriez-vous annoncer à Sa Majesté ma venue ainsi que celle du seigneur de Bayard ?

La dame de compagnie salua élégamment les deux hommes tout en glissant un regard intrigué en direction du jeune chevalier. Si elle fut surprise de sa présence dans les appartements privés, elle s'abstint d'en faire la remarque.

— Ah, messire de Commynes ! soupira-t-elle. Notre pauvre reine a passé une fort méchante nuit. L'état de son époux ne laisse pas de l'inquiéter. Puisse votre venue la distraire de ses sombres pensées !

Le chambellan toussota pour masquer son embarras.

— Il appartient à Dieu seul de décider du sort du royaume, finit-il par laisser tomber. Quant à divertir Sa Majesté, je n'en ai, hélas, ni la fonction ni le pouvoir. C'est ma charge de conseiller qui m'impose de l'entretenir sans délai.

L'instant d'après, les deux hommes étaient introduits dans la chambre de la reine. Un feu clair pétillait dans l'âtre, car le temps restait couvert et une froidure inhabituelle pour la saison semblait imprégner la pierre. Rien pourtant ne faisait défaut pour assurer le confort de la pièce. Des tentures à l'éclat lustré représentant les principaux épisodes de la vie de sainte Agathe et les exploits de Jason et des Argonautes étaient accrochées aux quatre murs. Des coussins tissés de fils d'or agrémentaient les fauteuils ouvragés et des dizaines de chandelles en pure cire d'abeille projetaient leur vif éclat sur des vitrines de bois noir où se devinaient des chapelets, des reliquaires et plusieurs autres objets pieux.

Anne de Bretagne se tenait assise sur un banc, tout près de l'âtre. Elle avait passé, sur une longue chemise de soie blanche, une robe vert émeraude lacée juste au-dessus de la poitrine et était coiffée d'un simple voile blanc retenu par de fines épingles. Le discret anneau serti d'un saphir sur son annulaire constituait son seul ornement.

Elle se leva pour accueillir ses visiteurs. Des cernes bistre soulignaient ses yeux humides et sa peau semblait avoir perdu son éclat naturel. Cependant, sa voix, quand elle parla, restait empreinte de majesté et ne laissait rien percer de ses tourments intérieurs.

— Je vous souhaite le bonjour, fidèle Commynes. Vous savoir à mes côtés dans les heures sombres que vit le royaume m'est d'un grand réconfort. Je le confiais encore ce matin à madame de Guérande… Mais je vois que vous avez amené avec vous celui qui aura fait la joie de mon pauvre Charles avant que le destin ne le frappe si méchamment.

Elle fit signe à Bayard, qui était demeuré en retrait derrière le chambellan, de s'approcher et lui tendit à baiser une main potelée.

— Sans le terrible accident d'hier, dit Anne de Bretagne, j'eusse éprouvé grande joie à vous récompenser de mes mains pour votre belle victoire à la paume. Le roi, sachez-le, chevalier, plaçait en vous de grandes espérances. Et dans la période incertaine que nous nous apprêtons à vivre, je ne doute pas que vous aurez l'occasion de prouver votre dévouement à la Couronne et d'employer pour une juste cause votre si remarquable vaillance.

En entendant ces mots, Commynes crut bon d'intervenir et d'aborder, sans plus attendre, la terrible découverte qui les avait conduits à distraire la reine de son recueillement.

— Votre Majesté ne croit pas si bien dire, car messire Pierre Terrail a devancé vos souhaits. Vous n'êtes pas sans savoir que le chevalier fait partie des rares personnes à avoir été instruites de la mort de notre souverain. Avant même que nous tenions conseil hier, je lui avais moi-même confié la charge de garder les petits appartements et de veiller à ce que personne ne puisse approcher la royale dépouille. Or, poussé par le désir de vous bien servir, il a pris la liberté de venir à moi pour me confier de troublantes observations. Il s'agit des circonstances qui ont entouré le brutal décès de votre époux.

Un léger frémissement de ses lèvres marqua de façon fugitive la surprise d'Anne de Bretagne. Mais, très vite, la souveraine se reprit et, sans quitter Bayard des yeux, elle invita d'une voix calme, presque détachée, son conseiller à poursuivre :

— Je vous entends, Commynes, et je gage que votre empressement à m'instruire augure de bien mauvaises nouvelles. Parlez sans plus attendre.

Avec une concision remarquable qui témoignait de ses qualités de diplomate, Philippe de Commynes fit part à la souveraine des doutes de Bayard quant au caractère accidentel de la mort de Charles VIII. Il l'instruisit ensuite des événements de la nuit et de la découverte de l'écharde de bois dans la blessure que son royal époux portait au front.

À aucun moment, Anne de Bretagne ne l'interrompit. Lorsqu'il eut achevé, elle se contenta de baisser le front et de hocher plusieurs fois la tête, comme si le grand chambellan ne lui avait rien appris mais venait simplement de confirmer une chose dont elle n'avait jusqu'alors qu'une très obscure connaissance. Lorsqu'elle le releva pour croiser le regard des deux hommes, son visage était encore plus blême qu'à leur arrivée dans la pièce. Mais ce fut d'un geste très doux de la main qu'elle les invita à prendre place sur le banc, près de la cheminée. Elle-même s'assit sur un fauteuil à haut dossier.

— Je vous remercie tous deux des efforts que vous avez déployés durant ces dernières heures pour faire éclater au grand jour la vérité, si détestable et cruelle soit-elle. Il nous faut à présent envisager les mesures urgentes à prendre pour faire face à la nouvelle situation. Car si la mort brutale d'un roi demeuré sans héritier mâle est une épreuve des plus délicates et qui peut contraindre à bien des arrangements, son assassinat est une offense faite au royaume tout entier et, par-delà le royaume, à Dieu lui-même. C'est là une chose que l'on ne peut tenir secrète sans manquer à son premier devoir, qui est de traquer et de châtier, sans faiblesse ni délai, les auteurs d'une telle vilenie.

Bayard se montra impressionné par le ton ferme sur lequel ces paroles furent prononcées. Après tout, Anne de Bretagne était encore jeune. Elle était même sa cadette de plusieurs mois, mais il se dégageait d'elle une autorité naturelle qui forçait l'admiration. Les épreuves traversées depuis son accession à la tête du duché de Bretagne avaient emporté sa prime insouciance. Ses nombreuses grossesses avaient quelque peu altéré sa beauté replète[1]. Les chagrins éprouvés lors des décès

1. Durant son mariage avec Charles VIII, Anne de Bretagne passa beaucoup de temps en grossesses, avec un enfant tous les quatorze mois en moyenne. Deux grossesses n'arrivèrent pas à terme et aucun des quatre enfants viables à la naissance ne dépassa l'âge de trois ans.

de quatre de ses enfants en bas âge l'avaient meurtrie à tout jamais. Cependant, rien n'avait pu éteindre le feu intérieur qui l'animait. Peu de celles qui l'avaient précédée sur le trône de France avaient autant mérité qu'elle le titre de Majesté. Reine, elle l'était, de toutes ses fibres, de tout son être, de toute son âme.

Ce fut la voix de Commynes qui arracha le chevalier à sa muette exaltation :

— Quels sont vos ordres, Votre Majesté ?

Anne de Bretagne fronça les sourcils un bref instant, comme si elle cherchait à rassembler ses pensées, puis elle donna ses directives d'une voix claire et sans marquer la moindre hésitation.

— Que l'on proclame la mort du roi, mais sans faire état du régicide. Du moins pour le moment. Nous devons prendre garde à ne pas alerter inutilement les meurtriers. Il faut leur laisser penser que nous sommes toujours dupes de leurs manœuvres. Dans le même temps, je veux que l'on renforce discrètement la garde du château et que l'on fasse de même aux portes de la cité. Tous les voyageurs doivent être interrogés et fouillés. Confiez cette tâche au lieutenant du prévôt, Jacques de Vourier. Il devra justifier ces mesures par le souci d'assurer la sécurité des grands vassaux attendus à Amboise pour rendre un ultime hommage à mon époux.

— Et l'enquête sur la mort du roi ? interrogea à nouveau Commynes. À qui désirez-vous en confier le soin ?

La reine fixa avec acuité chacun des deux hommes avant de répondre.

— Par ma foi, il me semble qu'elle se trouve déjà en d'excellentes mains, et je ne vois pas qu'il soit nécessaire d'y apporter le moindre changement.

Elle marqua une pause puis poursuivit en adressant un mince sourire à Bayard :

— Notre confiance vous est acquise, chevalier, puisque vous aviez celle de notre regretté Charles. Vous aurez pleine autorité pour mener, en tous lieux, toutes les investigations qui vous paraîtront utiles. Des ordres seront donnés pour que la garde du château réponde à vos moindres sollicitations, et vous n'aurez à rendre compte qu'à moi-même ou à notre dévoué Commynes, qui reste notre meilleur soutien.

Le grand chambellan marqua sa reconnaissance par une inclinaison de la tête.

— Votre Altesse peut compter sur notre loyauté à tous deux, dit-il. Nous agirons au mieux des intérêts de la Couronne.

— Quant à moi, enchaîna Bayard d'une voix pleine de fièvre, je fais le serment de ne point prendre de repos avant que d'avoir démasqué l'assassin. J'y consacrerai mes jours et mes nuits, s'il le faut !

— Je crains malheureusement de devoir tempérer l'enthousiasme de notre jeune ami, dit Commynes en posant une main apaisante sur le bras du chevalier. La tâche risque d'être extrêmement ardue et de prendre du temps. Le ou les meurtriers, car nous ignorons encore combien de fredains* ont participé à cette vile entreprise, auront été échaudés par leur échec de cette nuit. Cet attentat manqué contre le chevalier a dû perturber leurs plans. Il se peut qu'ils aient déjà pris la fuite ou qu'ils fassent preuve désormais d'une extrême prudence.

Anne de Bretagne fit la moue.

— Cher Commynes, dit-elle avec douceur, vos paroles sont marquées comme d'habitude du sceau de la sagesse. Et vous savez combien votre clairvoyance et votre sens de la mesure me sont précieux. Cependant, en la circonstance, la fougue de messire Bayard est un atout supplémentaire. Il convient de l'encourager plutôt que de la réfréner. Car le temps joue contre nous. Dans quelques jours, le Conseil des pairs se réunira pour trancher la succession royale. Selon le front que ceindra la couronne, l'enquête sur la mort de Charles pourra fort bien ne plus représenter une priorité. Je n'aurai de toute façon plus mon mot à dire.

— Je comprends cela, murmura Commynes avec gravité. Hélas ! Nous n'avons pas le moindre début de piste. Pas le plus petit indice qui puisse nous orienter sur la trace de celui ou ceux que nous cherchons.

À ces mots, le chevalier Bayard se leva d'un bond et porta la main à son front comme s'il venait brusquement de se souvenir de quelque chose d'essentiel.

— Il me revient à l'esprit, dit-il la voix crispée, un détail d'importance mais dont j'avais omis de vous parler en vous faisant le récit de ma visite nocturne au château du Cloux.

La reine et le grand chambellan fixèrent sur lui le même regard intrigué. Anne de Bretagne fut la première à réagir :

— Parlez, chevalier ! Ne nous faites point languir ! Quel est ce détail qui semble ne pas en être un ?

— Comme je vous l'ai dit, répondit Bayard, le rouge au front, mon agresseur de cette nuit portait un masque. Cependant, à la faveur d'un de ses mouvements, il m'est apparu qu'il avait une tache de naissance sous l'oreille gauche. Une marque assez remarquable, en forme de poire.

— En êtes-vous absolument certain ? demanda Commynes. J'ai cru comprendre que la pièce était éclairée par une seule chandelle. N'auriez-vous pas pu être trompé par l'effet d'une ombre projetée ?

— Non ! La chose est certaine. Il s'agissait bien d'une tache sur la peau. Couleur lie de vin.

— Eh bien, Commynes ! fit Anne de Bretagne en se levant à son tour. Voilà, ce me semble, le début de piste que vous appeliez de vos vœux. Il ne reste plus qu'à retrouver cet homme facilement identifiable.

Le chambellan opina du chef.

— Je vais faire en sorte que la chose soit portée à la connaissance des postes de guet qui contrôleront les entrées et les sorties de la ville. Si cet homme est encore à Amboise, il ne pourra nous échapper !

Se forçant à sourire, la reine s'approcha des deux hommes et leur offrit de nouveau sa main à baiser.

— Allons, le jour avance, et je n'ai point encore fait mes dévotions à Notre-Dame, dit-elle en désignant un prie-Dieu et un petit triptyque consacré à la Vierge. Je vous laisse aller, messires. Que la grâce de Notre Seigneur le Christ vous accompagne et vous soit d'un constant soutien dans l'accomplissement de votre mission.

Les deux hommes s'inclinèrent à plusieurs reprises

et se dirigèrent vers la porte, leurs pas résonnant sur le parquet, renvoyés en écho par les caissons du plafond. Avant de quitter la pièce, Bayard ne put s'empêcher de jeter un dernier regard en arrière, par-dessus son épaule.

Songeuse, Anne de Bretagne faisait face à la grande cheminée et fixait le cœur des flammes qui léchaient les bûches de châtaignier, emplissant la chambre d'un parfum lourd et entêtant. Son visage pâle semblait se défaire par le bas et laissait percer une profonde lassitude. On eût dit que, rendue enfin à elle-même, elle s'autorisait à laisser monter en elle les larmes et le chagrin. Et pourtant, peut-être à cause de sa petite taille et de l'arrondi de ses joues, le chevalier crut discerner, derrière la jeune reine douairière, la fillette d'autrefois : jolie, forte d'une détermination non encore entamée par les épreuves de la vie, entourée de l'affection des siens.

Il eut une pensée émue pour cette enfant disparue, pour cette reine si cruellement isolée, et, en son for intérieur, il renouvela son serment de traquer sans relâche les meurtriers de celui qu'elle avait si tendrement chéri.

13

Un mauvais sujet

— Surtout ne lambine pas, Adelphe ! Je t'accorde une demi-heure pour livrer cette commande de dragées et de fruits confits, pas une minute de plus ! Nous avons un électuaire *diarhodon abbatis* et de l'eau distillée d'endive à préparer avant que sonne midi !

Le garçon apothicaire étouffa un juron et marqua sa mauvaise humeur en claquant derrière lui la porte de la Vipère Couronnée. Il supportait de moins en moins les récriminations de maître Sanglar. Ce vil métier de façonneur de remèdes lui sortait par les yeux. Il en avait plus qu'assez de perdre son temps dans les remugles de pommade rance et la poussière des plantes desséchées. Assez de s'humilier en s'agenouillant devant des culs flasques et bardés pour administrer toujours le même sempiternel clystère. La certitude de mériter un destin plus glorieux et son peu de penchant pour l'effort lui faisaient prendre en mauvaise part toutes les tâches que l'apothicaire lui confiait et les reproches par lesquels celui-ci stigmatisait son peu d'empressement à le seconder.

Mais, plus que tout, c'était l'hostilité qu'Héloïse montrait à son égard qui faisait enrager Adelphe. Il avait la désagréable impression que la jeune femme était capable de lire en lui comme en un livre ouvert. Celle-ci ne se montrait dupe ni de ses belles mines ni de ses faux-semblants. Elle semblait pouvoir tout deviner des secrètes noirceurs de son âme. Face à elle, il se sentait incapable de masquer sa médiocrité. Sa façon de le toiser parfois de son regard réprobateur lui était tout bonnement insupportable. Rien qu'en songeant aux circonstances dans lesquelles elle l'avait surpris la nuit précédente, Adelphe sentait la colère, doublée d'une angoisse rétrospective, lui nouer la gorge. Il aurait suffi qu'elle surgisse quelques minutes plus tôt pour découvrir ce que, précisément, il devait à tout prix cacher. Alerté, maître Sanglar n'aurait pas manqué de le presser de questions, et il eût été alors bien en peine de s'expliquer. L'affaire serait sans doute remontée jusqu'au protecteur d'Adelphe, l'abbé François de Bompart, un prélat lénifiant et sentencieux qui l'avait accablé de sermons durant toute sa jeunesse et dont il s'était cru définitivement débarrassé lorsque celui-ci l'avait imposé chez les Sanglar en qualité de compagnon apothicaire. Le père d'Héloïse aurait eu beau jeu de saisir ce prétexte pour le renvoyer chez son austère parent. Peut-être même serait-il allé jusqu'à se plaindre au prévôt, et alors les choses auraient pu très mal tourner. Oui, vraiment, Adelphe l'avait échappé belle !

Bien qu'il se refusât à l'admettre, la rage du garçon se trouvait encore décuplée par le fait qu'il n'était pas insensible aux charmes d'Héloïse. Plus d'une fois par le passé, alors qu'il traînait son ennui dans la boutique et que la belle se trouvait absorbée dans l'étude d'un ouvrage savant, il s'était surpris à la déshabiller du regard. Ce corps superbe l'attirait irrésistiblement, en dépit de la froideur que sa propriétaire marquait à son endroit. Quand il lui arrivait de la frôler, occasions trop rares à son goût car la jeune femme était attentive à maintenir entre eux une prudente distance, il sentait des bouffées de chaleur lui chatouiller le bas-ventre. Cependant, il conservait suffisamment de lucidité pour ne pas nourrir d'illusoires espérances. Héloïse semblait aussi peu intéressée par les choses de l'amour que lui-même par les arcanes de l'art pharmaceutique.

— Je sais ce qu'il lui faudrait à cette mijaurée ! siffla Adelphe entre ses dents. C'est d'accueillir longue et roide tige en son fournil ! S'il ne tenait qu'à moi, je saurais bien lui tisonner le connin jusqu'à lui donner le goût du branle !

D'un œil mauvais, il considéra la foule qui encombrait la rue. Des attroupements se formaient aux portes des boutiques et sur le seuil des maisons. Les gens discouraient entre eux, l'air accablé ou frappé de stupeur.

— Corne de bœuf ! On a beau être le dimanche des Rameaux, l'heure n'est point encore venue de se rendre à l'office. Que fait donc tout ce troupeau à bêler aux quatre vents ? maugréa le garçon apothicaire en sentant sa colère se reporter sur les nombreux badauds. Si ça continue, ces gobe-mouches vont me mettre en retard.

Un bruit de cloche l'arracha soudain à sa diatribe solitaire. Il s'agissait non pas de l'appel aux fidèles pour célébrer les Pâques fleuries, mais d'un son lugubre et régulier que tous les clochers de la ville se mirent à répercuter en un sombre écho.

Décontenancé, Adelphe marqua un temps d'arrêt et tourna sur lui-même, comme s'il cherchait à déceler l'origine exacte de ce tourbillon sonore.

— Qu'est-ce donc que cela ? Les sonneurs d'Amboise auraient-ils tous perdu la tête ? Voilà qu'ils font retentir le glas pour inviter le bon peuple à adresser ses louanges à Dieu !

Comme un groupe de plusieurs hommes le dépassait au pas de course, Adelphe en crocha un au passage en l'attrapant par le col. L'inconnu, un petit chauve à la mâchoire tordue, laissa échapper un juron et vrilla dans sa direction un regard effaré.

— Dis-moi, le drôle, l'interpella le jeune homme avec désinvolture, peut-on savoir ce qui se passe ? Où courez-vous donc ainsi comme des lapins en garenne ?

— C'est un grand malheur pour le royaume ! Oui, un bien grand malheur !

L'homme semblait sous le coup d'une vive émotion. Il hoquetait et postillonnait, tout en cherchant vainement à reprendre son souffle. Adelphe le secoua dans un mouvement d'impatience.

— Quoi donc ? Que veux-tu dire ? Parleras-tu, animal ?

— C'est un grand malheur, te dis-je ! Notre sire bien-aimé… notre sire est passé dans la nuit !

— Le roi Charles, mort ? Tu en es bien certain ?

— Tout à plein ! Les hérauts viennent d'en bailler la nouvelle sur toutes les places de la cité !

Cueilli à froid par cette annonce, Adelphe desserra

son emprise et colla dans les mains de son interlocuteur, éberlué, le paquet que maître Sanglar l'avait chargé de livrer. L'autre faillit protester, mais le garçon apothicaire le congédia d'un geste brusque. Sans demander son reste, l'inconnu rejoignit en sautillant ses compagnons qui semblaient se diriger vers la Grand-Place. Adelphe se glissa alors à l'abri d'un porche et, dressé sur la pointe des pieds, resta un moment immobile à contempler le flot de la populace qui ne cessait d'enfler dans la rue. Le grondement des voix s'élevait plus fort. On entendait des mots à présent, distinctement, qui venaient ponctuer la rumeur : « accident », « imprévisible », « foudroyant », « volonté divine »…

Un picotement désagréable parcourut l'échine du jeune homme. Se pourrait-il que… ? Non ! C'était tout simplement impensable ! Il ne pouvait s'agir que d'une simple coïncidence. Et pourtant… Depuis plusieurs jours, et une certaine rencontre qu'il avait faite au Coq Hardi, un bordeau du quartier des étuves, il s'attendait à apprendre la survenue de quelque décès brutal dans la haute société d'Amboise. Mais de là à imaginer pareille énormité ? Le roi en personne ! Était-ce Dieu possible ?

Devant l'ampleur d'une telle révélation, une sueur glacée se mit à couler le long de ses tempes. Il sentit son sang se figer dans ses veines. Toutefois son insouciance naturelle ne tarda pas à reprendre le dessus, et il commença à envisager la nouvelle sous un jour plus favorable. L'angoisse qui avait menacé, un court instant, de l'envahir céda le pas à une délicieuse excitation. Si son intuition ne le trompait pas, il se trouvait en possession d'un secret qui pouvait bâtir sa fortune. Il suffisait de faire preuve à la fois d'audace et d'habileté pour tirer le meilleur parti de la situation. L'affaire n'était, certes, pas sans danger, mais le jeu en valait la chandelle.

Ignorant superbement le cul-de-jatte qui lui tendait sa sébile, il abandonna son poste d'observation, joua des coudes pour s'extirper de la marée humaine qui continuait de déferler vers le centre de la cité et s'éloigna d'une démarche résolue en direction des quais de la Loire.

Il ne lui fallut guère plus d'une dizaine de minutes pour rejoindre le quartier des étuves et, plus précisément, un établissement de bains arborant pour enseigne l'image d'un coq dressé sur ses ergots. Il s'agissait d'une vaste bâtisse à deux étages, dont la façade donnait sur une ruelle discrète et l'arrière directement sur le fleuve. À cette heure encore matinale, l'endroit était désert, mais, une fois la nuit tombée, on pouvait y croiser une clientèle des plus cosmopolites. L'estropiat* y côtoyait le bourgeois, l'écolier s'y déniaisait en compagnie du colporteur de passage. Certains membres de la noblesse ne dédaignaient pas non plus d'y passer une heure ou deux en plaisante compagnie.

S'étant assuré que la voie était libre et qu'aucun badaud ne traînait dans les environs, Adelphe empoigna le heurtoir et le cogna trois fois contre l'huis. Un judas s'ouvrit dans la porte en bois. Vint s'y encadrer le visage d'une femme d'âge mûr qui avait dû être belle en sa prime jeunesse mais dont les charmes s'étaient éteints sous les stigmates d'une vie tumultueuse et l'abus de fards.

— Que désires-tu, mon joli damelot? Si tu veux

te décrasser la couenne, il te faudra revenir tantôt. En revanche, si tu cherches après l'une de mes folieuses pour te faire mignonner, c'est jusqu'à la tombée du jour que tu devras patienter.

Adelphe hésita, désarçonné par le ton goguenard de la femme. N'ayant encore jamais mis les pieds dans un bordel, faute d'avoir cliquailles* en suffisance pour s'escambiller avec une ribaude, il ne savait quelle attitude adopter face à ce cerbère à face poudrée. Il n'était venu en fait qu'une seule fois au Coq Hardi, dix jours plus tôt, afin d'y rencontrer l'homme qui lui avait proposé cet étrange marché dont il ignorait alors les tenants et aboutissants. C'était en début d'après-midi. L'établissement affichait un aspect des plus respectables et lui avait paru semblable à n'importe quelle maison du quartier des étuves. Ce n'est que plus tard qu'il avait appris la réputation sulfureuse de l'endroit.

— Je… je voudrais simplement un renseignement, articula-t-il péniblement en dissimulant mal son embarras. Je cherche un homme.

La maquerelle laissa entendre un rire gras. Le blanc de céruse colmatant la peau flasque de ses joues se fendilla et ses lèvres minces se tordirent en une vilaine grimace, laissant entrevoir plusieurs dents cariées.

— Un homme ! On t'aura mal renseigné, mon mignon ! Ce n'est pas le genre de la maison. De grandes et belles garces, pour ça oui ! À faire rendre grâce aux plus ardents jouteurs. Mais rien qui puisse satisfaire un jouvenceau de ton espèce.

— Non ! Non ! Vous vous méprenez ! protesta Adelphe, le rouge au front. Il s'agit d'un homme que j'ai rencontré ici il y a un peu moins de deux semaines. Il semblait être un habitué des lieux. J'ai une affaire de la plus haute importance à lui proposer.

— Je préfère ça. Pour dire le vrai, je n'aime point trop les couillus qui se plaisent, au lit, à singer les femmes. Ils gâchent le métier ! Seulement, c'est pas une agence de renseignement ici. Tu me fais perdre mon temps, mon garçon.

Le compagnon apothicaire songea qu'il avait été bien inspiré, la nuit précédente, d'entamer son précieux pécule. Il glissa la main dans sa ceinture et fit sauter trois écus d'or dans sa paume.

— Loin de moi l'intention de vous distraire, sans contrepartie, de votre honnête labeur. Il va de soi que tout renseignement vaut récompense. Et j'ai ce qu'il faut ici pour vous dédommager et du temps et de la salive gaspillés.

Une lueur de convoitise s'alluma dans les yeux de la maquerelle. Elle plissa ses paupières poudrées de couleurs vives en minaudant :

— Je retire ce que j'ai dit. Tu sais parler aux femmes, toi au moins ! Attends un instant !

Le judas se referma et plusieurs claquements secs, évoquant des verrous que l'on manœuvre, retentirent derrière la lourde porte en bois. Celle-ci pivota sur ses gonds et dévoila un intérieur noyé dans une pénombre bleutée.

La dame maquerelle s'effaça en un simulacre de révérence pour laisser le jeune homme entrer. Elle portait plusieurs colliers et bracelets qui tintinnabulaient au moindre de ses mouvements. L'effet était à ce point remarquable qu'on eût dit sonnailles de troupeau en transhumance.

— Comme je vous le disais, commença Adelphe, j'ai rencontré naguère en votre maison un homme avec qui je fus en affaire et que je dois contacter à nouveau au plus vite.

D'un geste éloquent, son hôtesse lui fit comprendre qu'elle ne parlerait qu'après avoir tâté de son or. Il hésita devant ses manières cauteleuses mais se dit qu'il n'avait guère le choix. Avec réticence, il laissa tomber un jaunet dans une main aux ongles couleur rouge sang. La femme gloussa de plaisir.

— Le nom de celui que tu cherches ?

— Je l'ignore. Il ne me l'a pas dit. Mais quand je l'ai quitté, une de vos filles, qui attendait pour lui bailler l'eau de son bain, m'a demandé si j'en avais fini avec le « Défeurreur[1] ». Il porte aussi une marque distinctive au niveau du cou. Une tache vineuse située du côté gauche.

La propriétaire du Coq Hardi, pourtant rompue à l'art de la dissimulation par ses longues années de bordellerie, parvint mal à masquer sa surprise. Ses yeux vifs et curieux scrutèrent ceux de son interlocuteur.

— Le Défeurreur ? Tu es certain d'avoir bien entendu ? Drôle de surnom ! fit-elle d'une petite voix sèche. Et tu dis que tu avais partie liée avec lui ?

— Disons qu'il a fait appel à mes services pour une affaire des plus délicates et que nos comptes ne sont pas tout à fait soldés. Alors, le connaissez-vous ?

— Le nom ne me dit rien, mais je peux me renseigner.

---

1. Littéralement, celui qui est prompt à dégainer sa lame.

Et reprenant ses façons doucereuses, elle ajouta :

— En attendant, pourquoi ne pas s'ébanoyer* en compagnie d'une de mes donzelles ? Il ne sera pas dit qu'un beau garçon comme toi aura franchi en vain le seuil du Coq Hardi.

— C'est que je crains de ne point avoir la tête à la bagatelle. Le temps m'est compté. Il me faut mettre la main sur cet homme aujourd'hui même.

— Ne te rebèque point, mon mignon ! Tu as payé largement le compte. Pendant qu'on s'occupera de toi, j'irai glaner tout ce qu'il est possible d'apprendre sur ton Défeurreur. Et si, à Dieu ne plaise, je venais à faire chou blanc, au moins n'aurais-tu point été lésé en l'affaire.

— Par ma foi ! Je ne sais si…

— Allons ! La chose est dite ! Et crois-moi, tu ne le regretteras pas !

L'hôtesse frappa deux fois dans ses mains.

Comme si elle n'attendait que ce signal, une fille aux longs cheveux châtains apparut de derrière une tenture. Elle portait une tunique blanche ainsi qu'une robe de sarcenet serrée à la taille et largement décolletée. Non sans plaisir, Adelphe constata que son visage poupin était des plus avenants et que sa silhouette aux formes opulentes correspondait en tout point à ses goûts en la matière.

— Réjane ! ordonna la maquerelle en clignant de l'œil. Accompagne donc ce muguet* en ta chambrée et montre-toi bonne fille avec lui. C'est un hôte de choix et je compte que tu lui fasses plaisante figure.

Sans avoir vraiment eu le temps de comprendre ce qui lui arrivait, Adelphe se retrouva à l'étage, immergé dans l'eau parfumée d'un baquet chemisé d'éponges. La chambre dans laquelle on l'avait installé était modeste mais très soigneusement tenue. Une fraîche jonchée parsemée d'herbes aromatiques et de fleurs séchées recouvrait le sol, et les quelques meubles, certes de bois vulgaire, reluisaient de cire. Pour couronner le tout, un bon feu de tourbe brûlait dans la cheminée et répandait sa douce chaleur dans toute la pièce.

Le jeune homme se laissa aller en arrière dans son bain en soupirant d'aise. La partie ne serait peut-être pas aussi aisée à jouer qu'il l'avait tout d'abord pensé, et les choses pourraient même s'avérer définitivement compromises s'il ne retrouvait pas rapidement la trace du fameux Défeurreur, mais au moins aurait-il pris quelque bon temps au passage. Rien que le fait d'imaginer la tête de maître Sanglar, lorsque celui-ci se rendrait compte que son compagnon lui avait fait faux bond, suffisait à lui mettre le cœur en joie.

Pour l'heure, en fait, la seule chose qui le contrariait un peu était que la belle Réjane l'eût laissé en plan dans son baquet, après lui avoir si savamment émoustillé les sens. La belle avait en effet déserté la chambre en prétextant la nécessité d'aller quérir un cruchon de vin pour égayer leur tête-à-tête.

Plutôt que de remâcher sa contrariété, Adelphe préféra se remémorer les délicieux instants qui avaient précédé sa sortie. Après l'avoir déshabillé lentement en le complimentant sur sa belle allure, Réjane l'avait aidé à prendre place dans son bain, puis avait à son tour ôté ses vêtements, ne conservant sur elle qu'une fine chemise de toile. Elle s'était alors mise à genoux et avait entrepris de l'étriller, prenant un malin plaisir à laisser sa poitrine, qu'elle avait ronde et pleine, lui frôler le dos et les épaules. La garce, à n'en pas douter, avait du métier, et il tardait au jeune homme de pouvoir mordre cette chair appétissante tout en goûtant à d'expertes caresses, aussi raffinées qu'inédites.

En entendant la porte de la chambre se rouvrir dans son dos, Adelphe crut le moment des véritables réjouissances arrivé. Il regarda avec satisfaction sa verge se tendre au fond de la baille et lança avec une franche gaieté :

— Eh bien ! Il t'en a fallu du temps, ma donzelle, pour t'en aller quérir une ou deux jacquelines* ! Pose donc tout ça là, quelque part, et apporte-moi une serviette ! Avant de vider tes flacons, je m'en vais te remplir le conet de foutre !

La chose arriva si prestement qu'Adelphe n'eut pas le temps d'avoir peur. Alors qu'il esquissait un mouvement pour se retourner, il sentit deux mains nerveuses le saisir aux épaules et exercer une rapide et violente poussée vers le bas. La seconde d'après, sa tête disparaissait dans l'eau du bain.

Un gargouillis sinistre se substitua au cri qu'il tenta de pousser. Dans un effort désespéré, il battit des bras et des jambes sans parvenir, toutefois, à se dégager. Sous la surface, ses yeux grands ouverts accrochèrent la forme mouvante d'un homme penché au-dessus du baquet. Un homme qui souriait cruellement et dont les veines saillantes du cou faisaient ressortir la tache de naissance, juste sous l'oreille gauche… une vilaine tache en forme de poire.

14

Les arcanes du royaume

Après avoir quitté Anne de Bretagne, Bayard passa une bonne partie de la matinée à inspecter les postes de garde établis aux entrées d'Amboise, tandis que Philippe de Commynes s'employait aux préparatifs du futur Conseil des pairs. Les deux hommes se retrouvèrent peu avant midi, dans la salle des tambourineurs située au premier étage du château. Le chevalier ne put s'empêcher de remarquer combien le grand chambellan semblait éprouvé par les émotions subies depuis la veille. La peau de son visage revêtait l'aspect d'un vieux parchemin et des cernes profonds assombrissaient son regard.

— Comment le peuple a-t-il accueilli l'annonce de la mort de son roi ? s'inquiéta Commynes en retrouvant son jeune protégé.

— Avec moult tristesse. Il y a grande presse dans toutes les églises de la cité.

— Cela ne m'étonne point. Charles n'avait pas usurpé le qualificatif d'« Affable » que, très tôt, les chroniqueurs ont accolé à son nom. C'était un souverain très aimé de son peuple. Malheureusement, ces mouvements de foule ne vont guère nous faciliter la tâche pour retrouver le suspect. Il lui sera plus facile de passer inaperçu au milieu de la cohue. Et le temps nous est petitement compté…

Bayard approuva du chef et se décida à poser la question qui lui avait trotté dans la tête pendant sa tournée à travers les rues d'Amboise :

— J'avoue qu'un détail m'a échappé lors de notre entretien avec la reine. Que voulait dire Sa Majesté lorsqu'elle a suggéré qu'en fonction du successeur de Charles, l'enquête sur l'assassinat de celui-ci pourrait être reléguée au second plan ?

— La prédiction est malheureusement de celles que toute personne avisée serait à même de formuler, mais il est vrai que vous êtes novice à la cour, remarqua Commynes avec un pâle sourire. Puisque vous voilà mêlé, bien malgré vous, aux intrigues qui entourent la couronne de France, je crois qu'il me faut vous instruire en matière de politique.

Le conseiller promena un regard circulaire dans la pièce, comme pour s'assurer que nulle oreille indiscrète n'était susceptible de les épier. Mais, mis à part les personnages de la grande tapisserie des Flandres représentant Hélène et Ménélas chez les souverains d'Égypte, il n'y avait aucune forme humaine en vue.

— Pour que vous compreniez bien les enjeux de la partie qui a commencé à se jouer en ces murs, il me faut remonter au début du règne de Charles VIII. Et plus précisément à cette funeste journée du 30 août 1483 où le roi Louis le onzième rendit son âme au Tout-Puissant.

Sur son lit de mort, il confia son héritier Charles aux bons soins de sa fille aînée, Anne de Beaujeu, dont il se plaisait à dire que c'était la femme la moins folle de France, car, pour sage, il prétendait n'en point connaître.

Bayard dut laisser transparaître sa réprobation silencieuse, car Commynes se frotta le nez pour masquer sa gêne et crut bon d'ajouter :

— Bien qu'il n'ait pas manqué de détracteurs et d'opposants, je puis vous affirmer, pour l'avoir côtoyé chaque jour pendant des années, que Louis fut un bon roi, au jugement sûr et à l'esprit délié. Seulement voilà, il nourrissait une méfiance viscérale envers la gent féminine. Cependant, son amour pour Anne crevait les yeux, et ce qui peut paraître comme une phrase un peu abrupte représentait, dans sa bouche, un réel compliment.

Le chevalier ne put s'empêcher de trouver touchant ce besoin du conseiller de justifier, bien des années après, jusqu'aux petits défauts de son ancien maître. C'était, par-delà la mort, un gage d'indéfectible loyauté, et une telle fidélité ne pouvait que séduire le caractère entier et chevaleresque de Bayard.

— Cependant, en cette occasion, continuait Commynes, Louis le onzième commit une erreur qui eût pu s'avérer désastreuse pour le royaume.

— Laquelle ?

— Il ne coucha pas sa dernière volonté par écrit et, plus grave encore, ne prononça pas le mot de régence.

— N'était-ce point cependant clairement ce qu'il avait voulu exprimer ?

Le grand chambellan hocha la tête.

— Certes, encore que l'on peut penser qu'il estimait inutile de nommer officiellement un régent ou une régente.

— Et pourquoi donc ?

— Depuis une ordonnance promulguée en 1374 par Charles V, la majorité royale est fixée à quatorze ans. Or, au décès de son père, Charles VIII entrait précisément dans sa quatorzième année. Il pouvait donc, pendant les premiers mois de son règne, gouverner lui-même assisté d'un Conseil. La désignation d'Anne de Beaujeu permettait simplement d'écarter la constitution de ce Conseil provisoire sur lequel plusieurs grands du royaume auraient volontiers mis la main.

— Comme Louis d'Orléans par exemple ! s'exclama Bayard qui tenait à montrer à son vis-à-vis qu'il n'était pas aussi naïf qu'il y paraissait concernant les affaires de la Couronne.

— C'est exact, approuva gravement Commynes. Sa qualité de premier prince du sang le désignait tout naturellement pour prendre les rênes du gouvernement. Mais il n'était pas le seul. Jean II, duc de Bourbon, le propre frère du mari d'Anne de Beaujeu mais aussi son pire ennemi, jouissait du privilège de l'âge et d'une expérience accomplie qui devait lui permettre de guider au mieux les premiers pas du jeune roi. Plutôt que de s'opposer à d'aussi puissants personnages, Anne fit profil bas et déclara que la question de la tutelle devait être tranchée par les États généraux. C'était pour elle une façon de gagner du temps. Elle mit à profit le délai nécessaire à l'organisation de cette grande assemblée pour se gagner de solides appuis et assurer au duc de

Bourbon des avantages qui séparèrent sa cause de celle du duc d'Orléans.

Philippe de Commynes marqua une pause. Le regard dans le vague, comme s'il se projetait par la pensée des années en arrière. Il s'approcha d'un brasero couvert, dont le charbon rougeoyant, parsemé d'herbes, répandait un délicieux parfum. Il étendit ses paumes au-dessus de l'instrument et frissonna longuement.

— Quel froid humide ! se plaignit-il. On dirait que, cette année, l'hiver ne veut point céder la place. C'était déjà ainsi, je m'en souviens très bien, il y a quatorze ans. Les salles du château de Tours étaient de véritables glacières. Les trois ordres y siégèrent pourtant du 15 janvier au 14 mars 1484. Anne y déploya toute sa finesse et un sens politique digne de son père, tandis que Louis d'Orléans, convaincu d'avoir déjà gagné la partie, paradait tel un paon et faisait étalage de sa fortune et de sa frivolité. Résultat : si les députés reconnurent la majorité du roi et le droit des princes du sang à entrer au Conseil, ils s'en remirent, pour l'exercice effectif du pouvoir, à la sagesse du roi, donc à Anne de Beaujeu. Louis d'Orléans entra dès lors ouvertement en révolte contre le pouvoir et se chercha de nouveaux alliés. Je dois reconnaître que cette rébellion, si elle mérita son appellation de guerre folle, n'était pas imputablc à la seule ambition du duc d'Orléans. En maltraitant l'un de ses fils, la maison de Valois avait grandement contribué à pousser celui-ci dans ses dernières extrémités.

Bien qu'il s'efforçât de se concentrer pour ne rien perdre des confidences de son compagnon, le chevalier

Bayard commençait à se sentir dépassé par les arcanes secrets du pouvoir que le chambellan lui dévoilait avec patience et dont il semblait avoir une très exacte connaissance. Il se risqua à poser une nouvelle question :

— Insinuez-vous que Louis a été poussé à la révolte ?

— Que nenni ! La fierté de son sang et son goût du pouvoir n'avaient point besoin d'aiguillon pour l'emporter sur des voies bien aventureuses. Simplement, et c'est le diplomate plus que le témoin qui s'exprime ici, j'affirme que rien ne fut tenté pour amadouer ce grand seigneur et le ramener dans le giron du parti royal.

— J'ai peur de ne plus vraiment vous suivre.

Commynes laissa entendre un rire teinté d'amertume.

— Que toutes ces subtiles manœuvres vous échappent quelque peu n'a rien de surprenant ! Moi-même, je me suis fourvoyé à l'époque sur un chemin bien périlleux qui me valut de connaître la disgrâce et même la prison. Il m'était apparu que l'intérêt du royaume commandait de travailler au rapprochement du jeune Charles VIII et de son impétueux cousin. Cela me fut reproché par le parti des Beaujeu qui me fit subir les pires affronts.

Bayard eut l'impression que le conseiller ne tenait pas à s'appesantir davantage sur son implication personnelle dans les querelles princières. Il eut donc la délicatesse de relancer la conversation dans une autre direction.

— Vous affirmiez qu'aucun effort ne fut fait pour tenter de rallier Louis d'Orléans…

— Exactement. Mais en cette essoinne*, Anne de Beaujeu, reconnaissons-le, ne fit que poursuivre la propre politique de son père. Louis le onzième était en effet devenu le tuteur de Louis d'Orléans dès 1465, alors que l'enfant n'avait que trois ans et se retrouvait orphelin de père[1]. Il se montra très dur avec celui qui, tant que lui-même n'engendrait pas de fils, s'avérait être l'héritier de la Couronne. Lorsque, après dix-neuf années de mariage et alors que Louis le onzième désespérait de concevoir un mâle, le futur Charles VIII vit le jour, le roi ne cessa de travailler à l'extinction de la branche cadette des Valois-Orléans. Ce fut l'unique raison pour laquelle il força Louis d'Orléans à épouser Jeanne de France, sa fille cadette, difforme et probablement stérile. Je l'entends encore me murmurer à l'oreille le jour même où l'on célébrait les noces : « … pour ce qu'il me semble, les enfants qu'ils auront ensemble ne leur coûteront point cher à nourrir »[2]. Quand on sait que cette avanie ne fut qu'une parmi beaucoup d'autres, on comprend mieux pourquoi, à la mort du souverain, Louis d'Orléans fut avide d'exercer ce pouvoir dont on avait voulu l'écarter à toute force. C'était moins la régente qu'il désirait combattre, que sa revanche sur Louis le onzième qu'il bouillait d'obtenir.

— Que s'est-il passé exactement après l'échec des États généraux ? Vous disiez que Louis d'Orléans se chercha de nouveaux alliés pour contester le pouvoir des Beaujeu…

— Les mécontents quittèrent en effet les bords de

1. Le père de Louis d'Orléans n'était autre que le fameux Charles d'Orléans, prince poète, connu surtout pour son œuvre littéraire conçue pendant les vingt-cinq années de sa captivité en Angleterre, après la débâcle d'Azincourt.

2. Attestée par plusieurs témoins, la phrase serait authentique.

Loire et cherchèrent un appui en Bretagne où le duc François II devait faire face, à l'époque, à une fronde d'une partie de ses vassaux qui s'étaient rapprochés de la cour de France. Louis d'Orléans et ses partisans s'armèrent en faveur du duc, tandis qu'Anne de Beaujeu prit la défense des seigneurs bretons, dans l'espoir de profiter de ce brouillis pour réunir la Bretagne à la Couronne. Cette lutte trouva son issue, comme vous ne pouvez l'ignorer, lors de la fameuse bataille de Saint-Aubin-du-Cormier, le 28 juillet 1488. Louis d'Orléans fut fait prisonnier et le duc de Bretagne contraint d'accepter le traité du Verger, dont une clause stipulait que ses filles ne pourraient se marier sans l'assentiment du roi de France.

Le chambellan avait abandonné le brasero et s'était assis sur un fauteuil bas, prenant un temps pour masser ses jambes raidies par l'ankylose.

— J'entends ce que vous me dites, dit Bayard en arpentant à grands pas nerveux l'espace situé entre le mur et le siège de son interlocuteur, et pour tout dire je me fais l'effet d'un escolier face à son latinier*. Cependant, je ne saisis toujours pas pourquoi Sa Majesté la reine semble craindre un ralentissement, voire une interruption, de l'enquête.

— J'y venais, j'y venais, reprit Commynes. Certes, je comprends que tout cela puisse vous paraître abscons et éloigné de nos présentes investigations, chevalier, mais il vous fallait bien entendre ces détails afin d'appréhender au mieux les tenants et les aboutissants de la situation qui s'offre à nous.

Bayard s'inclina légèrement.

— Pardonnez mon impatience. Je vous écoute, messire.

Philippe de Commynes joignit doctement l'extrémité de ses doigts devant ses lèvres.

— Je m'apprêtais précisément à évoquer la place singulière tenue par Anne de Bretagne dans l'histoire du royaume. Louis d'Orléans enfermé au château de Lusignan puis à Bourges, le parti des Beaujeu se trouvait désormais libre de pousser son avantage. Or, la providence se chargea de rebattre les cartes, avec la survenue du décès du duc de Bretagne, François II, à l'automne 1488. La fille aînée de celui-ci, Anne, alors âgée d'à peine onze ans, héritait de la couronne ducale et son mariage devenait l'enjeu d'intenses tractations dans toute l'Europe occidentale. À la suite de complexes manœuvres diplomatiques et dans le but de préserver la Bretagne des visées françaises, Anne finit par épouser par procuration[1], en décembre 1490, le roi des Romains, Maximilien de Habsbourg[2]. Déjà possesseur des Pays-Bas, ce dernier pouvait, par cette union, offrir aux Anglais de nouveaux moyens de prendre pied en France. En tout état de cause, il s'agissait d'une violation manifeste du traité du Verger. La guerre reprit donc en Bretagne.

Philippe de Commynes observa un nouveau silence.

---

1. Selon la coutume, l'union fut validée par l'envoi d'un compagnon de Maximilien, délégué à Rennes pour glisser sa jambe nue dans le lit d'Anne. Un tel mariage par procuration était alors parfaitement reconnu par l'Église.

2. Futur souverain du Saint Empire romain germanique qui régna sous le nom de Maximilien Ier.

Ses traits tirés, son visage pâle montraient assez qu'il avait épuisé une bonne part de son énergie et se trouvait désormais incapable de faire bonne figure.

— Au printemps 1491, reprit-il en retenant un soupir, sous la conduite de La Trémoille, notre armée connut plusieurs succès. Et ceci, en dépit de renforts anglais et castillans venus soutenir les troupes ducales. Dans le même temps, Charles VIII, alors âgé de vingt et un ans, avait décidé de secouer la tutelle exercée par sa sœur Anne de Beaujeu. De son propre chef, il se rendit à Bourges et tira de prison son cousin Louis d'Orléans, qu'il avait toujours admiré pour sa prestance. Ce dernier fut chargé de se rendre auprès de la jeune duchesse de Bretagne afin de négocier la rupture de son mariage avec Maximilien et ses épousailles avec le roi de France. Ainsi fut-il fait, et il s'est trouvé bien des méchantes langues pour prétendre, à l'époque, que si cette mission délicate fut couronnée de succès, ce fut moins en raison des talents de diplomate de Louis d'Orléans que de l'attirance réciproque qui naquit entre lui et la jeune duchesse. Toujours est-il que le mariage de Charles VIII et d'Anne de Bretagne fut célébré en décembre 1491 à des conditions fort avantageuses pour le royaume. Les époux s'échangeaient en effet, par contrat de mariage, leurs droits sur la Bretagne et convenaient d'une clause de donation au dernier vivant. En outre, en cas d'absence d'héritier mâle, il était convenu qu'Anne ne pourrait épouser que le successeur de Charles VIII.

Une lueur de surprise s'alluma dans le regard du chevalier Bayard.

— Vous voulez dire qu'il est possible que la reine douairière épouse notre prochain souverain !

Philippe de Commynes approuva en hochant lentement la tête, le visage fermé.

— C'est exactement cela. L'arrangement visait à conserver le duché de Bretagne à la couronne de France, mais, en fonction de celui qui sera choisi, l'influence d'Anne pourra être fort variable et la vérité sur la mort de Charles VIII ne plus constituer du tout une priorité. Ce n'est pas tout. Beaucoup d'autres choses sont en jeu. Tenez ! Notre politique en Italie, par exemple. Pour favoriser une nouvelle action visant à établir ses droits sur le royaume de Naples, Charles VIII envisageait une alliance avec Ludovic le More, qui règne en maître sur le duché de Milan. Or, s'il advenait que la couronne de France échût à Louis d'Orléans, un tel rapprochement deviendrait impossible.

— Qu'est-ce qui s'y opposerait ?

— Louis ne se contentera pas de Naples. Il revendique également le titre de duc de Milan au nom de sa grand-mère, la duchesse Valentina Visconti. Vous saisissez : tout l'équilibre des alliances entre les différentes cités italiennes risque d'être bouleversé aussitôt que la mort de Charles VIII sera connue par-delà les Alpes. D'ailleurs, il serait sans doute bon que vous rencontriez l'émissairc de Ludovic à la cour de France. Il s'agit de ce Giacomo Nutti que vous avez si brillamment dominé, hier, au jeu de paume. Si vous vous recommandez de moi, je suis certain qu'il acceptera de vous faire partager ses vues sur la question.

Ayant souvenance des confidences d'Héloïse sur la

perfidie du fameux émissaire, Bayard ne put retenir une moue contrariée. Commynes ne parut pas s'en apercevoir.

— Jamais je n'aurais imaginé que la disparition d'un seul homme pût engendrer pareil cataclysme ! déclara le chevalier à contretemps.

— Un roi de France n'est pas un simple mortel ! rappela sur un ton sentencieux Commynes en s'appuyant des deux mains au bras du fauteuil pour se redresser. Mais il est certain que ce décès si brutal ne facilite pas les choses. Ah ! soupira-t-il avec regret. Que n'ai-je fait preuve de davantage de maladresse encore !

Devant la mine interrogative de Bayard, il raconta comment, le matin précédent, en sortant du bureau de Charles VIII, il avait malencontreusement arraché le pendentif de la reine. Et cela à quelques pas à peine de l'endroit où allait s'abattre le monarque.

— Si seulement je n'avais pas retrouvé aussi rapidement cette croix ! La reine et moi serions demeurés quelques minutes de plus dans la partie obscure de la galerie. Qui sait ? Cela aurait peut-être suffi à dissuader l'assassin de passer à l'acte.

Bayard préféra ne pas faire de commentaire. En lui-même, il se disait que ce n'était certainement pas la présence de la reine, et encore moins celle d'un vieux conseiller rongé par les rhumatismes, qui aurait suffi à arrêter le meurtrier. Il en eût fallu bien davantage pour inverser le cours du destin. Mais il ne trouvait pas les mots qui, sans blesser l'amour-propre de son interlocuteur, eussent pu alléger le fardeau de culpabilité qu'il sentait peser sur les épaules de celui-ci.

À son grand soulagement, Philippe de Commynes le pria de l'excuser. Il avait encore des missives à dicter à destination de plusieurs pairs ecclésiastiques, notamment l'évêque-duc de Langres et l'évêque-comte de Noyon. Il importait en effet que le prochain Conseil siégeât dans sa formation la plus complète afin que nul ne puisse, par la suite, remettre en cause les résolutions qui y seraient adoptées.

Au moment où le premier chambellan quittait la salle, un page fit son entrée et tendit un pli non cacheté à Bayard. Il informa ce dernier qu'un jeune garçon s'était présenté un peu plus tôt aux grilles du château en insistant pour que l'on transmette sans tarder ce courrier au chevalier.

Il s'agissait d'un bref message rédigé en termes fort courtois par lequel maître Étienne Sanglar, apothicaire de son état, lui faisait savoir que sa fille et lui seraient honorés de le recevoir le soir même à dîner. Bayard songea, non sans émotion, aux délicieux moments passés la veille en compagnie d'Héloïse. Bien que tout entier tourné vers la mission que lui avait confiée Anne de Bretagne, il se dit que ce serait manquer à la plus élémentaire politesse que de ne point se rendre à l'invitation des Sanglar. La vérité était qu'il se trouvait aussi en cette disposition de sentiment qui prélude à la naissance de l'amour.

Inconsciemment, le chevalier tourna les yeux vers les fenêtres donnant sur la Loire. La certitude qu'il ne pourrait s'abandonner de sitôt à l'inclination de son cœur l'envahit alors tout entier, et il ne put réprimer une moue contrariée. L'astre timide qui traversait les résilles de verre et de plomb baignait de ténèbres grises le sol de carreaux fleurdelisés.

On aurait dit que les lys du royaume avaient perdu leur or et qu'un infime souffle d'air eût suffi pour réduire à tout jamais leurs pétales en nuage de poussière…

15

Meurtrerie

La poitrine en feu, éructant et crachant, Adelphe sortit la tête de l'eau et aspira une longue goulée d'air frais. Les mains qui pesaient avec une vigueur peu commune sur ses épaules l'avaient lâché juste au moment où il était sur le point de perdre connaissance. Une poignée de secondes plus tard et c'en était fini de lui. Il buvait la grande tasse et disait adieu à ce méchant monde qui tant semble prendre plaisir à se jouer de nos misérables existences.

— Eh bien, compain* coquebert*, il paraîtrait que tu m'aurais en cognoissance ! Comme ta tête ne me revient nullement, je me suis dit qu'il fallait démêler ce chamaillis et qu'une plongée en eau claire t'enluminerait l'esprit. N'ai-je point eu raison ?

Toujours crachotant, affalé sur le rebord du baquet où il s'efforçait de reprendre sa respiration, Adelphe se trouvait dans l'incapacité de répliquer. C'était tout juste si le voile rouge qui recouvrait ses prunelles lui permettait de distinguer la forme vague d'un homme adossé contre le lit, une fesse reposant négligemment sur le matelas.

— À vrai dire, ton visage ne m'est point totalement inconnu, continuait l'homme d'une voix égale, légèrement nasillarde. Mais oui, il me semble que je te remets de présent. Peut-être, après tout, ne cherches-tu pas à m'emberlucoquer*.

— Vous êtes fol, assurément fol ! gronda Adelphe lorsqu'il eut retrouvé son souffle et sa lucidité. Il s'en est fallu de fort peu que je ne finisse noyé dans ce baquet ! Est-ce une manière de traiter ceux qui vous ont servi en toutes choses avec promptitude et efficacité ?

Le compagnon apothicaire, remis de sa frayeur, fit mine de se redresser pour attraper une serviette que la perfide Réjane – où était-elle donc passée d'ailleurs cette drôlesse-là ? – avait disposée sur une chaise, devant un petit brasero en fonte. Le Défeurreur ne lui en laissa pas le temps. Allongeant la jambe, il décocha au jeune homme un violent coup de botte en plein thorax, qui le renvoya à jambes rebindaines* dans le fond du baquet. La chute s'accompagna d'un grand bruit et de moult éclaboussures.

— Tu es très bien au fond de ton bain, mon compère. Et si j'étais toi, je n'aurais garde d'en sortir.

Adelphe voulut à nouveau protester, mais la vue du poignard que son interlocuteur venait d'extraire de dessous son pourpoint l'incita à abandonner toute velléité querelleuse.

— Tu me cherches, m'a-t-on dit, reprit le Défeurreur de sa voix si particulière. J'avais cru pourtant, une fois notre affaire conclue, m'être montré bien clair sur la suite des événements. Tu devais garder le silence absolu sur notre transaction…

— Et je m'y suis tenu ! le coupa vivement Adelphe. Personne ne sait la nature de nos engagements. Je crois même que nul n'est en mesure, dans toute la cité, d'établir le moindre rapport entre vous et moi.

Adelphe ne remarqua pas la lueur d'intérêt que ses paroles avaient allumée au fond des yeux du Défeurreur. D'un geste rageur, celui-ci planta l'extrémité de sa lame dans le montant du lit. Sa voix se fit sifflante comme la lanière d'un fouet :

— J'ai horreur que l'on m'interrompe ! Retiens cela une bonne fois pour toutes ! Je disais donc que tu ne devais parler à quiconque de nos relations et, surtout, ne jamais chercher à me revoir. Alors ?

— Alors quoi ? geignit Adelphe qui supportait mal l'humiliation que l'autre lui imposait en le forçant à demeurer en ce ridicule baquet.

Il lui semblait en effet qu'il eût pu davantage lui tenir tête s'il avait présenté ses arguments autrement qu'en tenue d'Adam. Toutefois, il sentait qu'il n'avait pas vraiment le choix. S'il se montrait suffisamment habile, il pouvait tirer gros de la situation. L'essentiel était de vaincre sa peur et de ne point se laisser impressionner.

— Alors, l'apostropha le Défeurreur en s'appliquant à arracher le poignard du bois du lit, puisque tu semblais avoir compris les termes de notre pacte, que fais-tu en ce lieu à hucher* mon nom à qui veut l'entendre ?

— Il y a que bien des données ont changé depuis que nous nous sommes quittés.

— Tu trouves ? J'avoue que la chose m'a échappé… Les puterelles du Coq Hardi ont toujours la fendace et le tétin accueillants. Le vin des tonneaux procure l'oubli aujourd'hui comme hier. Il a gardé le pouvoir de faire chanter des insanités jusqu'au plus sombre cagot*.

— Je ne parle pas de cela, martela Adelphe en forçant sa voix dans les graves, cherchant vainement à lui conférer des accents plus martiaux. Je vous ai livré la poudre qui correspondait à ce que vous souhaitiez.

— Et tu as été grassement rétribué pour cela, fit remarquer le Défeurreur en faisant distraitement tourner la pointe de son couteau sur son index tendu.

— Disons que j'ai touché le prix d'une vie. Mais le marché serait quelque peu faussé si cette vie valait bien plus que ce que l'on ne m'en a laissé entrevoir.

— Que veux-tu dire ?

— Assez barguigné ! Même en ce lieu de perdition, où l'on se complaît à vivre en marge du monde, il est impossible que la nouvelle du décès du roi n'ait pas franchi les murs. À l'heure qu'il est, on ne parle plus que de cela dans toute la ville.

— Je ne vois toujours pas en quoi cette désolante nouvelle devrait changer quoi que ce soit à nos petits arrangements.

— Adonc ! Livrer une poudre de succession* à un commanditaire inconnu est une chose, tremper dans l'assassinat d'un roi en est une autre. Les risques sont sans commune mesure ! Or, tout se paye en ce bas monde ! Et le prix du silence est d'or, vous n'êtes pas sans l'ignorer.

Comme à regret, le Défeurreur abandonna l'appui du lit. Il entreprit de faire quelques pas dans la pièce, tout en gardant un œil fixé sur Adelphe.

— Que d'imagination, monsieur le façonneur de potions ! s'exclama-t-il avec un rire grinçant qui sonnait faux. Ce n'est pas au cul des malades cacochymes qu'il vous faut faire des révérences, mais bien sur les tréteaux ! Vous y feriez merveille dans la comédie bouffonne.

Adelphe profita de ce qu'une certaine distance le séparait désormais de son interlocuteur pour attraper la serviette, l'enrouler autour de sa taille et sortir enfin du baquet. Il se drapa du mieux qu'il put avec une courte-pointe qui traînait sur le lit et, sans s'arrêter au ridicule de son accoutrement, décida de ne plus s'en laisser conter. Après tout, un simple appel de sa part suffirait à faire rappliquer dans la chambre tout le personnel du Coq Hardi.

— Vos railleries m'indiffèrent, monsieur. La seule chose qui compte, c'est que nous savons tous deux à quoi nous en tenir. Si vous souhaitez conserver l'anonymat, il faudra multiplier par dix la somme initialement convenue. Notez que la demande est fort raisonnable et que je n'entends point abuser de la situation.

Sourcils froncés, le Défeurreur semblait envisager la nouvelle proposition qui lui était faite, peser le pour et le contre. Quand il reprit la parole, sa voix se fit presque mielleuse :

— Vous êtes un homme plein de ressources, mon cher Adelphe. Mais il me faut en référer à qui de droit. En la matière, je ne suis pas seul à…

— Bien sûr ! le coupa Adelphe avec un rien de morgue. Fais donc la commission à celui qui te baille[1] !

1. Celui pour qui tu travailles.

Je me doute que tu frayes en eaux trop peu profondes pour tenir les rênes en cette équipée.

À une vitesse qui échappe à l'œil du commun, dans un geste d'une belle élégance, le Défeurreur déploya son bras qui tenait le poignard. L'arme, projetée avec une précision démoniaque, fendit l'air et vint se planter dans l'orbite droite du jeune homme. La lame creva le cristallin et pénétra directement dans le cerveau. Dans un mouvement au ralenti, Adelphe pirouetta sur lui-même et s'écroula sur les genoux avant de basculer en arrière. Il était déjà raide mort avant d'atteindre le sol.

Indifférent, glacé, le Défeurreur s'agenouilla auprès de sa victime puis, pesant de tout son poids sur le poignard, il l'enfonça jusqu'à la garde dans l'orbite sanglante et s'amusa à fouailler de sa lame l'horrible blessure.

— Je t'avais pourtant prévenu qu'il ne fallait pas m'interrompre.

Et sur cette courte oraison funèbre, il se releva et quitta la chambre.

16

L'altercation

En tout début d'après-midi, il se fit un grand remue-ménage sur les terrasses du château d'Amboise. Sur ordre du lieutenant du prévôt, valets et gens d'armes s'employaient à faire plier bagages aux marchands et bateleurs qui avaient dressé leurs tréteaux le long des fossés. Ces derniers étaient nombreux, car beaucoup avaient espéré réaliser de bonnes affaires à l'occasion du tournoi de paume et de la célébration des Pâques fleuries. L'annonce de la mort du roi venait de mettre un terme inattendu et brutal à toute perspective de négoce fructueux. Aussi l'évacuation par la rampe cavalière de la tour des Minimes[1] ne se faisait-elle pas sans heurt ni protestation. Une rumeur hostile répondait aux sollicitations bourrues des sergents de ville et des domestiques de la maison royale.

---

1. Du temps de Charles VIII, il existait deux tours cavalières, appelées ainsi en raison de la rampe qu'elles abritaient et qui permettait aux attelages ou aux chevaux d'atteindre plus facilement les terrasses du château.

Au milieu de la cohue, un accrochage sérieux eut lieu à proximité de la carriole d'un montreur d'ours. Alors qu'il venait d'enfermer son compagnon à quatre pattes dans une cage métallique, l'homme au visage basané s'en prit à l'un des valets qui le pressaient de déguerpir. Il accusait celui-ci d'avoir profité de sa distraction, tandis qu'il était occupé à entraver l'imposant animal, pour lui dérober plusieurs effets personnels. Il était question notamment d'un gobelet d'argent qui servait à recueillir les oboles des badauds.

Le valet, un grand escogriffe au visage plein de morgue, prit d'abord la chose de haut :

— Depuis quand a-t-on vu quêter dans de la vaisselle d'argent ? Tu te moques du monde, le drôle !

Le bateleur ne s'en laissa pas conter et prit à témoin l'assistance qui commençait à faire cercle autour des deux protagonistes afin de ne rien perdre de la querelle naissante.

— Celui-ci et celui-là, cet autre encore, peuvent témoigner que le gobelet était posé sur le siège de la carriole lorsque tu as exigé que j'enferme l'ours.

Et disant cela, il désignait de l'index plusieurs personnes parmi la foule.

— Tous peuvent témoigner que je dis vrai !

— Tu es plus têtu qu'une bourrique et ton insistance frise l'impertinence ! rétorqua le valet en ignorant superbement les prétendus témoins. Puisqu'on te dit de faire place nette !

— Pas question ! Qu'on appelle les sergents de ville et nous verrons bien si je jase* ou me plais à conter fablerie !

Devant l'insistance de son accusateur, le valet perdit patience et brandit haut son long bâton à bout ferré.

— La paix, maudit cigain* ! gronda-t-il en marchant droit sur son contradicteur. Tu es bien semblable à tous ceux de ta race : tu mens comme tu respires. Puisque tu persistes dans tes folles jérémiades, je vais te faire tâter de ce bois-là !

— Vous n'avez pas le droit ! protesta encore le dresseur d'ours qui paraissait décidément sûr de son fait. Puisqu'il en va ainsi, j'en appellerai au lieutenant du prévôt en personne !

— Bast ! Je vais t'enclouer si bien que la cervelle te sortira par le fondement !

Les traits déformés par la fureur, le valet s'apprêtait à abattre son gourdin sur le crâne de son opposant qui levait le bras dans une dérisoire tentative de protection, lorsqu'une poigne solide bloqua son geste à mi-course. Une voix forte et claire domina le brouhaha de la foule :

— Bien parler ne conchie la bouche ! Aussi devrais-tu surveiller ton langage, l'ami ! Quant à faire assaut en hurlant à la mort contre un pauvre hère sans défense, c'est là un procédé de chapon maubec* !

Bayard, car c'était lui qui venait de s'interposer ainsi, tordit le membre immobilisé de façon à obliger le valet à pivoter sur lui-même et à lui faire face. Quand il vit le regard fuyant de l'homme, son visage tavelé de taches de rousseur et les boucles rousses qui s'échappaient de son bonnet, il repensa aux confidences que lui avait faites Héloïse dans l'arrière-boutique de la Vipère Couronnée. Le quidam qu'il tenait par le bras correspondait exactement à la description du sinistre coquin qui avait fourni à Giacomo Nutti l'esteuf destiné à l'estourbir.

— Ventre-Dieu ! lança le chevalier d'une voix où l'ironie le cédait à la colère. Il me semble que ce n'est pas la première fois que nos chemins se croisent. N'étais-tu point servant de lice ces jours derniers ? Mon front garde mauvaise souvenance de tes services. Tu as beau être à la maison de France, je me suis laissé dire que c'est bel et bien de l'or italien qui garnit ta bourse !

Le valet aux cheveux couleur carotte roula des yeux affolés.

— Je… je ne comprends pas, messire. Vous faites erreur. C'est une affreuse méprise.

— Comme c'est curieux ! Te voilà deux fois incriminé, et deux fois l'accusateur se tromperait ou parlerait à la légère. À comparer ta face contrefaite et la mine franche de ce brave bohémien, j'ai quelque bonne raison de penser que cette bosse, là, sous ton pourpoint, pourrait correspondre à certain gobelet précieux dont tu prétendais à l'instant ne rien savoir.

D'un mouvement brusque que rien ne laissait prévoir, le valet se dégagea de l'étreinte de Bayard et fit un bond en direction de la tour des Minimes, comme s'il espérait pouvoir disparaître à la faveur du mouvement de foule qui se faisait dans cette direction. Mais les membres de l'assistance, mus par leur solidarité avec le dresseur d'ours et confortés par la présence rassurante de Bayard, resserrèrent les rangs devant lui. Voyant toute issue coupée de ce côté-là, le valet fit volte-face. L'affolement se lisait sur son visage. Ramassé sur lui-même, les poings crispés sur son gourdin, les dents serrées, on eût dit une bête aux abois, forcée par des chasseurs et prête à tout pour se dégager. L'assaut était si prévisible que Bayard n'eut aucune difficulté à l'anticiper.

Au moment où le valet se rua en avant, exécutant un grand moulinet avec son bras armé, Bayard fit un pas de côté et esquiva du haut du corps. Comme son adversaire le dépassait, il se plia avec souplesse et faucha de sa jambe étendue les tibias de celui-ci qui chancela et s'effondra de tout son long, face contre terre. Félin, Bayard se jeta sur l'homme et lui enfonça un genou dans les reins tandis que, d'une seule main, il lui immobilisait les bras en arrière.

— Voyons un peu ce que tu caches là dans ton giron, susurra-t-il à l'oreille du valet en glissant sa main libre sous son pourpoint. Je serais fort étonné qu'il s'agisse d'un œuf à couver.

Tandis que le rouquin gémissait lamentablement, le chevalier extirpa de ses vêtements, sous les vivats de la foule, le fameux gobelet en argent.

— Truqueur, menteur et voleur ! Tu as manifestement toutes les qualités pour finir au bout d'une corde et aucune pour porter cet habit que tu déshonores !

Et d'un geste rageur, Bayard arracha la tunique fleurdelisée du valet. Il aurait volontiers enchaîné sur une sévère rossée, car, même s'il n'avait pas l'intention de livrer l'homme à la justice, il estimait que celui-ci avait mérité une bonne leçon. Toutefois, il n'eut pas le temps de passer des intentions aux actes. Fendant la foule, une escouade de gardes, avec à sa tête un borgne à l'allure martiale, se dirigeait dans sa direction. Les sergents de ville écartaient sans ménagement les spectateurs du bois de leurs piques.

— Que se passe-t-il donc ici ? lança le borgne à la cantonade. Vous avez reçu ordre d'évacuer les lieux, pourquoi lanternez-vous céans ?

Puis avisant Bayard et son captif, il apostropha le chevalier :

— Ah, çà ! Mais l'on ose se battre jusque sous les fenêtres de la reine, un jour comme aujourd'hui, alors que tout le royaume est en deuil ! Qui êtes-vous, messire ? Et pour quelle raison malmenez-vous l'un des serviteurs de notre défunt roi ?

Bayard se redressa, épousseta ses vêtements et s'inclina non sans une certaine élégance.

— Ce coquin jouait les détrousseurs aux dépens de ces malheureux que l'on chasse sans beaucoup d'égard, dit-il en désignant du doigt les marchands et les bateleurs qui commençaient à se disperser lentement. Il m'a paru d'autant plus opportun d'intervenir que lui et moi avions un compte récent à régler.

En même temps qu'il parlait, le chevalier détaillait le chef des gens d'armes. Le borgne était assez beau malgré son infirmité, qu'il masquait derrière un bandeau rouge. Un front haut, le nez courbe qui faisait songer à un oiseau de proie, un corps sec et vigoureux. Mais ces caractéristiques physiques plutôt avantageuses étaient malheureusement ternies par une apparence négligée. L'homme arborait un bouc peu soigné, des cheveux en broussaille et semblait, en outre, afficher un grand mépris pour sa mise vestimentaire.

— Je crois vous avoir demandé votre nom, fit-il remarquer d'une voix acerbe qui déplut à Bayard.

— Pierre Terrail, seigneur de Bayard. Puis-je savoir à mon tour à qui j'ai l'honneur de m'adresser ?

— Je suis Jacques de Vourier, lieutenant du prévôt, et à ce titre responsable de la police en ce château et en tous lieux dans la cité d'Amboise. Il m'eût été agréable, messire Bayard, que vous n'interveniez pas en cette affaire qui relève de mon strict ressort.

Quelque peu déconcerté par l'agressivité que montrait à son égard cet homme qu'il ne connaissait que de nom pour l'avoir entendu citer le matin même par Anne de Bretagne, le chevalier répliqua sèchement :

— Vos hommes étaient bien trop occupés à nettoyer la place pour ouvrir les yeux et remplir leur véritable office. En l'espèce, je n'ai fait que pallier leur carence.

Le lieutenant du prévôt bomba le torse en roulant des yeux outragés.

— Nous ne faisons qu'exécuter les ordres de Sa Majesté la reine ! Oseriez-vous les contester ?

Puis devant le silence de Bayard, il ajouta :

— Il est vrai que vous semblez interpréter ses directives selon votre bon vouloir. Eh oui ! Votre nom m'est déjà venu aux oreilles pas plus tard que ce matin. On m'a rapporté que vous vous étiez livré à une inspection en règle des postes de garde situés aux portes de la ville. Or, si l'on m'a prévenu que je devrais sans doute collaborer avec vous dans les jours à venir, je n'ai point reçu l'ordre de vous céder le pas en ce qui concerne le domaine propre de mes fonctions.

Toi, mon gaillard, songea Bayard, tu n'as pas digéré

les instructions que tu as reçues et tu tiens à me le faire savoir. Voilà la raison de ta triste figure ! Mais ce n'est pas une raison pour me battre ainsi froid, dès notre première rencontre.

Fidèle à son caractère entier, il s'apprêtait à livrer à son interlocuteur le fond de sa pensée lorsqu'il se produisit chez ce dernier un changement radical de comportement. Pareil à un combattant qui rompt brusquement l'assaut, le borgne piqua du nez, fit signe à ses gardes de s'emparer du valet demeuré à terre et tourna les talons sans un mot d'explication.

Déconcerté, Bayard chercha autour de lui la cause d'un revirement aussi inattendu. Il lui suffit de lever les yeux sur la façade du château pour comprendre ce qui avait contraint le lieutenant du prévôt à battre si promptement en retraite. Alors, avec reconnaissance, il s'inclina légèrement devant l'une des fenêtres des appartements royaux où Anne de Bretagne, en noirs vêtements de deuil[1], lui adressa un discret signe de la tête.

---

1. Anne de Bretagne fut en effet la première reine de France à porter le deuil de son époux en noir ; jusque-là, l'étiquette de la cour prônait le port du voile, de la guimpe et de la robe de couleur blanche.

17

Pigeon vole

Pendant que se déroulait cette scène sur les terrasses de la demeure royale, une silhouette enveloppée dans un long manteau bleu se glissait avec circonspection dans le parc du château du Cloux. À intervalles réguliers, l'homme faisait une pause à l'abri d'un arbre ou d'un buisson et regardait en arrière, l'air inquiet, afin de s'assurer que nul ne le suivait en ce lieu reculé.

Parvenu à l'extrémité sud du parc, celui qui multipliait ainsi les précautions crut entendre un bruit de pas derrière lui. Il s'arrêta de nouveau, le cœur battant, tous les sens aux aguets. Mais seul le frémissement du vent dans les feuilles des arbres parvint jusqu'à lui. Il s'irrita alors de sa pusillanimité. Ces derniers temps, ses nerfs avaient été soumis à rude épreuve, et il en venait presque à avoir peur de sa propre ombre. Pourtant, ses dangereuses activités requéraient une parfaite lucidité, doublée d'une bonne dose de sang-froid. Toutes choses qui semblaient le fuir depuis que ce damné Bayard était venu contrarier ses desseins.

Rassuré de constater qu'il n'était pas suivi, l'homme

enfonça son chaperon sur ses yeux, resserra les pans de son manteau contre ses flancs et reprit son chemin en accélérant l'allure. Il lui tardait à présent de parvenir à destination afin de précipiter les événements. C'était sa meilleure carte. Il lui fallait prendre de vitesse le chevalier. Ne pas lui laisser l'opportunité de faire de nouvelles et désastreuses découvertes. Et pour cela, il devait couper au plus tôt tous les fils qui pouvaient mener Bayard jusqu'à lui…

Quelques minutes plus tard, au détour d'une allée encombrée de ronces et d'herbes folles, se dessina dans la pénombre du sous-bois un bâtiment en partie ruiné. Il s'agissait d'un ancien colombier érigé du temps d'Étienne Le Loup, le premier propriétaire du Cloux, mais laissé à l'abandon depuis des années. Avant d'en pousser la porte aux gonds rouillés, l'homme vérifia que le fil de soie quasiment invisible qui barrait le seuil était intact. Tel était bien le cas. Il se sentit rasséréné et un mince sourire étira ses lèvres. Certes, la partie, pourtant bien engagée, avait pris un mauvais tour ces dernières heures, mais ce n'était pas une raison pour s'affoler plus outre. Son astuce et sa finesse d'esprit lui permettraient d'avoir toujours un coup d'avance sur ses adversaires. Et ce n'était pas ce jeune chien fou de Bayard qui pourrait le prendre en défaut. En cette lutte à distance qui s'était engagée entre eux, la force ne servait de rien. L'intelligence seule déciderait du vainqueur. Et sur ce terrain-là, l'homme au manteau bleu se considérait sans rival dans tout le royaume des lys.

À l'intérieur du bâtiment, la poussière le disputait aux gravats. Une odeur pénétrante de moisi émanait du chaume échappé des crevures du toit. Avec une aisance qui témoignait de sa familiarité des lieux, le nouvel arrivant se glissa le long d'un empilement de meubles brisés, contourna un madrier écroulé de la charpente et s'engagea dans un escalier en colimaçon. Les marches branlantes lui permirent d'accéder à un grand balcon en forme de mezzanine. Il s'approcha alors d'une masse indistincte recouverte d'un tissu mangé par les mites. Lorsqu'il souleva un coin de l'étoffe, un froissement d'ailes se fit entendre, accompagné de roucoulements excités.

— Me voilà, mes jolis, murmura l'homme en promenant sa main gantée le long des barreaux de la cage qu'il venait de dévoiler. Je vous ai fait attendre, n'est-ce pas ? Mais le moment est arrivé de vous séparer.

Affolés par le brusque afflux de lumière, les deux pigeons ramiers auxquels il s'adressait se blottirent l'un contre l'autre tandis que leurs yeux ronds tressautaient dans toutes les directions.

Avec un petit rire caverneux, l'homme se redressa et se dirigea vers une table et une chaise dont les surfaces vernies étaient miraculeusement épargnées par la poussière qui régnait partout dans le colombier. Manifestement, ces meubles y avaient été apportés depuis peu. L'homme s'assit et tira de sous son manteau un nécessaire à écrire. La plume à la main, il réfléchit plusieurs minutes avant de la tremper dans le minuscule encrier. Il s'agissait de peser chaque mot. Son objectif était d'alerter le maître afin que celui-ci prenne les dispositions qui s'imposaient, mais sans lui laisser penser qu'il avait failli à sa mission. Depuis l'expédition nocturne à la Combe de Malemort et le meurtre commis froidement sur la personne de son cousin, l'homme au manteau bleu ne savait que trop bien ce qu'il en coûtait de déplaire à son redoutable commanditaire.

Cela dit, son défunt parent n'aurait sans doute pas rempli son office avec autant d'habileté que le fameux Défeurreur qu'on lui avait substitué. Pourtant, si celui-ci s'était montré irréprochable en ce qui concernait l'attentat contre Charles VIII, il avait lamentablement échoué dans sa tentative de les débarrasser à temps de Bayard ! Une erreur qu'il allait falloir rapidement rattraper avant qu'elle ne produise de bien funestes conséquences…

Sans plus hésiter, l'homme traça quelques lignes sur une feuille de papier. Après avoir laissé le temps à l'encre de sécher, il roula très finement le feuillet et le glissa dans un petit étui métallique. Puis il se leva, s'approcha de la cage et s'empara délicatement d'un volatile qu'il entreprit de flatter de ses doigts gantés. Une fois le pigeon apaisé, il inséra le petit étui dans la bague que celui-ci portait à l'une de ses pattes et s'approcha d'une lucarne au carreau brisé.

Tendant les bras par l'ouverture, il ouvrit lentement les mains, laissant le pigeon prendre son envol.

Par ce simple geste, il venait de sceller la mort d'un homme aussi sûrement que s'il lui avait, de ses propres mains, plongé une lame en plein cœur.

18

L'homme du Sforza

Bien qu'il lui en coûtât, Bayard avait finalement suivi le conseil donné par Philippe de Commynes et décidé de rencontrer discrètement Giacomo Nutti, l'envoyé à la cour de France du duc de Milan, Ludovic Sforza. La rencontre eut lieu ce dimanche-là, en fin d'après-midi, dans une partie reculée des jardins du château.

En voyant la silhouette élégante du diplomate venir à sa rencontre, le chevalier ne put réprimer un tressaillement de colère. Si la mission que lui avait confiée Anne de Bretagne et la haute opinion qu'il se faisait de son devoir ne primaient pas sur toute autre considération, il n'aurait pas manqué de demander raison au Milanais de la fourberie dont il avait fait preuve lors de la finale du tournoi de paume. Mais sa parole se trouvait engagée. La recherche du meurtrier de Charles VIII passait avant ses propres sentiments.

— Je vous remercie d'avoir accepté cette rencontre, entama Bayard après avoir salué le Milanais. Sauf lors de la finale d'hier, nous n'avons guère eu l'occasion de nous rencontrer, et j'ai pensé que nous pourrions échanger autre chose que des coups à la paume. J'avais, pour ne rien vous cacher, le désir de m'entretenir un peu avec vous du beau pays qui est le vôtre.

— Tout le plaisir sera pour moi, messire Bayard, susurra Giacomo Nutti avec une onctuosité qui affectait non seulement sa voix mais aussi toute sa personne. Mais que de précautions pour une simple entrevue qui, selon les propres termes du billet que vous m'avez fait tenir, relèverait de la simple courtoisie ! Ne pouvions-nous pas nous rencontrer plutôt auprès d'un bon feu ? Le temps semble tourner à la pluie et je ne déteste rien tant que ces fins de journée moroses qui donnent le vague à l'âme.

Bayard ne réagit pas immédiatement. Il se laissa le temps d'examiner son vis-à-vis. Avec ses manières cauteleuses, son visage poudré, ses rubans et ses vêtements à la dernière mode – pourpoint tailladé de crevés en ellipse, hauts-de-chausses en tonnelet et poulaines* bicolores –, Nutti incarnait le courtisan par excellence, avec tout ce que ce mot sous-entendait de flatterie, de fausseté et d'intrigue. Un tel homme ne pouvait être abordé de front. Le chevalier allait devoir biaiser, et il avait cette façon de faire en détestation.

— J'ai pensé qu'une promenade nous ferait le plus grand bien, fit-il en invitant de la main le diplomate à le suivre le long de l'allée qui s'enfonçait sous une élégante charmille. Nous pourrons ainsi deviser tranquillement tout en piétonnant. Cela nous fera oublier un moment la chape de plomb qui s'est brutalement abattue sur la cour.

Giacomo Nutti hocha gravement la tête.

— C'est un bien grand malheur qui vient de frapper la France. Le roi Charles VIII sera fort regretté de ses sujets.

— Croyez-vous qu'il en soit de même des Milanais ?

— Assurément non ! s'exclama le diplomate sans marquer la moindre tentation de dissimuler sa pensée. Ce serait mentir effrontément que de prétendre le contraire. Mes compatriotes seront soulagés, et certains même plutôt ravis de voir disparaître celui dont les armées ont déferlé naguère sur la péninsule. Toutefois, sans trop m'avancer, je crois pouvoir affirmer que mon maître, Ludovic le More, ne partagera pas le sentiment de ses sujets.

Bayard glissa un regard en coin à son interlocuteur.

— Comment cela ?

— La politique est chose mouvante et qui échappe au sens commun. Tandis que le peuple forge ses affections et ses inimitiés sur les vérités du passé, les gouvernants se doivent de devancer l'avenir pour le mieux construire.

— Je crains de ne pas saisir tout le sens de vos paroles. Comme vous le savez sans doute, je ne suis guère habitué aux subtilités des conversations de salon. Les champs de bataille me sont terrains plus familiers.

— Allons donc ! se récria Nutti en se tournant vers Bayard avec un curieux sourire. Je me suis laissé dire au contraire que vous étiez fort apprécié des plus fins esprits de la cour. Messire de Commynes, pour ne citer que lui, ne tarit pas d'éloges à votre sujet.

— Le grand chambellan me témoigne en effet une certaine confiance, concéda Bayard, fâché de voir l'entretien dériver sur sa propre personne. Mais je ne crois pas l'avoir séduit par mes talents de rhéteur. Revenons-en, si vous le permettez, aux subtiles nuances dont vous teintiez votre discours politique. Vous évoquiez, je crois, la différence entre les peuples et leurs gouvernants…

— Ce que je tentais de vous expliquer, c'est qu'il faut être un bien mauvais prince pour se laisser dicter sa politique par le ressentiment ou les rivalités d'antan. Le duc de Milan, mon maître, et votre défunt roi l'avaient bien compris, et ma présence ici depuis une semaine n'est que le fruit d'un rapprochement dicté par des intérêts communs.

— Vous prétendez que Charles VIII et Ludovic Sforza s'apprêtaient à conclure une alliance ?

Giacomo Nutti fit halte et vint s'appuyer négligemment à une balustrade qui dominait les remparts et, en contrebas, les toits serrés d'Amboise.

— Qu'allez-vous fantasier là ! Non, non, ne me faites pas dire ce que je ne serais, de toute façon, aucunement autorisé à vous dévoiler, dit-il avec un brin d'ironie dans la voix. Seriez-vous prêt, quant à vous, à me confier ce que vous savez des circonstances entourant la mort du roi ? J'en doute.

Bayard se sentit blêmir.

— Je ne comprends pas. Que cherchez-vous à insinuer ?

L'Italien ne répondit pas immédiatement. Il paraissait absorbé par l'observation des lointains brumeux, et ses narines se dilataient au rythme de sa respiration profonde, comme s'il cherchait à capter dans l'air autre chose que l'odeur des feuillages humides et des feux de cheminée.

— Je n'insinue rien, lâcha-t-il enfin en se tournant lentement vers Bayard. Je me contente d'observer et de relier entre elles les quelques informations dont je dispose. Je sais par exemple – ne me demandez pas comment, il faut bien qu'un diplomate conserve quelques petits secrets –, je sais donc que, dès hier matin, plusieurs chevaucheurs ont quitté Amboise pour enjoindre les pairs du royaume à gagner vistement la cité. Dans le même temps, on nous annonce un léger malaise du roi qui serait contraint de garder la chambre. Mais ses médecins et son apothicaire personnels ne le visitent pas. Enfin, ce dimanche, le décès brutal de Charles le huitième est rendu public tandis que l'on renforce la garde aux grilles du château et aux portes de la ville. Avouez que tous ces éléments enchaînés les uns aux autres sont plutôt troublants. J'en conclus, quant à moi, que Charles n'a pas expiré ce matin mais dans la journée d'hier et que les causes de sa mort sont plus que suspectes.

— Par la vertu Dieu, vous divaguez, monsieur l'ambassadeur ! protesta Bayard en éprouvant les pires difficultés à contenir sa vive émotion. Cela doit être votre tempérament latin qui vous porte à élaborer d'improbables chimères. Ce que vous dites est tout bonnement insensé !

— Je vous donne raison sur un point, chevalier : vous êtes certainement un grand capitaine, mais vous n'êtes pas fait pour les cordelles* de palais ou les manœuvres diplomatiques. Vos protestations de pucelle effarouchée ne font que confirmer mes soupçons. Si vous aviez voulu me persuader que j'étais dans l'erreur, il eût fallu vous contenter d'un haussement d'épaule ou, mieux encore, d'un rire franc et sonore. À la parfin, me voici assuré grâce à vous que Charles VIII n'a pas été victime d'une simple chute comme on cherche à nous le faire accroire.

Bayard était tellement décontenancé par la tournure de la conversation qu'il ne savait plus vraiment quelle attitude adopter. Se dandinant d'un pied sur l'autre, il gronda avec mauvaise humeur :

— Vous aviez raison : on dirait qu'il va pleuvoir. Mieux vaut briser là. Je n'entends rien d'ailleurs à vos élucubrations.

Giacomo Nutti eut un geste d'apaisement et fit un pas en direction du chevalier. Son visage s'éclairait à présent d'un large sourire.

— Sanguienne ! Quel tempérament ombrageux ! Je ne voulais aucunement vous blesser, messire Bayard. Et tenez ! Pour vous prouver ma bonne volonté, je m'en vais vous bailler les dernières informations qui me sont parvenues de ma terre natale.

Devant le mutisme buté du chevalier, le Milanais plissa les paupières et poursuivit d'une voix égale :

— En Italie, les équilibres politiques sont en train de changer. Le jeu des alliances s'en trouve considérablement destourbé*. Prenez Florence par exemple. Lorsque votre roi Charles VIII y a fait son entrée il y a quatre ans, il y fut accueilli à bras ouverts par Savonarole[1] qui vit là une occasion unique d'affirmer son influence sur ses

1. Moine dominicain et prédicateur qui institua et dirigea la dictature théocratique à Florence de 1494 à 1498.

compatriotes. L'irruption fracassante de vos troupes en Toscane semblait en effet donner corps à la fameuse prophétie du moine selon laquelle un nouveau Cyrus traverserait l'Italie pour y remettre de l'ordre et punir les Florentins pour leur goût du luxe et de la débauche. En s'alliant à votre roi, Savonarole atteignait un double but : chasser les Médicis de Florence et marquer son opposition envers mon maître, le duc de Milan, et le pape Alexandre VI, tous deux hostiles aux Français. Mais voilà ! Florence a fini par se lasser des prêches enflammés de Savonarole ! Accusé d'hérésie, il a été arrêté et se trouve emprisonné depuis cinq jours. Je l'ai moi-même appris hier. Le bûcher se profile à l'horizon pour lui[1]. Si le successeur de Charles VIII veut trouver un nouvel allié en Italie, il lui faudra chercher ailleurs qu'à Florence.

— Du côté de Milan, par exemple ?

— Cela n'est pas assuré. Si Louis d'Orléans hérite de la Couronne, il n'y faut même point compter. Ses vues sur le duché en font un ennemi irréductible de mon maître, Ludovic Sforza. Il devra donc plutôt se tourner vers Venise ou le pape. Évidemment, si un autre prince du sang est désigné, le jeu reste ouvert.

— Tout cela m'a l'air terriblement embrouillé, soupira Bayard.

— Et justifie que je demeure encore quelque temps à Amboise, ne serait-ce que pour être fixé sur la succession de Charles le huitième. Nous aurons donc d'autres

1. Savonarole périt en effet sur le bûcher, à Florence, le 23 mai 1498.

occasions de deviser ensemble. Pour ma part, je le souhaite vivement, car j'ai pris beaucoup de plaisir à cette rencontre.

Sur ces mots, le Milanais s'inclina plusieurs fois de façon pour le moins obséquieuse et s'éloigna en direction du château.

Songeur, Bayard réprima un frisson de mauvaise humeur. L'entretien n'avait pas été à la hauteur de ce qu'il avait espéré. Le Milanais lui avait fait l'impression d'une anguille qu'il aurait cherché à attraper à mains nues. À aucun moment il n'avait réussi à le déstabiliser, et c'est lui au contraire, Bayard, qui avait dévoilé ses positions plus qu'il ne l'aurait souhaité. Il se le reprochait mentalement, et la colère qu'il nourrissait envers Nutti se doublait désormais de la certitude d'avoir trouvé en lui un adversaire potentiel diablement habile, pour qui, en toutes occasions, la fin devait justifier les moyens.

19

Sur la route de Loches

— C'est bon, tu peux aller maintenant. Et prends garde que des ouïes ne te poussent pas derrière les oreilles ! Avec toute l'eau que tu vas recevoir sur le crâne !

Le rire gras du sergent de ville et de ses hommes, en poste à la porte Sainte-Anne, au sud d'Amboise, accompagna le grincement de la charrette qui s'éloignait dans le brumeux crépuscule.

Vingt minutes ! Il avait fallu vingt minutes à ces rustauds avinés pour fouiller le chargement et autoriser enfin Martin Taillefer à quitter la ville ! Le susnommé, marchand ambulant de bliauds, affiquets* et autres objets de mercerie, n'en décolérait pas. Non seulement il avait été chassé de son emplacement de choix, sous les remparts du château, mais, avec tout le temps perdu en raison de la cohue et des multiples contrôles, il ne serait pas rendu à Loches avant la minuit. C'était un coup à attraper la mort sur les chemins. Car depuis sept heures de relevée, une pluie fine et pénétrante noyait le paysage.

Remâchant sa rancœur, Martin Taillefer fit claquer sa langue pour encourager la rossinante qui tirait son médiocre équipage. Sur les pavés disjoints et rendus glissants par les intempéries, les grandes roues cerclées de fer couinaient et soulevaient derrière elles des serpentins de boue dont les éclaboussures figuraient d'étranges oiseaux de mer dans le sillage d'un navire. La vieille carriole, il est vrai, brinquebalait d'un bord de la route à l'autre et ressemblait à s'y méprendre à un frêle esquif roulant sur une mer en furie.

— La peste soit des rois, des princes et des sergents de ville ! jura le marchand.

Puis il saisit un cruchon de vin qu'il avait réussi à préserver de la cupidité des soldats, engloutit une rasade directement au goulot et rota avant d'ajouter :

— … et de tous ceux, puissants ou faibles, dont l'incurie précipite la fin de l'honnête commerçant !

La charrette, dont la toile déchirée claquait au vent, pareille aux bannières d'une armée en déroute, finit par quitter les faubourgs d'Amboise et s'enfonça dans la campagne humide. Quelque part, dans l'obscurité proche, un chien se mit à hurler à la mort. D'autres bêtes lui répondirent, de loin en loin, comme un écho lancinant. Puis ce fut le silence, un silence d'humus, de sous-bois et de terriers, uniquement troublé par le crépitement de la pluie sur la carriole et le sol détrempé.

Après avoir rabattu sur ses yeux son large chapeau de feutre, Martin Taillefer arrangea les plis de son manteau pour se protéger au mieux du froid et de l'humidité, et se laissa aller à une douce somnolence. Bercé par le pas régulier de sa jument, il songeait au lit bien chaud qui l'attendait dans sa maison de Loches, aux seins blancs et lourds de sa femme et à son chien, fidèle compagnon de tournée, qu'il avait dû laisser derrière lui, pour la première fois depuis dix ans, en raison d'un rhumatisme à l'arrière-train. Finalement, après s'être abandonné à une brève mais agréable nostalgie canine, le marchand donna sa préférence aux tétins de sa Ninon.

Il s'imaginait rentrant chez lui après avoir fait fortune en vendant toute sa marchandise aux belles dames de la cour et à la reine elle-même. Dans sa rêverie allégée par les vapeurs d'alcool, il n'était plus un simple colporteur en mercerie mais un prospère tailleur au service des plus grands. Sa bicoque de Loches se métamorphosait en une spacieuse boutique où ces dames de la noblesse, caqueteuses et dispendieuses, venaient se parer des derniers affûtiaux à la mode. Et c'est en véritable empereur romain, drapé dans une toge tissée de fils d'or, aux rênes d'un char somptueux, qu'il faisait son entrée triomphale dans les rues de la petite cité médiévale. Quant à sa brave Ninon, elle l'accueillait en épouse docile et reconnaissante. Se transformant dans l'intimité en Vénus callipyge, déesse de l'amour prête à lui passer tous ses caprices pour obtenir qu'il lui accordât une part de son auguste félicité.

Lorsque Martin Taillefer sortit de son état de douce béatitude, la route étroite sinuait en pleine forêt. On n'entendait que le clapotis des sabots de la jument dans les ornières, le tambourinement incessant de la pluie et, de temps à autre, sous le couvert des arbres, le craquement d'une branche morte ou l'envol lourd d'un rapace nocturne.

L'attelage se présenta peu après au pied d'un raidillon. La pente n'était pas très forte mais la terre ravinée semblait des plus instables. Rendue méfiante par les filets d'eau qui tournoyaient autour de ses pattes, la jument de Taillefer s'engagea dans la montée avec circonspection.

— À cette allure-là, nous ne sommes pas prêts d'être rentrés à la maison, soupira le marchand en s'ébrouant avant de faire claquer les rênes sur le dos de sa bête. Allez, courage ma vieille ! Plus tôt nous serons arrivés, plus tôt tu auras ta ration de picotin !

L'animal piaffa et agita la tête comme s'il avait compris les paroles de son maître. Dans un sursaut, il allongea le col et tira violemment sur ses brancards. Déséquilibrée par ce brusque mouvement, la carriole ripa un court instant sur le sol boueux puis, lentement, comme s'arrachant à l'aspiration d'une bouche vorace, elle reprit sa progression en avant.

— C'est bien, ma belle, gloussa Martin Taillefer en se versant une nouvelle rasade de vin dans le gosier. C'est pas une petite pluie de rien du tout qui va nous arrêter. C'est qu'on en a vu d'autres, nous deux !

Au moment précis où l'attelage atteignait le sommet de la côte, une risée de vent froid courut dans les feuillages, pareille à une bête sauvage en fuite. Les nuages se disloquèrent et la lune apparut, projetant sur la forêt sa clarté blême et transformant les grands chênes en autant de fantômes argentés. Un oiseau nocturne poussa un appel lugubre à deux reprises.

Ce fut alors que la carriole se mit à grincer.

Au début, le marchand crut que c'était une gêne passagère. Une branche morte qui se serait glissée dans les rayons d'une roue. Mais, deux lieues plus loin, il dut se rendre à l'évidence. Les grincements augmentaient. Il n'allait pas pouvoir continuer longtemps comme cela, sous peine de bloquer complètement son moyeu.

À quarante-cinq ans bien sonnés, Martin Taillefer n'était pas du genre impressionnable. Depuis le temps qu'il courait les chemins en solitaire, par toutes les saisons et sous tous les climats, il avait vécu bien des mésaventures et s'était sorti de situations bien plus dramatiques que celle-ci, mais, cette nuit-là, il sentait confusément que les éléments n'étaient pas de son côté. Ce n'était pas seulement ce problème de charrette ou cette pluie mauvaise qui s'obstinait à lui cingler le visage. Non, il avait un mauvais pressentiment. C'était inexplicable. Depuis qu'il s'était réveillé au beau milieu de ce bois, une impression de malaise ne cessait de croître en lui.

La grande forêt lui paraissait bruire de rumeurs inquiétantes, être peuplée d'apparences confuses, animée d'une vie sourde, malintentionnée. Comme si un cortège de démons invisibles lui faisait escorte.

Il tenta vainement de chasser cette méchante pensée.

— Par la malepeste ! se morigéna-t-il. Tu deviens aussi prompt à t'apeurer qu'une vieille femme ! Tu ne vas tout de même pas commencer à avoir peur de ton ombre, ou bien te mettre à croire aux biclarels* !

Comme pour lui faire écho, le vent redoubla et se mit à bramer une espèce de complainte lugubre : « Ouh… ouh… ouh… ouh… » On eût dit un appel bestial qui, tout proche, se fût obstiné à rallier les ombres d'une meute maléfique.

Martin Taillefer se força à hausser les épaules. Pour ne pas céder à une peur irraisonnée, le mieux était encore de se réfugier dans l'action. Il fit faire halte à sa jument et sauta à terre dans l'intention d'examiner ses essieux. Après avoir manqué glisser sur le sol détrempé, il s'agenouilla et jeta un regard sous la carriole.

Ce fut alors à son tour de hurler… à s'en écorcher les cordes vocales.

20

Un souper interrompu

— C’est chose si navrante pour le royaume. Charles le huitième était un bon roi.

Bayard donna l’impression de ne pas avoir entendu la remarque de maître Étienne Sanglar. Depuis qu’il était arrivé à l’apothicairerie de la Vipère Couronnée, le chevalier n’avait d’yeux que pour Héloïse, et tant était intense son émoi que ses autres sens en semblaient engourdis. La jeune femme, il est vrai, s’était mise en grands frais de toilette, et sa beauté, déjà éclatante au naturel, s’en trouvait comme magnifiée.

Elle portait une robe brune en taffetas brodé, moulante et tombant jusqu’au sol. Le corsage très échancré mettait en valeur sa poitrine généreuse. Par-dessus, elle avait revêtu un surcot fait de brocard bordé de fourrure d’écureuil. Son hennin, drapé d’un voile de gaze blanche, était de ces modèles courts qui, à l’époque, venaient de remplacer ceux en clocher. Pour agrémenter le tout, elle portait une ceinture de cuir vert, avec deux grelots d’argent en sautoir.

Il avait beau chercher en sa mémoire, Bayard n’avait

pas souvenance d'avoir croisé auparavant une jeune femme plus séduisante, que ce soit dans l'entourage du duc de Savoie ou même à la cour de France. Lui qui pourtant n'avait encore jamais songé à se marier, il ne cessait de se répéter que c'était là vraiment une agréable et savante personne, digne d'être aimée et pour laquelle il serait presque doux de renoncer au métier des armes. Cependant, dans le même temps, il se morigénait de se laisser aller à d'aussi folles pensées, persuadé qu'il était que la belle ne pouvait partager son émoi. Tant la chose lui semblait impensable qu'il s'efforçait – vainement d'ailleurs – de la chasser de son esprit.

Or, la jeune femme se trouvait précisément, à son endroit, dans les mêmes dispositions de sentiment. Héloïse, indépendante en son caractère, s'était, on le sait, habituée à l'idée de ne point prendre époux, préférant demeurer vieille demoiselle que de subir un compagnon qui n'eût pas son entier assentiment. Mais force lui était de reconnaître que, chaque fois qu'elle se trouvait en présence du chevalier, un tressaillement d'origine inconnue la parcourait de la tête aux pieds. Les battements de son cœur s'accéléraient, sa bouche s'asséchait et une étrange mollesse s'emparait de son être tout entier.

Étienne Sanglar, quant à lui, n'avait pas besoin de faire preuve d'une grande perspicacité pour deviner l'attirance mutuelle des deux jeunes gens et le délicieux tourment qui les travaillait. Depuis le matin, il avait eu, en effet, moult occasions de constater l'excitation inhabituelle d'Héloïse à la perspective de ce souper qu'elle l'avait pressé d'organiser. Il avait été enchanté de découvrir que pareil trouble semblait également habiter ce chevalier à la si noble prestance qui avait franchi, deux heures plus tôt, la porte de son apothicairerie. C'était, pour ce père attentionné, un soulagement et un motif de réjouissance de voir son enfant adopter enfin un comportement conforme à celui de toutes les personnes de son âge et de son sexe. Au fond, sans vraiment oser se l'avouer, il avait toujours craint qu'Héloïse ait choisi l'étude de l'apothicairerie, non par goût véritable, mais seulement pour demeurer auprès de lui et compenser ainsi la disparition brutale de sa mère. Et pourtant, redoutant cela, il n'avait jamais osé s'en entretenir franchement avec sa fille.

— C'est une terrible perte que la mort d'un roi proche de son peuple, insista Étienne Sanglar. Charles le huitième avait grand souci de ses sujets et portait attention aux choses de l'apothicairerie.

Héloïse adressa un regard plein de tendresse à son père et tourna vers Bayard son visage qu'illuminait un sourire malicieux.

— Il faut pardonner à mon père de ne voir le monde qu'à travers le prisme de ses cornues et de ses fioles. Voyez-y la déformation de qui met toute sa passion dans l'exercice de son art.

L'apothicaire protesta en agitant les mains. C'était un homme de petite taille, aux épaules étroites et au regard vif. Son cou maigre et allongé, allié à une grande nervosité de gestes, lui conférait vaguement l'air d'un volatile de basse-cour. Rien en tout cas en sa frêle apparence ne permettait de faire le lien avec la beauté lumineuse de sa fille, si ce n'est son front, qu'il avait, comme elle, large et intelligent.

— Je rendais simplement un hommage à la clairvoyance de notre regretté souverain, que Dieu puisse avoir son âme en sa sainte garde, dit Étienne Sanglar. C'est au roi Charles que nous devons d'être organisés désormais par tout le royaume en corporations et de ne plus avoir à redouter la concurrence sauvage des vulgaires épiciers[1].

— C'est bien ce que je disais ! s'exclama Héloïse sur le ton de l'amusement. Prenez garde, messire Bayard ! Si vous laissez mon père monopoliser la parole, vous devrez endurer bientôt un cours magistral sur la sublimation des principes volatils. Pourquoi ne pas nous conter plutôt vos voyages en Italie avec l'armée de France ? Vous avez dû voir bien des merveilles !

— Je crains de vous décevoir, Héloïse, répondit Bayard qui s'était senti bien aise jusque-là de n'avoir pas à nourrir la conversation. Un soldat comme moi n'a guère loisir de musarder lorsqu'il se trouve en campagne. Et, sur les champs de bataille, ce ne sont certes pas des merveilles qui nous sont offertes à voir.

— Même à Florence ? insista la jeune femme avec une mine faussement innocente. On prétend pourtant que les bannières de France y furent acclamées et que nos troupes n'eurent à croiser les armes qu'en galante compagnie ?

---

1. Par un édit d'août 1484, Charles VIII avait profondément réformé la profession. Par ce texte, le roi décide « que dorénavant ledit mestier des ouvrages et marchandises d'espicerie, apothicairerie, ouvrages de cire et confitures de sucre sera juré ». Il interdit par la même occasion aux simples épiciers non-apothicaires de se mêler de pharmacie, en raison des compétences spécifiques exigées pour la préparation des remèdes entrant au corps humain.

Étienne Sanglar crut qu'il allait avaler de travers le morceau de poisson qu'il venait de porter à sa bouche.

— Héloïse ! s'insurgea-t-il. Chercherais-tu à me vergoigner* ? Ce ne sont pas des propos dignes d'une gente personne ! Que va penser notre invité ?

Puis s'adressant à Bayard avec le rouge au front :

— Je vous prie de bien vouloir excuser ma fille, messire chevalier. Elle possède de nombreuses qualités, mais le sens des convenances n'a jamais été son fort.

Bayard eut un geste apaisant en direction de l'apothicaire et rendit son sourire à la jeune femme.

— Il se dit en effet, damoiselle Héloïse, que les Florentines sont expertes aux jeux de l'amour et que nombre d'entre elles ne furent pas insensibles aux charmes de nos plus nobles seigneurs. Mais, pour ma part, je n'en puis parler que par ouï-dire, n'ayant aucune inclination aux accordailles passagères et préférant me conserver, corps et âme, pour celle qui saura m'inspirer la plus grande fraternité de cœur.

Héloïse baissa les yeux mais, en son for intérieur, songea qu'elle n'aurait pu souhaiter plus plaisante ni plus délicate réponse. Sa provocation avait touché juste. Et son penchant pour le chevalier s'en trouvait conforté.

Un court silence suivit cet échange, que la fidèle Ermeline mit à profit pour desservir la table et apporter, en guise de dessert, un plat de beignets de vent aromatisés à l'eau de rose.

— Voilà qui m'a l'air fort goûteux ! s'exclama Bayard, tout heureux de pouvoir aborder un sujet moins périlleux que celui de ses hypothétiques amours. D'ailleurs, depuis les brochettes de foie jusqu'au turbot frit, ce fut francherepue. Quant au fondant de courge au safran, c'était tout simplement une pure merveille ! Votre cuisinière ferait les délices des cuisines royales. J'y connais une dame Éléonore qui règne sur ses casseroles avec un soin jaloux et qui serait bien embarrassée d'une telle concurrence.

— Ermeline est bien plus qu'une simple cuisinière, rectifia Héloïse. Voilà plus de vingt ans qu'elle est au service de mon père. Elle fait partie de notre famille. Pour moi, qui n'ai pas eu le bonheur de connaître celle qui m'a donné la vie, elle a toujours été comme une seconde mère.

— Alors, je lui suis deux fois reconnaissant. La première pour le délicieux souper de ce soir, la seconde pour avoir contribué à faire de vous la belle personne qu'il m'est donné de contempler.

Étienne Sanglar toussota.

— On prétend que les artistes florentins ont peint de pures merveilles, fit-il remarquer, s'efforçant de changer de nouveau le tour de la conversation. Même si vous n'avez guère eu le temps de fréquenter les palais et les églises, chevalier, vous avez dû apercevoir quelques-uns de ces chefs-d'œuvre.

Bayard approuva du chef.

— Il est vrai que les Médicis avaient réussi à attirer à eux les plus grands peintres de la péninsule. J'ai souvenance d'une *Vierge à l'Enfant et aux anges* peinte par un religieux défroqué appelé Filippo Lippi qui, pardonnez mon impertinence, valait bien des louanges entonnées par nos moines tonsurés.

— J'ai déjà entendu parler de lui. Lors des travaux

du château, il m'a été donné d'accorder le modeste secours de mon art à Dominique de Cortone, l'un des maîtres maçons ramenés par le roi Charles pour embellir Amboise. Il m'a parlé de ce Lippi et aussi de l'un de ses jeunes élèves, selon lui, encore plus doué que le maître. Un certain Sandro di Mariano Filipepi, surnommé assez curieusement « petit tonneau[1] ».

— Oui, oui… je me souviens fort bien de celui-ci. Ce diminutif tellement inattendu pour un artiste avait même beaucoup amusé mon maître d'alors, le comte de Ligny. On nous a présenté l'une des œuvres de ce Filipepi dans l'église de Santa Maria Novella. Une Adoration des mages peinte sur un panneau de bois. Une création toute à la gloire des Médicis, ce qui fit pester bon nombre de seigneurs français, mais d'une composition absolument remarquable.

— Ce ne sont pas seulement les arts qui font l'objet d'un important renouveau à Florence, continua Étienne Sanglar avec un enthousiasme naïf qui semblait son trait principal de caractère. Je me suis beaucoup intéressé à ce mouvement philosophique d'un genre inédit qui s'est développé autour d'hommes tels que Ficin et Pic de La Mirandole.

— J'en ai effectivement entendu parler. Les princes italiens protègent ces humanistes, mais j'ignore exactement en quoi consiste leur doctrine.

— Elle est à la fois fort simple et fort belle. Pour eux, l'homme est placé au centre de toutes choses. Ils

1. Il s'agit de Botticelli qui avait en quelque sorte « hérité » du surnom d'abord donné à son frère aîné.

s'appuient non pas sur les Écritures saintes comme les auteurs de naguère, mais sur les textes des anciens Grecs. Platon, notamment, compte parmi leurs maîtres à penser. Ils s'appuient sur sa sagesse afin de bâtir une société différente, fondée non sur l'exploitation de l'homme par l'homme mais sur la perfection de la connaissance. Leur but est d'éduquer leur semblable pour le grandir.

— Le projet est ambitieux, souligna Bayard sur un ton dubitatif.

— Mais loin d'être utopique, je vous l'assure ! Ces idées sont en marche un peu partout en Europe. Si la chose vous intéresse, je pourrais vous prêter certains manuscrits de ma bibliothèque. J'y ai recopié moi-même des écrits de Nicolas de Clamanges, Laurent de Premierfait et Jean Muret. Tous ont cherché à développer la pensée humaniste dans le royaume.

— Je crains de n'avoir guère de temps à consacrer à la lecture, objecta Bayard. Et les sujets qui me préoccupent sont, hélas, moins élevés que ceux dont vous m'entretenez.

Étienne Sanglar ne releva pas. Il était emporté par son propre discours.

— Je possède aussi quelques traités d'alchimie. Savez-vous que cette science n'a pas seulement pour but le Grand Œuvre, c'est-à-dire la réalisation de la pierre philosophale permettant la transmutation des métaux ? C'est aussi le berceau de spéculations philosophiques et spirituelles. Certaines ne sont pas si éloignées de l'humanisme, précisément. Le véritable alchimiste cherche l'origine, la nature et la raison d'être de tout ce qui existe. Il s'intéresse à la destinée de l'univers tout entier.

— En cela, j'avoue bien humblement ma totale ignorance, fit un Bayard médiocrement intéressé et qui s'était replongé dans la contemplation des prunelles vertes d'Héloïse.

— Vous ne perdez pas grand-chose, soupira celle-ci, tout en accordant à son géniteur un regard empli d'une tendre mansuétude. Je ne partage guère l'enthousiasme de mon père pour les travaux de ceux que je vois plutôt comme des demi-savants. Pour ma part, je considère comme peu de chose leurs divagations spirituelles. L'alchimie ne vaut que comme science des cuissons et des maturations. Elle est l'instrument qui nous permettra peut-être, dans un temps prochain, d'atteindre à la quintessence des drogues que nous utilisons aujourd'hui sous leur forme brute pour la confection des remèdes. Or, ce qu'il faut, c'est aller chercher dans chaque plante, dans chaque minéral, l'élément réellement actif, celui où siège le principe de guérison.

Comme le cœur de l'homme est une bien étrange énigme ! Autant les doctes propos d'Étienne Sanglar ne suscitaient chez Bayard qu'un ennui poli, autant le même type d'exposé dans la bouche d'Héloïse lui paraissait le plus agréable des contes.

Il s'extasia :

— Votre sapience, Héloïse, est à l'image de votre beauté : rayonnante et sans égale. À l'une comme à l'autre, il me plaît de rendre hommage. Je gage que jamais aucune femme n'a allié en elle, à un si haut degré, les charmes de son sexe et les connaissances d'un sage.

La jeune femme accueillit le compliment d'un battement de cil. Puis elle enchaîna de sa voix douce :

— Je gage, quant à moi, que bien des femmes pourraient atteindre au même savoir si l'opportunité d'étudier leur était offerte. Et puisque nous parlions tout à l'heure de lecture, permettez-moi d'ajouter aux noms cités par mon père celui de Christine de Pisan. Son ouvrage *La Cité des dames* décrit une ville imprenable, en dehors du temps et de l'espace, où des femmes peuvent en toute liberté cultiver la poésie, la science et l'amour. La lecture de ce livre décillerait bien des hommes. Peut-être verraient-ils enfin plus clairement tout ce qui sommeille dans le cœur de leur compagne.

Héloïse avait à peine prononcé ces derniers mots qu'une rumeur sourde monta de la rue. Des bruits de pas et des clameurs allaient s'amplifiant, semblant venir des quais de Loire. Bientôt, plusieurs voix résonnèrent sous les fenêtres de l'apothicairerie. On appelait maître Sanglar.

Ce dernier se leva de table, suivi à distance par Bayard et Héloïse, et se dirigea vers la plus proche croisée. Écartant la fenêtre aux vitres de cuir, l'apothicaire distingua dans la pénombre une troupe de plusieurs hommes qui s'éclairaient de brandons enflammés.

— Maître Sanglar ! Maître Sanglar ! cria l'un d'eux. On vient de retrouver un cadavre près du lavoir de la Brande !

— C'est toi, Fortchesne ? questionna l'apothicaire. Un cadavre, dis-tu ? Et pourquoi venez-vous me hucher cette triste nouvelle à la nuit tombée ? S'il est mort, ce n'est plus de mes services qu'il a besoin. Et pour le fossoyeur, il sera toujours temps demain !

— Il est bien question de fossoyeur ! C'est le

lieutenant du prévôt qui va hériter du macchabée. Celui qui l'a occis d'un coup de couteau dans l'œil lui a aussi martelé le visage pour le rendre méconnaissable.

— Cela ne me dit toujours pas ce que vous faites là !

— C'est que... il y en a qui ont cru reconnaître les habits du mort. Ils disent, comme ça, que ce pourrait être ceux de votre grand fainéant de compagnon.

— Adelphe ?

— C'est ce que d'aucuns prétendent ! On a pensé que vous aimeriez être prévenu sans délai et que, peut-être, vous pourriez reconnaître le corps.

— Tu as bien fait, Fortchesne ! Le temps de me vêtir et je vous rejoins.

Étienne Sanglar se retourna vers l'intérieur de la pièce. Son visage était livide. Il expliqua en quelques mots la situation à Bayard et Héloïse, puis s'excusa auprès du chevalier. Il ne pouvait faire autrement que de se rendre au lavoir pour voir exactement de quoi il retournait. Bayard proposa de l'accompagner mais l'apothicaire refusa vigoureusement. Il espérait que tout cela n'était qu'une horrible méprise et qu'il serait rapidement de retour.

Quelques instants plus tard, il franchissait la porte de sa boutique, enveloppé dans une épaisse pelisse, et s'enfonçait dans la nuit noire.

Dérangé dans son premier sommeil, un chien errant grogna sur son passage et le suivit longtemps de ses prunelles enfiévrées.

21

La traque

Sous la charrette, deux yeux de braise fixaient intensément Martin Taillefer.

Coincé entre l'essieu arrière et le plancher de la carriole, il y avait un homme. Un homme ? Plutôt un démon échappé de l'enfer ! Avec des cheveux ébouriffés, un rictus haineux, la peau du visage couverte d'une croûte brunâtre en laquelle il eût fallu reconnaître la boue séchée des chemins mais qui sembla des écailles de serpent aux yeux terrorisés du marchand. Toutefois, ce qui arracha un hurlement de dément à Taillefer, ce fut moins l'apparence bestiale de l'apparition que la miséricorde* brandie par celle-ci dans chacun de ses poings.

Le cœur battant la chamade, le mercier ambulant se rejeta vivement en arrière. Surprise par ce mouvement et par le cri de son maître, la jument fit un brusque écart et poussa un hennissement affolé. Les roues de la carriole pivotèrent d'un quart de tour, empêchant l'homme embusqué de s'extirper promptement de sa cachette.

Comprenant que ce répit lui offrait une chance inespérée d'échapper au sort funeste qu'assurément l'inconnu lui réservait, Taillefer prit ses jambes à son cou et s'enfonça, sans demander son reste, dans les fourrés qui bordaient le chemin.

Sans prêter attention aux branches ruisselantes qui lui cinglaient le visage et les bras, il courut droit devant lui. La peur lui soulevait les tripes. Il avait un goût de bile dans la bouche, de la lave lui brûlait la poitrine, mais il fuyait sans répit. Bondissant à travers les futaies, se faufilant entre les troncs, enjambant les obstacles. Il sentait cependant que son poursuivant gagnait sur lui. Plus jeune et plus vigoureux, l'inconnu se rapprochait inexorablement. Le marchand avait beau bifurquer de façon impromptue, forcer l'allure jusqu'à en perdre haleine, il entendait, toujours plus proche, l'écho d'une course précipitée derrière lui. Il lui semblait que l'autre était sur ses talons, avide et cruel, semblable aux molosses d'une meute lancée à ses trousses. L'angoisse d'être bientôt rejoint lui glaçait les os.

Puis, soudain, plus rien !

Le froissement de feuilles cessa brusquement dans son dos. Il n'entendit plus que le sifflement du vent et le tambourinement lancinant de la pluie sur le sol. Il se retourna, tout en continuant à fuir, mais l'obscurité l'empêcha de voir. Craignant une ruse, il préféra ne pas relâcher son effort et continua à courir jusqu'à l'épuisement. Mais chaque foulée lui coûtait davantage que la précédente. Il avait la pénible impression que la boue du sous-bois l'aspirait, cherchait à l'emprisonner comme dans une gangue. Ses semelles semblaient lestées de plomb. Il haletait, il avait soif, une masse martelait son crâne. Sa vue se brouillait. Il finit par trébucher. Ce fut comme si le sol se dérobait tout à coup sous ses pieds. Il dévala une pente à l'aveugle. Sa tête heurta à plusieurs reprises des pierres ou des branches mortes. Puis il s'affala sur le fond spongieux d'une ravine.

Désorienté, assailli par une violente nausée, il demeura un long moment allongé, inerte, redoutant de voir son poursuivant surgir à tout instant. Rien ne se passa. Il était seul. Au prix d'un suprême effort, il parvint péniblement à se redresser sur les genoux. Il reprit alors haleine, tout hébété, couvert de sueur, ensanglanté. Son visage ruisselait sous l'averse. Son manteau de laine, déchiré en de multiples endroits et maculé de boue, crépitait sous l'écrasement de la pluie. Des éclairs déchiraient à présent le ciel. Le tonnerre bondissait, se répercutait dans la forêt noyée d'ombres, refluait dans les lointains, puis repartait à l'assaut dans une charge furieuse. Le vent faisait siffler ses lanières dans les taillis, écartelait les arbres tordus, agitait leurs membres tourmentés en de longs hurlements.

Peu à peu, à mesure que le bourdonnement de ses tempes s'apaisait, Martin Taillefer retrouvait ses esprits. Il cherchait à comprendre ce qui venait de lui arriver. L'homme qui s'était dissimulé sous sa charrette n'était certes pas un vulgaire besacier* ni même un bandit de grand chemin. Ce n'était pas après sa bourse ou son chargement qu'il en avait. Un frisson de peur rétrospective hérissa les poils du marchand quand il songea à la lueur meurtrière aperçue au fond des prunelles de l'inconnu. C'était là regard d'expert en meurtrerie.

Taillefer se souvint alors d'un échange qu'il avait surpris entre deux gardes, alors qu'il stationnait à la porte Sainte-Anne en attendant de pouvoir enfin quitter Amboise. Irrité par la fouille en règle qu'on lui imposait, il n'y avait pas prêté grande attention sur le moment, mais à présent il croyait se rappeler que les soldats discutaient entre eux d'un individu dangereux qu'il convenait de capturer vivant. Si tel était bien le cas, tout s'expliquait aisément. Le fugitif n'avait rien trouvé de mieux que de se dissimuler sous sa carriole pour échapper à la surveillance des gardes ! Une fois loin de la ville et assuré de ne pas croiser une patrouille, il se serait probablement évaporé dans la nature sans lui chercher noise. Si ce maudit essieu ne s'était pas mis à couiner, Martin Taillefer n'aurait sans doute rien remarqué.

Pestant contre sa malchance, le marchand entrevit malgré tout la possibilité d'une issue favorable à sa mésaventure. Si son passager clandestin était bien l'homme recherché par les gardes de la prévôté, il était peu probable qu'il s'attardât dans les bois. Son intérêt était de mettre le plus de distance possible entre lui et la ville avant le lever du jour. Avec un peu de chance, il était même concevable qu'il préférât ne pas s'embarrasser de la charrette et de son chargement. Martin Taillefer poussa un soupir. Pour la jument, il ne fallait pas nourrir trop d'illusions, mais enfin s'il récupérait déjà toute sa marchandise, c'était un moindre mal.

Quelque peu rasséréné, il se remit sur pieds. Une sensation de vertige le fit vaciller, mais cela ne dura pas. Se dirigeant au jugé, tous ses sens aux aguets, il chercha à revenir prudemment sur ses pas.

La chose ne fut pas aisée. Sa fuite éperdue l'avait privé de repères, et il erra une bonne heure dans les bois avant de parvenir à s'orienter. Lorsqu'il arriva enfin en vue de la sente où il avait abandonné son attelage, il faillit pousser une joyeuse exclamation. Non seulement la carriole n'avait pas bougé, mais encore sa fidèle jument s'y trouvait toujours attelée. Soit le fuyard n'était pas parvenu à retrouver son chemin dans la forêt, soit il avait préféré continuer sous le couvert et ne pas prendre le risque d'une mauvaise rencontre en chevauchant sur les chemins.

Martin Taillefer résista à la tentation de se précipiter pour récupérer son bien. Il avait eu bien trop peur pour ne pas multiplier les précautions. Aussi demeura-t-il de longues minutes à l'abri d'un buisson afin d'observer les environs.

Durant tout le temps qu'il se contraignit ainsi à l'immobilité, il ne remarqua rien de suspect. La jument s'était abritée sous le couvert des arbres situés en lisière du chemin et mâchait paisiblement des feuilles arrachées aux plus proches buissons. Elle ne montrait aucune marque de nervosité. Pas de signe inquiétant non plus du côté de la carriole. La bâche qui en protégeait le contenu claquait au vent et laissait entrevoir l'intérieur de la caisse. Compte tenu de l'espace déjà occupé par les marchandises, il eût été fort difficile à un homme de s'y dissimuler. Toutefois, pour s'en assurer, Taillefer prit la peine de se déplacer en bondissant de buisson en buisson de façon à multiplier les points de vue. Rien n'attira son attention.

Alors, lentement, pareil au renard qui flaire le vent avant de se risquer aux abords du poulailler, il émergea du couvert et s'approcha de la jument. Quand il parvint à ses côtés, l'animal fut parcourut d'un long frémissement. Il lui flatta l'encolure en murmurant à son oreille :

— Là, ma belle, tout doux. Tout doux. C'est fini maintenant. Ce coquin est parti. On va reprendre la route et je te baillerai double ration de picotin en arrivant à la maison.

Taillefer se hissa sur son siège et jeta un œil circonspect par l'ouverture de la toile. Son chargement était intact. Aucun sac ne paraissait avoir été manipulé. Totalement rassuré à présent, il se passa la main sur le front, attrapa le manche de son fouet et fit claquer sa langue pour attirer l'attention de la jument.

Ce fut alors qu'il perçut un mouvement dans les branches qui surplombaient le chemin. Avant qu'il ait pu prendre conscience du danger, une masse sombre se laissa choir du feuillage juste dans son dos.

— Maudit fredain ! s'exclama-t-il en cherchant à se retourner. Tu m'as emberlucoqué !

Il n'eut pas le loisir d'en dire davantage. Un lacet de cuir se noua autour de son cou, tandis qu'une poigne brutale et déterminée le plaquait contre son siège. Très vite, le souffle vint à lui manquer. Sa vue se brouilla. Il ouvrit grand la bouche pour happer un air qui se refusait. Ses mouvements se firent désordonnés. Les yeux lui sortirent des orbites. Il était sur le point de perdre conscience lorsqu'il entendit la voix de fausset à son oreille. Doucereuse et déplaisante. Elle venait de loin, de bien plus loin qu'il n'aurait jamais cru possible d'aller.

— Foi de Défeurreur, tu m'as fait courir, camarade ! Je gage que toi aussi, tu dois être bien las et que la mort te sera plaisant repos.

Taillefer s'étonna d'une petite bête humide qui s'agitait sous son nez. Il ne comprit pas que c'était sa propre langue, congestionnée, qui lui jaillissait de la bouche. Sa dernière pensée fut pour sa Ninon de femme qui l'attendrait toute la nuit à la porte de leur logis. Ses yeux se révulsèrent et il mourut, croyant sourire à la douce vision, avec un horrible rictus aux lèvres.

22

Confidences

Demeurés seuls au premier étage de la Vipère Couronnée, après le départ précipité d'Étienne Sanglar, Bayard et Héloïse se tinrent un moment silencieux dans l'embrasure de la fenêtre. La jeune femme semblait plongée dans ses pensées. Elle jouait machinalement avec une boucle de cheveux dépassant de son voile. La pénombre venant de la rue faisait ressortir l'éclat délicat de sa poitrine qui palpitait. Bayard ressentait son souffle contre sa joue. Il ne prêtait plus attention qu'à cela.

Les mots qui échappèrent alors à ses lèvres étaient moins la formulation d'une pensée claire que l'expression presque inconsciente d'un désenchantement. Il éprouvait la désagréable impression qu'une réalité brutale venait de se rappeler à lui, brisant le charme de cette soirée hors du temps.

— Ce sont des jours bien calamiteux qu'il nous est donné de vivre, murmura-t-il. On agresse, on trucide. Dans les appartements royaux et par les rues. C'est grande pitié, vraiment, que ce fol accès de mortaille !

En entendant ces paroles, Héloïse sursauta et posa un regard interloqué sur le chevalier.

— Que voulez-vous dire en parlant d'appartements royaux ? Dois-je comprendre que notre bon roi Charles n'est pas décédé de mort naturelle ? Qu'il a été…

Elle n'acheva pas, car le mot semblait ne pas vouloir franchir ses lèvres. Il eût été facile à Bayard, qui venait seulement de réaliser qu'il en avait trop dit, de mentir ou même simplement de biaiser. Mais cette possibilité ne l'effleura même pas. C'était pour lui, tout à coup, une évidence qu'il ne pouvait dissimuler la vérité à la jeune femme. Alors il lui confia tout, d'une traite, sans prendre la peine de respirer ni de réfléchir aux conséquences de son acte. Il exposa les circonstances exactes de la mort de Charles VIII, les investigations qu'il avait menées jusqu'ici, l'agression dont il avait été victime dans la bibliothèque du Cloux, l'enquête confiée par Anne de Bretagne…

Héloïse, la mine grave et concentrée, l'écouta sans l'interrompre. Quand il eut terminé son récit, elle se contenta de prendre sa main droite et de la serrer très fort dans les siennes. Lui se sentait épuisé comme après un effort physique. Épuisé mais soulagé. Il avait l'impression d'être délivré d'un poids, comme s'il ne pouvait supporter plus longtemps de ne pas être, face à elle, transparent comme l'eau claire fraîchement tirée du puits.

— C'est une grande marque de confiance que vous a manifestée Anne de Bretagne, dit finalement la jeune femme avec douceur. Et je gage que vous ne la décevrez pas. Puis, plus bas, elle ajouta dans un murmure : je mesure aussi la grâce que vous me faites en me confiant en partage ce lourd secret et je vous fais serment de n'en souffler mot à quiconque.

Bayard, dont la main était toujours captive entre les paumes d'Héloïse, regarda celle-ci, fasciné. Jamais, aussi loin qu'il remontât en ses souvenirs, il n'avait vu femme si belle, ni qui suscitât en lui un tel mélange de respect et d'émerveillement.

— Sur ce dernier point, Héloïse, je ne nourris aucune crainte. Je sais pouvoir compter sur votre discrétion.

À cet instant, Ermeline fit son entrée dans la pièce, un lourd panier rempli de bûches entre les bras. Aussitôt, le trouble qui était en train de s'emparer des jeunes gens se dissipa. Héloïse lâcha discrètement la main de Bayard, lequel se précipita pour venir en aide à la servante.

— Laissez-moi vous prêter main-forte, madame ! Ce fardeau est bien trop pesant pour vos épaules !

Ermeline se garda de faire remarquer qu'elle venait de grimper tout un étage et que ce n'étaient pas les quelques pas restants qui allaient changer grand-chose à l'effort fourni. Depuis que maître Sanglar avait accueilli son hôte avec égard, en début de soirée, la défiance qu'elle avait manifestée sur le terrain du jeu de paume s'était envolée. À ses yeux d'ancienne nourrice, qui étaient ceux d'une femme simple et profondément attachée à la personne d'Héloïse, le chevalier avait été agréé en la maisonnée. Il n'en était pas encore un familier, mais, à voir le regard insistant que sa jeune maîtresse posait sur lui, la fine mouche pressentait que cela ne saurait tarder. À cette pensée, Ermeline sentit une bouffée de tendresse l'envahir. Elle aussi, à l'instar de maître Sanglar, serait ravie de voir Héloïse accéder à un bonheur auquel tant d'autres, pourtant parées de moins de vertus, avaient depuis déjà longtemps goûté.

— La nuit est en train de fraîchir, fit-elle remarquer. J'ai pensé que vous pourriez venir à manquer de fouaille* pour la cheminée. Or, si vous comptez attendre le retour du maître, il ne faudrait pas que vous en attrapiez mal pour autant.

— Tu as très bien fait, Line, approuva Héloïse. Mais il commence à se faire tard. Il est inutile que tu veilles toi aussi. Tu t'es déjà donné bien du mal pour la préparation du repas, et je t'autorise à te retirer dans ta chambre. Je m'occuperai moi-même du feu. Du reste, je suis certaine que le chevalier me prêtera, au besoin, son concours.

Bayard approuva d'un hochement de tête. Ermeline, qui se voyait bien jouer les chaperons et assister, sous ce couvert, à ces instants si tendres où deux êtres s'éprennent l'un de l'autre, ne dissimula pas sa contrariété. Elle bougonna et mit mauvaise grâce à se replier vers la porte.

Aussitôt que la vieille servante eut refermé l'huis derrière elle, Héloïse invita Bayard à prendre place sur l'une des chaises qu'elle avait tirées devant l'âtre, tandis qu'il ranimait les braises. Les flammes flexueuses faisaient danser de somptueux reflets sur ses longs cheveux auburn qu'elle venait de libérer de leur voile. Le chevalier resta bouche bée devant tant de grâce. Il était tout à la fois conquis et saisi par cette allure altière qui alliait au charme vertueux quelque chose de piquant qu'il n'aurait su définir mais qui lui plaisait infiniment.

— Je crois qu'elle vous aime beaucoup.

— Pardon ?

Désarçonné par la remarque à brûle-pourpoint d'Héloïse, le chevalier posa sur elle un regard vacillant. Elle s'amusa de ces yeux noirs qui semblaient errer dans le vague et étouffa un rire plein de fraîcheur derrière sa main.

Puis elle précisa :

— Ermeline. Elle a l'air de vous apprécier. C'est un véritable exploit, vous savez ! Le prêtre de notre paroisse et mon père sont à peu près les seuls hommes dont elle ne se défie pas et qui lui inspirent quelque respect.

— Et vous ? demanda doucement Bayard.

— Comment cela, moi ?

— Oui, que vous inspirent les hommes ?

Elle ne répondit pas immédiatement. Ce fut son tour à présent de paraître s'absenter d'elle-même. Puis elle se mit à scander d'une voix aux intonations mélancoliques :

— « Toute seule je suis et veux être toute seule / Toute seule je suis, sans compagnon ni maître / Toute seule je suis plus qu'aucune égarée / Toute seule je suis, sans ami demeurée. »

Sous le charme tout autant de sa voix que de la poésie, il sourit :

— C'est joli, mais si triste ! Une femme belle, jeune et aussi parée de qualités que vous l'êtes ne devrait pas se complaire dans la solitude.

— Ce sont des vers écrits par cette poétesse, Christine de Pisan, dont nous parlions tantôt. J'ai longtemps pensé qu'ils me définissaient mieux que je ne saurais le faire moi-même.

Elle parut soudain très lointaine, fragile, et Bayard éprouva une folle envie de la prendre dans ses bras. Il se retint cependant, songeant : « Elle est beaucoup trop bien pour moi. »

— Vous parlez au passé, se contenta-t-il de relever.

Elle secoua les épaules, s'ébroua comme au sortir d'un rêve et battit des cils.

— Il faut croire qu'on aura su me faire changer en bien peu de temps.

23

Quand sifflent les merles

Lançant sa monture au galop sur la crête du coteau, Bayard aspira avidement l'air vif du matin, qui sentait l'herbe humide et le chèvrefeuille. Les pluies des jours précédents avaient cessé et la campagne s'ébrouait sous les caresses d'un soleil encore pâle mais qui annonçait le premier redoux de la saison.

Le chevalier éprouvait un grand plaisir à chevaucher ainsi librement sous le ciel bleu, où les nuages s'effilochaient en suivant le cours du fleuve. Il songeait avec émotion aux instants délicieux passés en compagnie d'Héloïse, la veille au soir. Ces doux moments que la confirmation du meurtre d'Adelphe était venue écourter sans parvenir à en dissiper, toutefois, l'enchantement.

En quelque point du paysage que se portât son regard, tout lui rappelait la jeune femme dont il ne parvenait à distraire ses pensées. La blondeur des peupliers faisant leurs feuilles évoquait sa peau dorée, le rouge d'une barque de pêcheurs sur le fleuve, la carnation de ses lèvres, le vert profond de l'eau, ses prunelles aux reflets changeants… Tout cela lui procurait une sensation de doux encerclement à laquelle il était enivrant de s'abandonner.

Parvenu à la hauteur d'un calvaire rongé par le lichen, Bayard sortit toutefois de son rêve éveillé et retint son cheval. Sur la droite, conformément aux indications reçues, une sente étroite s'enfonçait sous le couvert des arbres et descendait en direction de la rive. Il y engagea prudemment sa monture. Des flaques d'eau sombre persistaient dans les ornières. Bayard affermit le mors et se montra attentif à la marche hésitante du cheval, qui glissait dans la boue et choppait sur la rocaille. Quand il releva la tête, il aperçut les deux hommes qui l'attendaient au pied d'un saule et il ne put s'empêcher de sourire au constat de leur dissemblance. L'un paraissant un échassier famélique et l'autre un crapaud tout enflé.

Le comte de Lusignan, son ventre rond débordant d'un pourpoint chamarré qui lui conférait un vague air de comédie, s'avança au-devant de Bayard lorsque celui-ci mit pied à terre.

— Je vous souhaite le bonjour, chevalier. Nous vous sommes reconnaissants d'avoir accepté cette rencontre à l'écart des oreilles indiscrètes.

— Dans le message que vous m'avez fait porter, il était question de la sauvegarde du royaume. Je ne pouvais faire autrement que de répondre promptement à votre invite.

Le comte de Lusignan salua d'un bref mouvement de tête cette noble réponse et se tourna à demi pour désigner son compagnon demeuré en arrière :

— Je crois que vous n'avez point encore eu l'occasion

d'être présenté à Sa Seigneurie Jean d'Armagnac, comte de Pardiac, duc de Nemours et pair de France.

Ce fut au tour de Bayard de s'incliner avec déférence devant le grand personnage.

— Cet honneur en effet ne m'était point encore échu. Et je me demande quelles pressantes circonstances peuvent présider à notre rencontre en ce lieu isolé.

Aussi longiligne et froid que Lusignan était gras et empressé, le duc de Nemours était vêtu avec une élégance qui contrastait avec la mise négligée de son compagnon. Il arborait une cotte-hardie noire et blanche bordée de fourrure, aux manches à plis serrés. Dessous, il portait un pourpoint crème molletonné au col fermé par une agrafe en or. Il était coiffé d'un élégant chaperon dont la longue pointe passait sous son menton et retombait sur son épaule gauche. Tandis que Bayard le saluait, la main sur la poitrine, il se rapprocha lentement, tout en pointant sur celui-ci le feu de ses prunelles inquisitrices.

— J'ai pu constater de mes yeux votre habileté au jeu de paume, déclara-t-il d'une voix grave qui ne laissait percer aucun sentiment. Notre ami Lusignan en a éprouvé encore plus vivement les effets.

Comme le chevalier s'apprêtait à protester, le duc l'arrêta d'un geste impérieux.

— Point de fausse modestie ! coupa-t-il sèchement. Si vous m'en croyez, vous laisserez ce vilain défaut aux sottes personnes qui s'illusionnent en imaginant que d'autres qu'eux-mêmes leur tresseront de justes lauriers. Dans le commerce de ce monde, il faut porter l'écu en chantel*. Les gens vous prennent non pour ce que vous êtes, mais tel qu'il vous plaît de leur apparaître.

— Sur cela, je m'en remets au jugement de Sa Seigneurie, dit prudemment Bayard à qui cette entrée en matière, teintée de cynisme, ne plaisait guère.

— On me rapporte que vos qualités ne se limitent d'ailleurs pas à l'art de frapper dans une pelote, ni même au maniement des armes sur le champ de bataille. Vous fûtes si bien distingué par notre souveraine que celle-ci vous aurait confié la tâche d'éclaircir les circonstances exactes du décès de notre bien-aimé souverain.

Décidément, Bayard n'aimait pas la façon dont cette conversation s'engageait. Il se demandait où exactement son interlocuteur, qui semblait particulièrement bien renseigné, voulait en venir. L'incertitude lui commanda d'observer une certaine réserve :

— Il se dit beaucoup de choses à la cour, ces temps derniers. J'engage Sa Seigneurie à ne point y accorder trop d'importance. Les rumeurs ne valent que tant qu'il se trouve des lèvres pour s'en faire l'écho.

Une légère risée agita le feuillage du saule au-dessus de leurs têtes. Plusieurs merles perchés dans les hautes branches firent entendre leurs sifflements stridents. On eût dit le caquetage de commères mal embouchées.

— Ne perdons pas notre temps en d'inutiles finasseries, chevalier ! trancha le duc. Nous savons tous les trois à quoi nous en tenir quant à la mort du roi, et il est vain de chercher à louvoyer.

Il désigna du menton son compagnon :

— Mon ami Lusignan ici présent m'a assuré que vous étiez suffisamment raisonneur pour comprendre tout l'intérêt de notre démarche et y adhérer sans réserve.

— Encore faudrait-il que je sois instruit de la teneur précise de celle-ci. Vous ne m'avez toujours rien dit.

— La mort brutale de Charles VIII non seulement pose un délicat problème de succession, mais est aussi de nature à bousculer bien des alliances en Europe. Les jours qui viennent s'annoncent, à cet égard, décisifs. Des fortunes vont se faire. D'autres se défaire. Seuls les plus malins ou les plus déterminés sauront faire leur profit de ce jeu de massacre. Chacun va devoir choisir son camp, et il importe de ne point se tromper. Moi, plus qu'un autre, je dois veiller à garder lucidité en ce brouillis[1].

— Je ne perçois toujours pas ce que vous attendez de moi.

Le duc de Nemours se caressa le bouc pensivement et observa Bayard avec une acuité redoublée, comme s'il cherchait à deviner ses pensées.

— C'est pourtant fort simple. En menant votre enquête, vous serez nécessairement amené à glaner de précieuses informations dont un esprit avisé pourrait faire son bénéfice, afin de pousser ses vaisseaux dans le sens du vent. Il vous suffirait de me faire profiter, avant tout autre, du résultat de vos investigations pour que je vous considère comme mon protégé et vous fasse bénéficier de tous les effets de ma gratitude. Qui me sert fidèlement n'a point à le regretter. Tenez ! Pour

1. En 1477, le père de Jean d'Armagnac avait été jugé pour trahison et décapité sur l'ordre de Louis XI. Lui-même fut retenu à la Bastille jusqu'à l'avènement de Charles VIII, qui lui restitua, en 1484, une partie des terres familiales. Fragilisé sur le plan politique, le duc de Nemours devait faire face, en outre, à d'importantes difficultés financières en raison d'un mode de vie plutôt dissolu.

commencer, vous pourriez me confier la teneur de l'entretien que vous avez eu hier avec ce falourdeur* de Giacomo Nutti, envoyé auprès du défunt roi par le Sforza.

Interdit, Bayard observa un temps avant de répondre avec fermeté :

— Cela ne se peut ! Ma parole est engagée auprès de la reine. Je ne peux rendre compte qu'à elle-même ou à son chambellan, Philippe de Commynes !

— Commynes ! rugit le duc de Nemours. Corps-Dieu ! La chose pourrait être plaisante si elle n'était pas aussi grotesquement absurde. Vous refuseriez de vous joindre à moi pour demeurer fidèle à cette vieille fripouille ! Savez-vous bien qu'il n'y a pas âme qui vive en ce royaume pour égaler le premier chambellan en fausseté et vilenie ?

Bayard sentit son sang bouillonner. Seule la considération du haut lignage de son interlocuteur le retint de laisser éclater sa colère. Il se contenta de laisser tomber entre ses dents serrées :

— Voilà des propos bien sévères dans la bouche de qui incite son prochain à manquer à la parole donnée.

Le duc sursauta. Il allait répliquer vertement quand le comte de Lusignan crut bon d'intervenir :

— Loin de nous l'idée de vous conduire à déportement*, messire Bayard ! En ces temps hasardeux, il s'agit seulement de prendre des dispositions pour veiller à préserver les intérêts du royaume. Sous peu doit se tenir à Amboise un grand Conseil des pairs pour décider du devenir de la Couronne. Sa Seigneurie, le duc de Nemours, qui siégera de plein droit en cette très noble assemblée, tient simplement à être informée de la plus complète façon afin de pouvoir se prononcer en toute connaissance de cause. Ce faisant, il ne cherche qu'à servir, par-delà la mort, le souverain qui l'a naguère rétabli dans ses droits légitimes. Ses desseins sont nobles et, comme vous pouvez le voir, rejoignent vos propres préoccupations. Il s'agit de s'épauler entre personnes de qualité et d'offrir ainsi un soutien plus efficace au trône de France. La proposition mérite, à tout le moins, d'être pourpensée*.

Nemours, qui avait éprouvé quelques difficultés à masquer son impatience pendant l'intercession de son compagnon, heurtant le sol de la pointe du pied et se mordillant la lèvre supérieure, fit la grimace et enchaîna avec une morgue dédaigneuse :

— Assez de jacture, Lusignan ! Vous gaspillez votre salive en pure perte. Ne voyez-vous pas que messire Bayard tient à tirer le meilleur parti de la situation ? Je crois pour ma part avoir deviné le seul langage que ce roué gaillard escompte que nous lui tenions. Allons, chevalier, dites votre prix ! Je ne goûte point la science militaire, mais sais néanmoins reconnaître la faiblesse d'une position. Vous avez l'avantage sur moi. Aussi ne marchanderai-je point.

Bayard vacilla comme si le duc venait de le souffleter. Le rouge lui monta aux pommettes. Sa patience était arrivée à son terme et sa voix vibrait d'une fureur mal contenue :

— Ces propos vous déshonorent en même temps qu'ils me font insulte. Plutôt que d'y répondre, je préfère les ignorer, car ils ne valent guère plus que ces piaillements d'oiseaux que le vent emporte. Ainsi tout est dit et brisons là !

Sans attendre la réaction du duc, le chevalier lui tourna le dos et rejoignit sa monture à grandes enjambées. Le coursier, un barbe balzan au tempérament fougueux, chauvit des oreilles et martela le sol du sabot lorsque Bayard se projeta en selle d'un bond rageur.

Le cavalier fit exécuter à sa bête une volte sur place durant laquelle il aperçut, derrière la silhouette hautaine de Nemours, le comte de Lusignan qui écartait les bras en signe d'impuissance, une expression désolée peinte sur le visage. Bayard faillit avoir un mot particulier pour celui-ci, puis, se ravisant, il étouffa un juron et piqua des deux en direction du coteau.

*

Quand il parvint en vue de la rampe qui permettait d'accéder au château d'Amboise, sa juste colère n'était toujours pas retombée. Cependant, la vision d'Héloïse l'attendant assise sur une borne l'arracha à ses sombres pensées. Il retrouva un peu de son entrain du matin et pressa son cheval.

— Je vous souhaite le bonjour, gente Héloïse, dit-il en s'inclinant sur sa selle avec élégance. Est-ce moi que vous guettiez ?

La jeune femme lui adressa un sourire et acquiesça d'un hochement de tête.

— Je me suis adressée aux gardes, à l'entrée. Ils m'ont dit que vous aviez quitté le château peu avant prime*. Je vous ai attendu.

Bayard sauta prestement à terre.

— Que voilà patience mise à bien rude épreuve ! Ce qui d'ailleurs ne va pas sans m'inspirer moult inquiétudes. J'espère que vous n'avez pas une mauvaise nouvelle à m'annoncer. Comment va messire votre père ? Il avait l'air fortement ébranlé, hier soir, lorsqu'il est rentré après avoir reconnu le corps de son compagnon.

— Mon père va bien, je vous remercie. Il a subi un choc qui l'a quelque peu éprouvé, mais les bons soins d'Ermeline vont lui permettre très vite de se rétablir. Toutefois, ce qui m'amène près de vous ce jour est bien en rapport avec la mort d'Adelphe.

Bayard remarqua alors seulement l'air soucieux de la jeune femme. Une lueur inquiète nuançait le vert d'ordinaire si limpide de ses prunelles.

— Parlez, dit-il en fronçant les sourcils. Je suis tout ouïe.

— Ce matin, très tôt, le jour venait à peine de se lever, une inconnue s'est présentée à l'apothicairerie. C'est Ermeline qui lui a ouvert. La femme a insisté pour être reçue par mon père, mais, comme ce dernier reposait après avoir trouvé le sommeil fort tard, Line l'a conduite auprès de moi. Il s'agit d'une dénommée Réjane. Une bagasse du quartier des étuves. Elle m'a confié un récit que j'ai estimé d'importance sur les circonstances ayant conduit à l'assassinat d'Adelphe. Jugez-en plutôt : son témoignage permet d'établir une relation certaine entre cette mort et l'enquête dont vous m'avez entretenue hier soir. C'est pourquoi j'ai cru bon de vous l'amener en droite heure, afin que vous entendiez ces révélations de sa propre bouche.

— Vous avez bien fait d'aussitôt m'informer, l'assura Bayard qui promena à la ronde un regard avide. Mais où est-elle à présent, cette discoureuse ?

— La pauvre fille est proprement terrorisée. Elle ne voulait pas qu'on puisse la voir aux portes du château, de peur d'avoir à subir de terribles représailles. Adonc, je lui ai mandé de m'attendre tout près d'ici, dans un endroit plus discret. Si vous voulez bien me suivre, je vais vous y mener sans plus tarder.

Intrigué, le chevalier emboîta le pas à la jeune femme sans poser davantage de questions. L'un derrière l'autre, ils s'engagèrent dans une ruelle obscure qui s'enfonçait entre deux maisons si rapprochées que leurs étages à encorbellement se touchaient presque. Les cailloux ronds et polis qui pavaient la chaussée étaient si glissants que Bayard fut tenté de soutenir Héloïse par le bras. Toutefois, connaissant le caractère fier de la jeune femme, il craignit de la voir prendre cette aide en mauvaise part, comme un rappel de sa méchante gêne à la marche, et il préféra s'abstenir.

Les deux jeunes gens finirent par déboucher sur une petite placette où s'activaient deux râteleurs* armés de grandes pelles en bois. En retrait, près d'une maison, l'eau d'une fontaine jaillissait sur une margelle de pierre. Là se tenait une fille aux cheveux châtains librement épandus sur les épaules, dont les formes généreuses contrastaient avec le visage encore empreint des rondeurs de l'enfance. L'échancrure de son corsage et ses jupons apparents laissaient planer peu de doute sur la façon dont elle assurait sa subsistance.

— Voici le chevalier dont je t'ai parlé, lui dit Héloïse

d'une voix douce, pareille à celle que l'on prend pour apprivoiser un animal ou rassurer un enfançon apeuré. Tu peux lui faire confiance comme à moi-même. Répète-lui, sans rien omettre, ce que tu m'as déjà narré.

La ribaude risqua un regard timoré en direction de Bayard. Puis baissa rapidement les paupières comme si elle redoutait de subir de sa part une inspection par trop appuyée.

— Tu peux parler sans crainte, l'encouragea-t-il. En te confiant à moi, tu te places sous la protection de Sa Majesté la reine elle-même. Personne ne pourra te faire le moindre mal.

— Ça s'est passé hier en fin de matinée, dit la prostituée en maintenant son front baissé, au Coq Hardi, un établissement du quartier des étuves. D'habitude, il ne vient personne à cette heure du jour. Mais dame Mariotte, à qui appartient la maison, est venue me chercher dans ma chambre pour que je m'occupe d'un client. J'ai tout de suite trouvé ça bizarre. Pas seulement à cause de l'heure inaccoutumée, mais aussi parce que ma patronne m'a recommandé de mignonner le visiteur en prenant tout mon temps. Ce n'est pas son genre, d'habitude. Elle trouve toujours que nous ne menons pas l'affaire assez rondement. Là, elle m'a demandé au contraire de faire durer les choses, de bien roidir le damoiseau pour mieux le laisser choir dès que j'entendrais sonner la clochette qu'elle porte en permanence à la ceinture et dont elle use d'ordinaire pour nous appeler à l'ouvrage.

— Et c'est ce que tu as fait ?

— Oui, par le sang du Christ ! Il ne fait pas bon être

rétive aux ordres de dame Mariotte. Elle manie l'escorge* avec autant de vigueur que sa fichue clochette. Folle celle qui ne s'en défie ! Au premier appel, j'ai donc laissé mon galant du jour dans son bain parfumé. Ah ! J'ai oublié de dire qu'il ne m'était pas inconnu. Je l'avais déjà rencontré un jour que l'on m'avait envoyée chez l'apothicaire quérir médecine pour une pensionnaire mal en point. Un gros bourgeois aviné s'était plu à la défigurer avant de l'esforcer* par derrière comme l'on ferait d'un garçon. Je savais donc que ce grand échalas s'appelait Adelphe et qu'il exerçait son labeur à l'enseigne de la Vipère Couronnée. Lui ne m'a pas reconnue même si, à l'époque, il m'avait longuement donoyée* pendant que j'attendais au comptoir de l'apothicairerie.

— Et donc, hier matin…

— Eh bien, quand je suis descendue dans la salle commune, dame Mariotte se trouvait en grande conversation avec un coquin à la sinistre figure. Celui-là aussi, je le connaissais. Depuis environ deux semaines, il fréquentait assidûment la maison. Un nerveux, petit et sec, avec une vilaine tache de naissance sous l'oreille gauche. J'ai entendu plusieurs fois certaines des filles l'appeler le Défeurreur.

— Le Défeurreur, répéta Bayard pensivement.

— C'est cela même. Et je peux vous dire que ses façons étaient bien à l'image de son surnom. Glaçantes. Quand il m'a vue au pied de l'escalier, il a demandé qui j'étais à dame Mariotte d'une voix à vous donner la chair de poule, et aussi ce que je faisais là à les écouter. La maîtresse m'a aussitôt renvoyée dans ma chambre en m'ordonnant de n'en sortir sous aucun prétexte. Seulement, je trouvais tout cela tellement étrange que je n'ai pas pu résister. Au bout d'un moment, je suis sortie et j'ai collé mon oreille à la porte derrière laquelle j'avais laissé le pauvre Adelphe mijoter comme tranche de lard en la soupe. Le fameux Défeurreur l'avait rejoint. Je n'entendais pas très bien, mais suffisamment pour comprendre que ces deux-là, même si d'évidence ils se connaissaient, n'étaient pas les meilleurs amis du monde.

— De quoi parlaient-ils ?

— À travers l'épaisseur de la porte, je n'ai réussi à saisir que des bribes de conversation. Mais il m'a semblé qu'Adelphe réclamait de l'argent à son interlocuteur. Il parlait d'un service que l'on devait lui payer au juste prix et j'ai eu l'impression, au ton de sa voix, qu'il menaçait l'autre de le dénoncer s'il n'obtenait pas satisfaction.

— Et à quel service crois-tu qu'il faisait allusion ?

Réjane ne put réfréner un long frémissement. Ses paupières papillonnèrent et elle se tordit les mains. Sa peur était manifeste.

— C'est effroyable, messire. Chose tellement affreuse qu'elle ne se peut concevoir sans un terrible émoi. Mais c'est aussi un péché si grand que je n'ai pu le garder pour moi. C'est pour cela que je suis allée à la Vipère Couronnée… Messire chevalier, c'est de l'assassinat du roi qu'Adelphe parlait !

24

Logique et intuition

— Voilà enfin une piste sérieuse !

— Que comptez-vous faire ?

— Ma foi ! Je vais donner des ordres pour que l'on appréhende au plus vite cette dame Mariotte. Soumise à la question, je gage qu'elle nous livrera bien vite le nom de tous ses complices.

— Si j'étais à votre place, je ne ferais pas cela.

Bayard et Héloïse échangeaient librement dans l'arrière-boutique de la Vipère Couronnée. Ils s'étaient rendus à l'apothicairerie, afin de confier une Réjane plus effrayée que jamais aux bons soins de maître Étienne Sanglar et d'Ermeline. La fidèle gouvernante avait bien un peu tordu le nez en découvrant le genre de personne qu'on lui demandait d'accueillir, mais son bon cœur avait vite pris le dessus. Elle avait entraîné la folieuse dans les étages, avec la ferme intention de lui donner un bon bain et de lui faire revêtir une toilette plus convenable pour une maison honnête. Quant au père d'Héloïse, il n'avait posé aucune question, accordant toute confiance à sa fille et au chevalier.

— Vous ne feriez pas cela…, répéta Bayard à la fois amusé et intrigué par le ton ferme avec lequel Héloïse venait de lui marquer sa désapprobation. Et puis-je savoir alors quelle conduite vous paraîtrait plus appropriée à la situation ?

— D'après ce que nous a dit Réjane, cet homme, le Défeurreur, fréquente le Coq Hardi depuis une quinzaine de jours, mais il n'y habite pas. Nous savons qu'Adelphe s'y est rendu pour lui parler. On peut donc en déduire que le bordeau est l'endroit où cet homme rencontre ses comparses. Un simple lieu de rendez-vous, en quelque sorte. Rien ne nous dit que dame Mariotte connaît la véritable identité de notre homme ou l'endroit où il se cache. En la faisant arrêter, vous prenez le risque de donner l'alarme aux assassins et de rompre le seul fil susceptible de vous conduire à eux. Je crois qu'il serait plus judicieux de faire discrètement surveiller le Coq Hardi. Avec un peu de chance, le Défeurreur y fera prochainement une nouvelle apparition. Il n'y aura plus qu'à le suivre pour qu'il vous conduise tôt ou tard à ses maîtres, car il s'agit à l'évidence d'un simple homme de main.

— Et si jamais, après le meurtre d'Adelphe, ce scélérat décidait que l'endroit était devenu trop dangereux et n'y remettait plus les pieds ? objecta Bayard.

— En ce cas, vous pourriez toujours revenir à votre première intention et tenter de faire avouer ce qu'elle sait à la Mariotte.

Le chevalier hocha plusieurs fois la tête d'un air pensif. Force lui était de reconnaître qu'Héloïse avait raison. En accord avec la reine, il avait été décidé de ne pas ébruiter la cause réelle du décès de Charles VIII précisément pour ne pas donner l'éveil à ses meurtriers et profiter d'une éventuelle imprudence de leur part. Il fallait conserver cette ligne de conduite tant qu'elle offrait la moindre chance de succès. Qui sait? La tentative d'Adelphe de faire chanter ses complices et l'obligation dans laquelle ceux-ci s'étaient trouvés de le faire taire constituaient peut-être cet accroc imprévu qui allait permettre à Bayard de dénouer toute l'intrigue.

— Vous parlez juste, chère Héloïse, et je me range bien volontiers à votre avis. D'ailleurs, il me vient à ce propos une idée. Pourquoi ne m'accompagneriez-vous pas au château? Vous faites preuve d'un tel bon sens que j'aimerais assez vous montrer les lieux où s'est déroulé le funeste événement que je suis censé éclaircir. Sur place, peut-être saurez-vous remarquer un détail d'importance qui m'aura jusqu'ici échappé.

— Vous voulez dire : dans les appartements du roi? interrogea la jeune femme en ouvrant de grands yeux étonnés. Vous n'y pensez pas ! Moi, une simple fille du peuple qui ne connaît rien aux usages de la cour !

— Et pourquoi pas? Comme vous me l'avez fait remarquer plusieurs fois, une femme vaut un homme en bien des circonstances. Et je suis persuadé qu'en l'occurrence votre logique et votre intuition pourraient m'être d'une aide précieuse. Allons, Héloïse, je vous le demande comme un service personnel !

La jeune femme se fit un peu prier, mais elle finit tout de même par accepter. Au fond, elle était tout excitée à la perspective de pénétrer pour la première fois dans le château royal, et la confiance que lui marquait celui qui faisait si fort battre son cœur ajoutait encore à sa douce euphorie.

Ce fut donc avec sa jolie compagne installée en croupe sur sa monture que le chevalier regagna, une heure plus tard, le château royal. Héloïse, troublée à la fois par la promiscuité de leurs deux corps serrés l'un contre l'autre et par la facilité avec laquelle ils franchirent les différents postes de garde, les sentinelles s'inclinant bien bas sur leur passage, ne cessait de croiser et de décroiser ses mains sur le torse musclé de Bayard.

Dans le vestibule du château, le chevalier avisa l'un des nombreux laquais qui se tenaient à la disposition des membres de la maison royale. Il lui confia un billet qu'il avait rédigé à la hâte à destination de Commynes, et par lequel il instruisait le grand chambellan des derniers développements de l'enquête et lui demandait de mettre en place une étroite surveillance du Coq Hardi et de ses environs immédiats. Puis, offrant son bras à Héloïse, il l'entraîna en direction des petits appartements.

Quand ils parvinrent en haut des escaliers qui débouchaient sur la galerie, un garde à l'allure juvénile s'interposa en leur barrant le chemin de sa vouge inclinée. Cependant, il baissa vivement son arme en identifiant le chevalier.

— Pardonnez-moi, messire Bayard, fit-il en rougissant sous son large bonnet de feutre. Je ne vous avais point reconnu.

— Ah çà ! Tu n'as pas à t'excuser de respecter scrupuleusement les consignes reçues, le rassura Bayard en lui tapotant l'épaule. Je te félicite au contraire de faire bonne garde. As-tu quelque chose à signaler ?

— Non, messire… enfin, c'est-à-dire…

— Pourquoi cette hésitation ? Parle ! Je t'écoute.

— Ce matin, quelqu'un a cherché à pénétrer dans les petits appartements. Je venais de prendre ma faction et j'ai bien vu que l'homme était chagriné de me trouver à mon poste. Sans doute comptait-il profiter de la relève de la garde pour aller et venir à sa guise. Il m'a affirmé qu'il ne resterait pas longtemps mais qu'il pensait avoir oublié sa bague à cacheter lors d'une entrevue que le défunt roi lui aurait accordée quelques jours avant sa mort. Comme il insistait, je lui ai dit qu'il n'était pas en mon pouvoir de lui accorder le passage et qu'il devait s'adresser à messire de Commynes ou à vous-même. Il a semblé désappointé et a préféré se retirer.

— Cet homme, tu saurais le désigner ? s'enquit Bayard.

— Parfaitement ! Il s'agit de cet étranger que vous avez défait au jeu de paume. Un Italien que l'on dit négociant en tableaux.

Ce diable de Nutti, songea le chevalier qui remercia le garde et pénétra dans la galerie Hacquelebac en compagnie d'Héloïse. En dépit de la pénombre ambiante, son air soucieux n'échappa point à la jeune femme.

— Vous pensez que ce Giacomo Nutti peut avoir partie liée avec les assassins ? demanda-t-elle.

— La chose ne m'étonnerait qu'à moitié. C'est un personnage aux multiples facettes et qui excelle dans l'art de déguiser sa pensée. Il faudra en tout cas qu'il s'explique promptement sur sa tentative d'intrusion céans. Je n'accorde, pour ma part, pas le moindre crédit à cette fable au sujet d'une bague égarée. Tenez ! Voici l'endroit où est tombé le roi Charles. Comme vous pouvez le constater, cette partie de la galerie est particulièrement obscure.

Héloïse examina attentivement l'arceau de pierre et les deux marches au pied desquelles le corps du roi avait été retrouvé. Elle secoua ensuite la tête.

— Il n'y a effectivement rien ici qui puisse expliquer la présence de cette écharde au niveau de la blessure que le roi Charles portait au front.

— D'où la conclusion naturelle à laquelle le grand chambellan et moi-même sommes parvenus que l'objet avec lequel il a été frappé a disparu en même temps que l'auteur de l'agression.

Lentement, Héloïse reprit sa marche à travers la galerie en direction du cabinet royal et de la petite chambre attenante. Elle s'arrêta à la hauteur de la croisée qui éclairait cette extrémité du long corridor. Désignant la vitre à croisillons, elle interrogea :

— Vous m'avez bien dit que les deux fenêtres de la galerie Hacquelebac ont été retrouvées closes à l'arrivée des gardes ?

— Oui. D'ailleurs, elles l'étaient déjà lorsque Sa Majesté la reine et Commynes ont quitté, ce matin-là, le cabinet royal.

— Aussi bien, personne n'a-t-il pu s'enfuir par là. Qu'en est-il des fenêtres des deux pièces ?

— La chambre en est dépourvue. Quant à la fenêtre du cabinet, comme celles de la galerie, elle donne sur les fossés. Or, il y avait foule en contrebas pour assister à la finale du jeu de paume. Impossible de passer inaperçu. J'ajouterai enfin que le cabinet était clos et que la seule clé a été retrouvée sur le cadavre du roi.

Les deux jeunes gens se dirigèrent vers la pièce de travail de Charles VIII. Héloïse sentit une vive chaleur l'envahir au moment de pénétrer en ce lieu qui représentait toute l'autorité du pouvoir royal ainsi que l'intimité de feu le roi Charles VIII. Cependant, dominant son émotion, elle se dirigea résolument vers la fenêtre qu'elle ouvrit en grand pour pouvoir se pencher au-dehors.

— Comme vous le constatez, dit Bayard dans son dos, la façade n'offre aucune prise pour l'escalade. Il eût fallu user d'une corde pour s'ensauver par là. Mais cette corde, comment l'aurait-on fait disparaître ensuite ? Et comment aurait-on pu fermer la porte à double tour sans disposer de la clé ?

— Un double peut-être ? hasarda Héloïse en refermant la croisée et en promenant un regard circulaire sur l'intérieur de la pièce.

— Vous n'y pensez pas ! Il s'agit d'une serrure à secret. La clé en est tout à fait particulière. Il eût fallu pouvoir en réaliser une empreinte. Or, messire de Commynes m'a assuré qu'elle ne quittait jamais la personne du roi, qui la portait en sautoir autour de son cou.

— Et l'hypothèse d'un passage secret semble définitivement à exclure, m'avez-vous dit ?

— C'est malheureusement exact. Nous avons fait sonder les murs la nuit suivant le crime et toute la journée d'hier. Sans le moindre résultat. Ce qui fait que la question demeure : comment l'assassin a-t-il pu s'enfuir une fois son forfait accompli ? Je reste persuadé que la réponse à cette question nous permettrait d'avancer grandement vers l'identification du ou des coupables.

— Cela se peut en effet, commenta sobrement Héloïse.

Puis elle entreprit de parcourir la pièce, frôlant chaque meuble, chaque objet du bout des doigts. On eût dit qu'elle cherchait à s'imprégner de l'esprit du lieu. Ici, un roi de France avait assumé le fardeau de ses tâches quotidiennes, rêvé de conquêtes, élaboré de grandes campagnes militaires, conçu des alliances secrètes. Finalement, la jeune femme vint se positionner derrière le fauteuil où Charles VIII s'installait pour travailler et, songeuse, enroula un fil échappé au dossier autour de son index.

— Mais la question relative à la manière dont le meurtrier s'y est pris pour se volatiliser n'est pas la seule qui mérite qu'on s'y arrête, dit-elle avec une expression étonnamment concentrée peinte sur son visage.

— Quelque chose a retenu votre attention ? questionna Bayard.

Héloïse ne répondit pas immédiatement, comme si elle voulait se donner encore un peu de temps pour réfléchir.

— Peut-être, finit-elle par lâcher. Disons que certains détails m'intriguent. Je n'y avais guère prêté attention lorsque vous m'avez rapporté les événements, mais à présent que je me représente mieux la configuration des lieux, ils me sautent aux yeux. Et je m'interroge…

— Je vous en prie, Héloïse, ne me faites point languir plus outre ! Dites-moi ce qui vous tracasse.

— Soit. Mais je ne prétends point que ces interrogations feront progresser votre enquête. C'est juste que j'aimerais dissiper quelques pans d'ombre qui font obstacle à mon entendement. Tenez, par exemple, pourquoi le roi a-t-il quitté son cabinet de travail ?

Devant la mine pleine d'expectative affichée par Bayard, la jeune femme crut bon d'ajouter :

— D'après ce que vous m'avez narré, le roi avait confié à Commynes le soin d'accompagner son épouse jusqu'à la lice parce que le chambellan venait de lui confier un message diplomatique de la plus haute importance. Alors pourquoi, quelques minutes à peine après s'être retrouvé seul en son cabinet, est-il sorti à son tour dans la galerie ?

Le chevalier haussa les épaules.

— Sans doute aura-t-il pris conscience qu'il avait omis de transmettre quelque instruction urgente à son conseiller ou à la reine. Il aura voulu les rappeler.

— C'est ce que j'ai pensé moi aussi. Mais alors pourquoi ne les a-t-il pas tout simplement hélés ?

— L'obscurité. En raison du manque de lumière, il ne pouvait être certain qu'ils se trouvaient encore dans la galerie. D'ailleurs, sans ce malencontreux incident de la croix arrachée, la reine et Commynes se seraient déjà trouvés engagés dans l'escalier de la tourelle.

— L'explication ne me satisfait pas. La reine est atteinte de la même infirmité que moi et je gage qu'elle porte à son pied le même genre de chaussure ferrée[1]. Or, j'ai pu constater en arrivant que ce long corridor fait chambre d'écho et que le bruit de mes pas sur le dallage était grandement amplifié. Même si Anne de Bretagne et Commynes ne parlaient pas et qu'il était impossible de les distinguer, le roi ne pouvait ignorer qu'ils se trouvaient encore dans la galerie.

— Tout cela se tient, concéda Bayard, mais est-ce si important ?

Héloïse ne se laissa pas démonter par l'expression dubitative de son compagnon et continua de développer sa pensée :

— Autre chose à présent. Si nous admettons que seule une raison impérative a pu distraire Charles VIII de l'examen d'un document essentiel aux intérêts du royaume, pourquoi a-t-il pris soin de fermer à double tour la porte du cabinet avant de s'éloigner dans la galerie ? Et surtout, qu'est devenue la lettre qu'il était censé étudier ? Car j'ai beau regarder avec attention, je ne vois nulle trace dans cette pièce du document que Commynes lui a remis.

Le long silence qui suivit cette déclaration révéla le trouble de Bayard bien davantage que ne l'aurait fait n'importe quel commentaire.

---

1. Anne de Bretagne boitait en effet légèrement. Même si tous les historiens ne s'accordent pas sur l'origine de cette claudication, on peut retenir l'hypothèse d'un pied bot dans la mesure où cette affection congénitale pourrait être favorisée par des facteurs génétiques et où la propre fille d'Anne, Claude de France, souffrait du même handicap.

25

Estour* et coquefabuse*

Le Défeurreur avait dénombré cinq hommes. Deux s'étaient embusqués dans les fourrés entourant la vieille chapelle. Deux autres avaient pénétré dans le bâtiment en partie ruiné. Quant au dernier, il s'était éloigné dans la forêt en tenant par la bride les chevaux de la bande. Tous armés de pied en cap, avec des trognes de ruffians de bas étage. Une truandaille qui n'hésiterait pas à écorcher père et mère contre jaunets sonnants et trébuchants.

Allongé au sommet d'un escarpement, le Défeurreur dominait la petite combe où se dressait, abandonné et loin de tout, un oratoire consacré à la Vierge. De son poste d'observation, il avait vu arriver les cinq spadassins un quart d'heure plus tôt, mais cela faisait beaucoup plus longtemps qu'il guettait dans l'immobilité la plus complète. Quand on exerçait l'activité lucrative mais dangereuse dans laquelle il excellait, c'était une précaution élémentaire que de toujours se présenter avec plusieurs heures d'avance à un rendez-vous fixé dans un lieu reculé. En plus d'une occasion, cette prudence, que d'aucuns auraient jugé excessive, lui avait sauvé la vie. Cette fois encore, les faits lui donnaient raison.

L'adversaire, toutefois, était venu en nombre. Muni seulement de ses deux poignards d'arçon et malgré toute sa science du combat, le Défeurreur ne pouvait espérer sortir vainqueur d'un affrontement direct. Il allait lui falloir ruser. La première chose à faire consistait à se procurer les armes indispensables pour faire face à plusieurs adversaires résolus. Cet impératif lui dictait un plan d'action. D'abord, s'occuper du gardien des chevaux. Isolé et probablement sans méfiance, l'homme serait sans doute facile à neutraliser et à dépouiller de son épée. Ensuite, il faudrait surprendre les hommes embusqués dans l'église sans attirer l'attention, du moins dans un premier temps, de ceux qui attendaient au-dehors. À l'intérieur du bâtiment, il serait bien plus aisé de contrôler les mouvements des assaillants et de limiter leurs possibilités d'attaques simultanées, par exemple en s'adossant à un mur ou à un pilier.

Sans tergiverser davantage, le Défeurreur décida de mettre sa résolution à exécution. Il abandonna sa position dominante en rampant lentement sur le sol moussu et ne se releva que lorsqu'il fut certain d'être hors de vue. Avançant avec précaution, en prenant garde aux branches mortes et en écartant les broussailles sur son passage, il décrivit un large demi-cercle dans le sous-bois, autour de l'endroit où il supposait que se trouvait le gardien des chevaux. Ce faisant, il prit la précaution de noter dans quelle direction soufflait la brise, afin d'être assuré que les bêtes ne pourraient l'éventer.

Alors qu'il progressait ainsi en aveugle, un court

hennissement lui apprit qu'il ne s'était pas trompé. Son objectif se situait droit devant lui, à moins de cinq toises. Il parcourut cette distance en prenant tout son temps. L'effet de surprise était primordial s'il ne voulait pas faire face à toute la meute de ses adversaires.

Les cinq coursiers étaient attachés à des troncs d'arbre. Leurs sabots enveloppés dans des linges. Le coquin en charge de leur surveillance s'était assis sur un rocher et passait le temps en jouant aux dés. Un visage d'adolescent, avec juste quelques poils au menton, sans doute pour se donner l'allure virile auprès des garces et des filles d'auberge.

L'apprenti truand n'eut pas le temps de comprendre ce qui se passait. Il ne ressentit presque pas la douleur. Totalement pris au dépourvu, il bascula doucement en avant, tandis qu'un liquide chaud se déversait à flots de sa gorge tranchée.

Quand le Défeurreur se glissa dans la combe afin de rejoindre le chevet de la petite chapelle, il avait, en plus de ses deux poignards, une bonne et roide épée au côté. Ayant eu largement le temps de repérer les lieux, il se dirigea sans hésiter vers un grand chêne qui se dressait juste à côté du bâtiment. Avec la souplesse d'un chat, il se hissa silencieusement sur les basses branches de l'arbre et, de là, gagna la corniche qui faisait le tour de l'abside. Un des vitraux était brisé et permettait de jeter un regard à l'intérieur du bâtiment. Les deux malandrins, qui avaient pénétré dans l'édifice quelques instants plus tôt, se tenaient agenouillés derrière l'autel. Ils avaient déjà les armes à la main.

— Pourvu qu'il donne dans le godant ! soupira l'un

d'entre eux en faisant tourner nerveusement sa dague dans son poing.

— Il n'y a aucune raison qu'il se méfie. Mais chut ! Taisons-nous à présent. Il ne devrait plus tarder.

Un sourire mauvais éclaira fugitivement le visage du Défeurreur. C'était presque lui faire injure que de lui avoir envoyé d'aussi piètres adversaires pour l'expédier outre. Toutefois, celui qui avait commis cette détestable erreur ne vivrait pas assez longtemps pour nourrir le moindre regret…

S'agrippant d'une main à l'encadrement du vitrail afin d'assurer sa stabilité, l'habile tueur saisit l'un de ses poignards par la pointe et le projeta en direction du plus proche spadassin. Touché dans le dos, à la hauteur de l'omoplate gauche, l'homme s'écroula sur le sol en poussant un grognement étouffé. Son camarade tourna la tête dans sa direction et fixa le manche du poignard d'un air hébété.

Avant même qu'il ait pu reprendre ses esprits et songé à regarder autour de lui d'où venait la menace, le Défeurreur s'élança l'épée en avant. À sa réception sur le dallage de la chapelle, il effectua un magnifique roulé-boulé qui lui permit de s'adosser à l'autel et de couper la retraite à son adversaire.

Remis de sa surprise, celui-ci se mit en garde, tout en appelant à la rescousse ses acolytes demeurés à l'extérieur :

— Picard ! La Trifouille ! À moi ! Dans l'église, il est à nous ! Tue ! Tue !

Aussitôt, le Défeurreur porta un coup d'estoc. Son adversaire para d'un mouvement latéral de sa dague et allongea son bras droit, armé de l'épée, afin de garder ses distances. Décidé à ne pas le laisser s'organiser, l'assassin à la tache de vin le pressa en alternant les fausses attaques et les assauts composés. L'autre rompait et multipliait les parades. On voyait néanmoins à son visage crispé qu'il guettait la plus petite ouverture pour placer une riposte foudroyante, mais l'occasion ne se présentait pas. Sa science de l'escrime, il est vrai, était loin d'égaler celle du Défeurreur, et s'il se défendait plutôt bien, c'était moins grâce à son adresse que poussé par l'énergie du désespoir.

Un instant plus tard, il avait reculé encore de quatre pas et se trouvait coincé contre le mur intérieur de l'abside. Méthodique et sûr de lui, le Défeurreur s'apprêtait à lui enfoncer six pouces d'acier dans le corps, lorsque le fracas de la porte de la chapelle, ouverte à la volée, retentit dans son dos.

Faisant preuve d'un remarquable sang-froid, le Défeurreur résista à la tentation de se retourner. Son adversaire fut moins avisé. Soulagé par l'irruption de ses deux comparses, il relâcha son attention l'espace d'une fraction de seconde qui lui fut fatale. Profitant de ce que la pointe de la lame ennemie s'était légèrement abaissée, le Défeurreur se fendit en avant, fouetta l'acier adverse et remonta promptement, d'un souple mouvement du poignet, l'extrémité de sa propre épée en direction de la gorge du truand. Le fer ne rencontra aucune résistance. L'homme fixa son meurtrier avec une expression d'intense stupéfaction. Un rictus apparut sur ses lèvres, douloureux, puis s'effaça d'un coup. Il vomit un flot de sang vermillon et expira avant d'avoir touché le sol. Sa gorge ouverte laissa entendre un sinistre gargouillis.

Pivotant sur ses talons, le Défeurreur fit face aux deux derniers spadassins, qui avaient déjà traversé la nef et se précipitaient sur lui en hurlant. Il crut d'abord que ceux-ci, emportés par leur rage aveugle, allaient commettre l'erreur de l'attaquer de front. Mais il dut vite déchanter. Sans doute échaudés par la vision des cadavres de leurs deux compagnons gisant sur le dallage, les scélérats optèrent pour la tactique qui leur offrait les meilleures chances de vaincre. L'un d'eux l'attaqua par la gauche et l'autre de face, presque à angle droit. Celui qu'il avait devant lui s'exposait le moins possible, cherchant juste à le harceler de manière à lui faire conserver cette position, tandis que son acolyte tentait de lui porter une estocade décisive au flanc gauche ou au ventre.

Au cours de sa périlleuse carrière, le Défeurreur s'était déjà battu simultanément contre deux adversaires, mais, cette fois, l'affrontement était compliqué par le fait que sa main gauche était armée d'un simple poignard d'arçon. Une dague eût, certes, mieux fait l'affaire.

Habilement, il pivotait d'un côté puis de l'autre pour se dérober le plus possible aux bottes de ses agresseurs. Ces derniers ne lui laissaient cependant aucun répit. Ils alternaient leurs coups, variant leurs attaques et multipliant les feintes destinées à créer l'ouverture fatale. On eût dit des hyènes affamées harcelant une proie aux abois. Appliqué, les nerfs tendus à l'extrême, le Défeurreur sentit qu'il ne pourrait résister bien longtemps. L'exercice était par trop éprouvant et nécessitait une concentration sans faille. Il lui fallait donc forcer la décision avant d'être trop épuisé pour pouvoir prendre l'initiative.

Il exécuta alors un pas de côté, puis rompit en arrière, tout en continuant à repousser les lames de ses assaillants. Ce mouvement l'avait ramené tout contre l'autel de pierre, sans éveiller la méfiance de ces derniers qui y virent, au contraire, un premier signe de faiblesse. Se fendant brusquement à fond sur l'avant, le Défeurreur réussit à surprendre le truand qui lui faisait face et le contraignit à exécuter une dérobade à la sauve-qui-peut. Lâchant sa dague, il attrapa avec une rare vivacité le drap tout déguenillé qui couvrait l'autel pour le projeter à la tête de l'autre coquin. Aveuglé tout autant par le tissu que par le nuage de poussière soulevé, l'homme recula à son tour en trébuchant. Il n'en fallut pas davantage pour que le Défeurreur puisse faire valoir sa supériorité individuelle à l'épée. Un coup d'arrêt coupa l'élan du premier de ses adversaires qui, revenu de sa surprise, repartait à l'assaut en hurlant. Emporté par sa *furia*, l'homme vint littéralement s'embrocher sur la lame tendue. La poitrine percée, il laissa tomber son arme en criant : « Doux Jésus ! »

Sans perdre la moindre seconde, le Défeurreur tira sur son épée enfoncée dans le cadavre qui s'effondra comme un pantin, puis fit volte-face pour affronter son dernier ennemi. L'homme venait tout juste de se débarrasser du drap en lambeaux. Le souffle court, il braquait un regard haineux sur celui qui, de bête traquée, venait de se métamorphoser sous ses yeux en redoutable prédateur.

— Ma parole ! Mais tu es le diable ! rugit-il, une méchante grimace achevant d'enlaidir son visage boursouflé de pustules.

Le Défeurreur joignit les pieds et exécuta un salut impeccable avec son épée.

— Pire que cela, l'ami ! dit-il avec un brin d'ironie. Je suis ta mort en marche.

L'affaire fut vite réglée. Le dernier bretteur, en proie à une terreur grandissante, voulut abréger la rencontre. Il lança une botte basse, insuffisamment préparée et exécutée avec maladresse, que son opposant esquiva sans la moindre difficulté. Ce dernier se déroba, exécuta un rapide balayage de sa pointe et l'acier ennemi se perdit dans le vide. Enchaînant aussitôt, le Défeurreur allongea le bras et traversa de part en part la cuisse du truand qui s'écroula sur le sol en poussant un cri déchirant. D'un bond, son vainqueur se porta à sa hauteur et, de la pointe du pied, envoya valser l'épée adverse à distance. L'arme rebondit sur le dallage avec un tintement métallique. Assuré ainsi d'avoir la situation bien en main, le Défeurreur prit le temps de récupérer le poignard avec lequel il avait ajusté à distance l'un des spadassins dissimulés derrière l'autel.

— Et si nous causions à présent ? suggéra-t-il en revenant s'installer à califourchon sur son dernier adversaire. Je gage que tu as beaucoup de choses à me dire. Entre compagnons de truanderie, on est fait pour se comprendre. N'est-il pas vrai ?

L'homme laissa entendre un gémissement plaintif. Allongé sur le dos, il serrait de ses deux mains sa cuisse transpercée, cherchant en vain à retenir le sang qui jaillissait par saccades de la profonde blessure.

— Jamais, charogne ! gronda-t-il entre ses dents serrées. Puisses-tu me rejoindre bientôt en enfer !

— Sais-tu qu'il existe plusieurs façons d'y parvenir ? Tiens ! Par exemple, en entier ou par morceaux.

Sans rien ajouter de plus mais en fixant son captif droit dans les yeux, le Défeurreur saisit l'oreille droite de celui-ci et la trancha d'un vif mouvement circulaire de sa main armée du poignard. L'homme hurla de nouveau.

Le Défeurreur laissa tomber sur le visage de sa victime le morceau de chair et de cartilage sanguinolent.

— Si tu y tiens vraiment, susurra-t-il, je peux poursuivre avec l'oreille gauche, puis le nez, puis chacun de tes doigts.

Un hoquet étranglé lui répondit. Des larmes ruisselaient à présent sur le visage boutonneux du truand.

— Pitié ! gémit l'homme en clignant des paupières pour échapper au regard de braise de son tourmenteur. Pitié ! Nous n'avons fait qu'obéir aux ordres.

— Aux ordres de qui ? Parle ! Donne-moi un nom. Un nom seulement et je te promets une mort brève.

Le ruffian affaibli par tout le sang qu'il avait déjà perdu chercha, dans un ultime sursaut, à échapper à l'étreinte qui le clouait au sol, mais ses forces l'avaient abandonné. Sa tentative désespérée eut pour seul effet d'aviver la douleur de sa jambe et il crut qu'on lui versait du plomb fondu sur sa plaie à vif. Une bave sanglante moussa aux commissures de ses lèvres quand il les desserra pour pousser un bref gémissement.

— Allons, libère ta conscience ! l'encouragea le Défeurreur. Livre-moi le nom de ton commanditaire et, pour toi, viendra l'heure de la délivrance.

Et l'homme parla.

Le nom qu'il prononça arracha un juron à son sinistre confesseur qui se redressa, le regard noir, le visage frémissant de colère. Puis, sans un mot pour celui qu'il abandonnait à une agonie lente et douloureuse, il se dirigea à grandes enjambées vers la porte de l'église.

Dans son dos, une misérable plainte s'éleva :

— Non ! Pi… pitié ! Vous… vous aviez promis !

Sans se retourner, le Défeurreur laissa entendre un rire féroce, puis il quitta la chapelle non sans avoir pris la précaution d'en bloquer la porte d'entrée à l'aide de plusieurs branches entrecroisées.

26

L'arrestation

Pour la quatrième fois de la soirée, Héloïse relut le billet qu'un galapian* d'une dizaine d'années lui avait porté juste avant la fermeture de l'apothicairerie.

Très chère Héloïse,

Les événements se précipitent. Je vais avoir besoin de votre aide. Présentez-vous ce soir, à la minuit sonnée, devant la porte du Coq Hardi. Je vous y retrouverai. Surtout pas un mot de tout cela à quiconque. Pas même à votre père. Brûlez ce billet après l'avoir lu.

Pierre Terrail, seigneur de Bayard

La jeune femme se demanda quel soudain rebondissement pouvait être à l'origine de ce rendez-vous nocturne. La référence au bordeau où le fameux Défeurreur était censé avoir ses habitudes laissait supposer que la surveillance ordonnée par le chevalier avait porté ses fruits, mais cela n'expliquait pas en quoi sa présence sur les lieux apparaissait indispensable à ce dernier.

Faute de pouvoir trouver une raison satisfaisante à

cette convocation inattendue et surtout aux précautions qu'on lui demandait d'observer, Héloïse résolut de prendre son mal en patience. Docilement, elle confia au feu de tourbe brûlant dans sa chambre le soin de faire disparaître le message de Bayard et attendit, songeuse devant sa fenêtre, que le silence se fît dans l'apothicairerie et le logis familial. Le temps ensoleillé qui avait prédominé toute la journée s'était terni avec l'approche du soir. Une brume floconneuse était montée de la rivière et avait peu à peu noyé la ville sous un suaire grisâtre, conférant des allures irréelles au paysage. Héloïse frissonna. Sortir dans les rues par un temps pareil ne serait pas une partie de plaisir, et c'était une raison de plus pour s'interroger sur l'étrange rendez-vous que lui avait fixé le chevalier.

Quand la jeune femme jugea que toute la maisonnée était endormie et qu'elle pouvait s'éclipser sans courir le risque d'être surprise et d'avoir à fournir d'embarrassantes explications, elle enveloppa ses épaules d'une chape, revêtit un épais manteau à capuche et chaussa une paire de souples bottines de cuir. Elle se glissa ensuite hors de la pièce et entreprit de descendre l'escalier sans bruit. Une lanterne, suspendue dans le couloir du rez-de-chaussée, donnait assez de lumière pour qu'elle pût repérer les marches les plus susceptibles de grincer. À sa faible lueur, son ombre, sur le mur, semblait animée d'une vie propre et créait l'illusion qu'un être obscur et peut-être malfaisant s'attachait à ses pas. Secouant la tête pour chasser cette désagréable impression, Héloïse parvint en bas des marches et tressaillit quand une main se posa sur son épaule. Elle se retourna, son cœur manquant un battement, et poussa un soupir de soulagement en découvrant le faciès lunaire de Réjane.

— C'est toi ? Tu peux te vanter de m'avoir effrayée. Et je n'ai pourtant rien d'une fichue caponne* ! Que fais-tu debout à pareille heure ?

— Je ne parvenais pas à trouver le sommeil. Mais vous-même, damoiselle Héloïse, je m'étonne de vous voir habillée comme pour sortir. Il fait à présent tout à fait nuit et le brouillard est plus dense que jamais.

Héloïse hésita. D'un côté, elle ne voulait pas trahir la confiance que Bayard plaçait en elle et manquer à l'obligation de silence qu'il lui avait imposée, de l'autre, elle craignait de s'égarer en s'aventurant, par temps de brume, dans un quartier mal famé et qu'elle connaissait mal.

— Es-tu capable de garder ta langue ? demanda-t-elle en serrant la main droite de la jeune prostituée entre ses paumes. Je veux dire : si je te demande un service, peux-tu me le rendre sans poser de question et n'en parler ensuite à personne ?

Réjane secoua la tête avec une touchante véhémence.

— Par ma foi ! Vous m'avez accordé votre aide tantôt et ouvert la porte de votre maison, je serais bien ingrate si je refusais à présent de vous apporter mon concours.

— Je n'en espérais pas moins de ta part. Voilà de quoi il s'agit. Il te faut simplement me guider, cette nuit même, jusqu'au Coq Hardi. Je dois être rendue sur place avant que les cloches ne sonnent leur douzième coup.

Une expression mi-intriguée mi-inquiète se peignit sur le visage de Réjane. Devançant ses éventuelles réticences, Héloïse la rassura d'une voix empreinte de sollicitude :

— N'aie aucune crainte. Je ne te demande pas de m'accompagner en ce lieu. Seulement de me guider jusque-là. Ensuite, je me débrouillerai.

Le soulagement de la prostituée fut visible. Cependant, elle parut réfléchir et se mordit les lèvres.

— Ce n'est pas un endroit pour une jeune femme comme vous, objecta-t-elle en fronçant les sourcils. À la nuit tombée, on ne peut y faire que de mauvaises rencontres. C'est bien trop dangereux.

Héloïse sourit et lui tapota la main dans un geste apaisant.

— Je ne risque rien, dit-elle. Le Coq Hardi est surveillé par les hommes du prévôt. Il ne peut rien m'arriver de grave. De toute façon, je n'ai pas le choix. Je dois absolument m'y rendre cette nuit.

Réjane hocha la tête.

— Fort bien. Je vous mènerai donc. Mais je persiste à penser que c'est pure folie pour une belle personne comme vous que de se risquer en pareil lieu.

Un instant plus tard, les deux jeunes femmes quittaient silencieusement l'apothicairerie. Les rues étaient silencieuses et désertes. La visibilité presque nulle. La lanterne sourde que tenait Héloïse ne parvenait pas à dissiper le voile cotonneux qui recouvrait toutes choses. Au bout de seulement quelques pas, malgré leurs capuches rabattues, les deux marcheuses eurent les cheveux trempés à cause du brouillard. De petites gouttes coulaient sur leurs visages, comme du crachin. Le sol, humide lui aussi, était glissant et les contraignait à avancer prudemment. À un croisement, Réjane tressaillit quand un chat en maraude lui coupa le chemin à pas feutrés. Ce fut le seul être vivant qu'elles croisèrent avant de rejoindre les quais de Loire. Elles entendirent la rivière bien avant de pouvoir l'apercevoir, coulant presque à leurs pieds. La grève était envahie par la vase, mais, de loin en loin, des torches enduites de poix éclairaient leur chemin. Elles longèrent ainsi les flots gris sur près de cinq arpents avant d'obliquer à nouveau vers les habitations.

La ruelle dans laquelle elles s'étaient engagées était si étroite qu'elles avaient l'impression de progresser à travers la faille d'une sombre falaise. À l'extrémité de cette voie mal commode, plus cicatrice que rue, Réjane désigna à sa compagne un fanal qui, à cent pas, teintait d'un jaune pisseux la brume alentour.

— C'est là ! Le Coq Hardi. Êtes-vous toujours décidée à y entrer ? Dame Mariotte n'a pas pour habitude de faire bon accueil aux importuns. Et elle peut se montrer redoutable.

Héloïse ne desserra pas les lèvres, mais acquiesça d'un lent mouvement de tête.

— Alors, prenez au moins ça ! suggéra Réjane en tirant de dessous sa casaque un court poignard à la lame effilée. On ne sait jamais. Cela pourrait vous être de quelque utilité.

Le premier mouvement d'Héloïse fut de refuser, mais elle se ravisa et finit par tendre la main. Un frisson la parcourut quand elle sentit le métal froid de la poignée au creux de sa paume.

— Le grand merci pour ton aide, dit-elle en posant

sa main sur l'épaule de sa compagne. Rentre à la Vipère Couronnée à présent. Et surtout, quoi qu'il arrive, garde le silence sur tout ceci.

— Que Dieu vous garde ! souffla Réjane avant de s'éloigner et de se dissoudre rapidement dans la brume comme si elle n'avait pas plus de réalité qu'une âme errante, égarée dans la nuit.

Rendue à la solitude, Héloïse demeura un temps immobile. Les abords du bordeau étaient aussi tranquilles que le reste de la cité. Le brouillard semblait avoir éteint les ardeurs viriles des habituels clients du Coq Hardi, comme il avait chassé des rues mendiants, ventres-creux et autres crochets*. Par ailleurs, si les hommes du prévôt se trouvaient embusqués à proximité, alors force était de reconnaître qu'ils excellaient en l'art de la dissimulation, car Héloïse eût juré qu'elle se trouvait absolument seule dans l'obscurité.

Un tintement étouffé tira la jeune femme de sa méditation. Minuit sonnait au plus proche clocher. Elle s'ébroua et, adoptant un pas résolu, se dirigea droit vers la lanterne désignée par Réjane.

Ce fut seulement quand elle l'eut rejointe qu'elle avisa, au-dessous, l'enseigne représentant un coq aux plumes hérissées. L'imposante porte ferrée lui apparut singulièrement hostile. Elle préféra ne pas s'y attarder et actionna le lourd marteau. Aussitôt, le judas s'ouvrit, comme si quelqu'un derrière se trouvait aux aguets. Un regard noir la toisa et une haleine fétide lui agressa l'odorat.

— Passe ton chemin, la mignotte ! gronda une voix bourrue. La maison est fermée et tu ne trouveras guère à t'employer cette nuit.

Héloïse ne se laissa pas démonter par la fraîcheur de l'accueil et répliqua sèchement :

— Mon apparence est-elle si méprisable que tu oses me traiter comme une malefille ? Ou est-ce d'avoir abusé du tonnelet qui te merdoie les yeux et te rend aussi niais ? Je ne suis pas une vulgaire putain qu'on chasse à l'envi ! On m'attend céans ! Aussi je te conseille de m'ouvrir sans barguigner plus outre !

Le judas claqua et la porte ne tarda pas à tourner sur ses gonds. Héloïse entra. À peine avait-elle fait quelques pas dans la salle au plafond bas à grosses poutres, chichement éclairée par quelques braises pétillant dans la cheminée, que plusieurs silhouettes se précipitèrent sur elle. Faisant fi de ses protestations et en dépit des vaines bourrades qu'elle leur adressa, ses assaillants, au nombre de quatre, lui bloquèrent les bras dans le dos et lui lièrent les poignets à l'aide d'une fine cordelette. Elle sentit que des mains se glissaient sous son manteau, la fouillant tout en s'attardant sur ses seins et ses fesses.

— Maudits pourceaux ! Vous mettre à plusieurs pour molester une femme ! Faut-il que vous ayez bien peu d'honneur et de courage ! protesta-t-elle en continuant à se débattre. Mais vous le regretterez. Quand le chevalier Bayard en sera averti, il vous fera rendre gorge !

Une voix pleine de morgue s'éleva alors dans la pièce.

— Qui donc se prévaut du nom d'un obscur petit chevalier pour s'opposer au service de la Couronne ?

Les hommes qui entouraient Héloïse s'écartèrent. La jeune femme vit alors s'avancer à sa rencontre un homme vêtu d'un pourpoint à la propreté douteuse, arborant une barbiche mal taillée et un bandeau rouge sur son œil droit.

— Comment t'appelles-tu, la drôlesse ? demanda-t-il en lui relevant le menton de sa main gantée. Et que viens-tu faire ici ?

— Messire, fit Héloïse après s'être efforcée au calme, puisque vous dites agir au nom de la reine, donnez ordre que l'on me libère sans délayer, car c'est à la demande de son plus loyal sujet que vous me trouvez en ce lieu de perdition.

— Je t'ai demandé ton nom, gronda l'homme dont l'œil unique sembla lancer un éclair. Es-tu sourde ou t'imagines-tu qu'il m'est plaisant de parler pour rien ?

— Je me nomme Héloïse, répliqua la jeune femme d'une voix où la fierté le disputait à la colère. Je suis la fille de maître Étienne Sanglar qui tient commerce d'apothicairerie à l'enseigne de la Vipère Couronnée. Et je proteste sur la façon dont je suis présentement traitée, n'ayant rien à me reprocher qui justifie pareil affront.

À ce moment-là, un des sbires qui l'avaient fouillée fit un pas en avant et s'inclina en tendant au borgne le poignard donné par Réjane.

— Elle portait ceci sur elle, messire.

L'homme au bandeau rouge examina l'arme avec une satisfaction évidente. Un sourire où se mêlaient l'ironie et la méchanceté lui étira les lèvres.

— Curieux instrument pour une fille d'apothicaire. J'ignorais qu'on maniât la dague aussi bien que le mortier pour préparer honnête médecine en notre bonne ville d'Amboise.

Puis, se tournant vers ses hommes, le lieutenant du prévôt, Jacques de Vourier, ajouta :

— Allons, mes mignons ! Nos informations n'étaient point mauvaises et je crois que nous tenons là un gibier de premier choix. Que l'on conduise cette femme au château et qu'on la mette aussitôt aux fers ! Il m'étonnerait fort qu'elle n'ait pas moult révélations à nous faire pour peu qu'on la taquine un peu comme il sied !

27

Une seconde chance

— Aaarghh !

La sentinelle postée à l'entrée du souterrain s'écroula en poussant un râle étouffé. Le Défeurreur promena un regard circulaire sur la forêt alentour pour s'assurer qu'il n'y avait pas d'autre garde en vue. Mais aucun bruit, aucun mouvement ne vint troubler la paix séculaire de la Combe de Malemort. Seules quelques écharpes de brume flottaient mollement à mi-hauteur, comme de pâles fantômes suspendus entre ciel et terre. L'assassin essuya la lame sanglante de son couteau aux vêtements de sa victime, se fraya un chemin à travers le bosquet de houx qui dissimulait le passage, puis entreprit sa lente descente dans les entrailles de la terre.

Le souterrain sentait l'humus et le soufre. Contraint de s'y diriger à tâtons, le Défeurreur longeait la paroi suintante en retenant le plus possible sa respiration. Familier des lieux pour avoir aidé à leur déblaiement quand son maître avait pris possession du domaine, quelques semaines plus tôt, il savait que son cheminement serait assez court. La galerie courait sur environ quatre arpents avant de remonter en pente douce, une fois dépassées les grilles du parc. En dépit de l'atmosphère suffocante, c'était là une épreuve facilement surmontable.

Il venait juste d'avoir cette pensée lorsqu'un envol de chauves-souris en grand nombre, tel un sombre voile de mort, le fit sursauter. Instinctivement, il se plaqua contre la paroi et tira sa dague. Réalisant sa méprise et la cause exacte de son alarme, il grinça des dents. Les chances qu'il sorte indemne de cette aventure n'étaient guère nombreuses, mais si le sort s'avérait malgré tout favorable à son endroit, il serait sans doute temps de songer à se retirer. On ne peut impunément se chauffer trop longtemps aux flammes de l'enfer. En attendant, il avait un fameux compte à solder et rien ne le ferait dévier de son but. Ni les risques, ni la crainte de Dieu ou du diable.

À l'autre extrémité du passage, une échelle permettait d'atteindre une trappe dissimulée sous un tapis. Le Défeurreur repoussa le battant de bois avec force, de façon à vaincre la résistance de l'étoffe. Il se retrouva alors dans un petit cabinet-bibliothèque aux tentures moisies et aux livres abandonnés depuis des lustres aux ravages de l'humidité et à l'avidité des rats. Connaissant les consignes de sécurité et les habitudes de celui qui avait fait de ce manoir désolé son repaire provisoire, l'assassin n'eut aucun mal à gagner le premier étage de l'édifice sans se faire remarquer.

Il pénétra dans une antichambre dont l'aménagement luxueux tranchait avec l'état d'extrême délabrement du reste de la demeure. À son entrée, un froissement de plumes s'éleva dans la pièce et un roucoulement continu lui succéda. L'homme avisa une cage installée sur une petite table de marqueterie. Un pigeon s'agitait dans sa prison dorée, voletant du plancher au perchoir et se heurtant, affolé, aux barreaux. Comme si la présence de l'intrus l'effrayait ou l'indisposait. Celui-ci s'approcha de la cage à pas de loup, ouvrit la porte et tendit la main pour saisir l'oiseau.

— Viens par ici, mon joli, murmura-t-il. Allons, laisse-toi faire.

Quand il parvint enfin à attraper l'oiseau, le Défeurreur lui tordit le cou d'un mouvement rapide et sec, sans savoir qu'il tuait ainsi le messager qui avait transmis sa condamnation à mort. Puis, avec une douceur déconcertante, comme si le petit animal était encore vivant et qu'il s'agissait de ne pas l'éveiller, il le déposa délicatement au fond de la cage.

L'instant d'après, il se dirigeait droit vers la porte qui le séparait encore de sa prochaine victime. L'huis pivota sans un bruit. La nouvelle pièce dans laquelle il entra était une belle chambre éclairée par un feu qui achevait de se consumer dans une cheminée en brique rouge et au manteau de chêne. Les murs étaient couverts d'épaisses tentures tissées de couleurs vives et dépeignant des scènes mythologiques. Le bois du plancher était ciré et, pour lutter contre le froid, on y avait répandu de la bruyère à pleines brassées. Au pied d'un lit à baldaquin dont les rideaux étaient tirés, on avait préféré substituer à la jonchée odorante des peaux d'ours et de loup. Sur le haut dossier d'une cathèdre, de riches habits se trouvaient négligemment entassés, dont une casaque de satin argenté qui reflétait les lueurs mouvantes du foyer.

Une expression de muette satisfaction se peignit sur le visage du Défeurreur. Celui qui l'avait trahi reposait paisiblement sans pouvoir se douter un seul instant que l'homme dont il avait ordonné la mort se dressait à quelques pas de son chevet.

En prenant garde à ne pas faire de bruit, l'assassin dégaina à nouveau sa dague et s'approcha du lit sur la pointe des pieds. Quand il fut tout près, il marqua un temps d'arrêt, affermit son poing autour de l'arme et, avec un rictus mauvais, arracha brutalement le rideau bleu et or… pour constater, à sa grande stupéfaction, que le lit était vide !

Une voix étonnamment calme retentit dans son dos :

— Je doute que tu viennes me border avec semblable hochet, l'ami. Et je brûle d'entendre comment tu comptes justifier ta présence dans ma chambre.

Le Défeurreur se retourna d'un bloc. Son ancien maître, qui n'était rien moins que duc et des plus puissants, se dressait, pieds nus et en chemise, dans une encoignure du mur. Il empoignait une courte épée à main droite, tandis que sa senestre tenait un cordon de velours dont l'autre extrémité disparaissait au plafond.

— Toi ? s'exclama le duc qui, malgré tout son sang-froid, ne parvint pas à masquer sa surprise. Par la malepeste, comment as-tu fait pour arriver jusqu'ici ?

— L'étonnement de Votre Seigneurie est le plus éloquent des aveux, grimaça le Défeurreur sans toutefois esquisser le moindre mouvement.

— Je n'avais pas l'intention de dissimuler quoi que ce soit. Tu les as occis tous les cinq ?

Aussi bizarre que cela puisse paraître compte tenu

des circonstances, le tueur à la tache de vin crut déceler un soupçon d'admiration dans la question. Il haussa les épaules.

— Ce fut un jeu d'enfant. Après tout, ce n'étaient que des hommes de main dépourvus du moindre talent.

— Ce qui est loin d'être ton cas, compléta le duc. Ta réputation n'est décidément pas usurpée.

Le Défeurreur fit la moue.

— C'est au service de Votre Seigneurie que je l'ai pour une bonne part gagnée. Naguère encore, vous lui accordiez crédit sans ressentir nécessité de l'éprouver.

— Il y a de l'amertume dans ta voix, mon bon ami. Et, après tout, je ne peux guère t'en tenir rigueur. Je suppose que tu venais ici pour te venger. Eh bien ! Qu'attends-tu ?

— La question serait déjà réglée si je vous avais trouvé endormi comme je l'espérais. Souffririez-vous d'insomnie ?

— L'oiseau, se contenta de répondre le duc. J'ai le sommeil très léger. Un défaut hérité du temps où j'étais captif dans les geôles royales. Mais tu n'as pas répondu : qu'attends-tu pour assouvir ta vengeance ?

Sourcils froncés, le Défeurreur semblait réfléchir intensément. Un sourire désabusé finit par lui venir aux lèvres.

— Tant plus je vous regarde, monseigneur, tant plus je me dis qu'une seule secousse de ce cordon suffira à attirer ici une dizaine de gardes dans les minutes qui suivront.

— Disons plutôt une vingtaine dans la minute, rectifia le duc. Mais je suppose que tu savais à quoi t'attendre en pénétrant céans. Ce n'est donc pas la perspective de mourir qui retient présentement ton bras.

— Disons que je suis curieux de nature. Pourquoi m'avoir fait tendre ce traquenard en forêt ?

— On m'avait persuadé que c'était là une précaution nécessaire. À cause de cette tache de naissance que tu portes au cou et dont la description a été transmise à tous les gardes de la prévôté. À bien considérer la chose et compte tenu du genre d'exploit dont tu es capable, je commence à croire que l'on m'avait fort mal conseillé. Un homme de ta trempe et de ton habileté peut me rendre encore d'insignes services. Que dirais-tu si je t'offrais la possibilité de rentrer à Amboise pour prendre ta revanche sur l'homme à qui tu dois d'être ainsi traqué ? Ce chevalier qui se pique de jouer les lieutenants criminels et que tu as laissé échapper une première fois au manoir du Cloux…

Ce rappel de son récent échec assombrit le Défeurreur.

— Quelle garantie ai-je qu'une fois la tâche accomplie vous ne chercherez pas de nouveau à vous débarrasser de moi ?

— Tu as ma parole. Si tu réussis, j'oublierai ta présence cette nuit dans ma chambre, et toi, tu pourras effacer de ta mémoire cette malencontreuse affaire de la chapelle. J'ajoute que la bourse sera bien ferrée, car je sais que rien ne vaut l'or pour effacer les mauvais souvenirs.

Ayant parlé, le duc, convaincu d'avoir usé des bons arguments, lâcha le cordon de velours, puis s'en écarta ostensiblement pour venir déposer son épée sur un tabouret de cuir.

Le Défeurreur suivit ses mouvements avec une apparente impassibilité. Son œil de professionnel jaugeait en fait la distance qui le séparait de l'homme en chemise. S'il le souhaitait, en deux bonds, il pouvait être sur lui et le transpercer de part en part. L'autre n'aurait jamais le temps d'atteindre à nouveau le cordon. Même s'il parvenait à pousser un dernier cri, ses chances à lui étaient à présent bien réelles de pouvoir s'en sortir sain et sauf. Il savoura un bref instant le renversement de situation qui lui offrait ainsi à merci l'un des plus hauts personnages du royaume, puis, rengainant lentement sa dague, il sourit aimablement.

— Il n'est point de malentendu qui ne se puisse dissiper entre gens de bonne compagnie, dit-il en s'inclinant. Et ce me sera grand plaisir que de trucider l'homme que Votre Seigneurie a désigné.

28

Dans les geôles d'Amboise

Le lendemain, qui était un mardi, jour de la Saint-Fulbert, ce fut une Ermeline tout affolée qui s'en vint annoncer à Bayard l'arrestation d'Héloïse, mais aussi du père de celle-ci et de Réjane que le lieutenant du prévôt était venu appréhender, le matin même, à la Vipère Couronnée. En usant du nom du chevalier comme d'un sauf-conduit, la brave domestique avait réussi à rejoindre les communs du château. Elle y avait trouvé Bayard attablé devant un solide mangé préparé, avec sa sollicitude habituelle, par l'imposante Éléonore.

La servante des Sanglar était tellement choquée par la tournure dramatique que prenaient les événements qu'elle dut s'y reprendre à trois fois pour parvenir à exposer clairement la situation à Bayard. Aussitôt, ce dernier se mit à la recherche de Commynes. Parmi les rares personnes susceptibles de lui venir en aide et qu'il pouvait solliciter sans délai, seul le grand chambellan disposait de l'autorité suffisante pour s'opposer au lieutenant criminel.

Fort heureusement, l'ancien conseiller de Charles VIII

se trouvait dans ses appartements. Il ne fit aucune difficulté pour recevoir immédiatement le chevalier et écouter ses supplications. Toutefois, sa réaction ne fut pas tout à fait celle qu'espérait Bayard.

— Mon bon ami, dit-il en posant sa main sur l'épaule du chevalier, j'entends bien ce que vous me dites au sujet de cette jeune femme, mais il se trouve que j'ai été prévenu de son enfermement et des lourdes charges qui pèsent contre elle.

— Quelles charges ? s'insurgea Bayard. D'après ce que je sais, elle aurait été arrêtée uniquement parce qu'elle s'est présentée dans ce bordeau que je vous avais enjoint de faire surveiller pour tenter d'y appréhender mon agresseur de l'autre nuit. Or, c'est précisément Héloïse qui m'avait soufflé cette mesure. La chose, reconnaissez-le, serait presque risible si elle n'était pas aussi absurde.

— Mais comment expliquez-vous sa présence, à la nuit tombée, dans un lieu aussi mal famé ?

— Je l'ignore, messire. Cependant, il suffit de le lui demander. Je suis certain qu'elle nous fournira une explication simple qui dissipera tout malentendu.

Commynes hocha la tête. Une ride soucieuse barrait son front et teintait de compassion l'air de digne austérité qui se dégageait habituellement de ses traits. Il semblait sincèrement navré d'avoir à prononcer les paroles qui s'échappaient de ses lèvres comme à contrecœur.

— Je devine à vous entendre que quelque puissant lien d'affection vous attache à cette jeune personne, et cela me chagrine de devoir me faire, à son endroit, le porteur de bien mauvaises nouvelles. À la suite de son arrestation cette nuit par les hommes du prévôt, une fouille en règle de l'apothicairerie de son père a été entreprise. On y a découvert tout un matériel de sorcerie* : des grimoires, des philtres, divers objets utilisables à des fins de devinance. Ces gens-là semblent avoir des pratiques qui sentent fort le fagot.

— Je… je ne comprends pas, articula un Bayard soudain blême. Les Sanglar sont des personnes fort doctes. Le père comme la fille, je peux en témoigner, sont des esprits éclairés. Ils lisent les philosophes, se passionnent pour les idées nouvelles et sont à l'affût des moindres progrès scientifiques. Il est tout simplement impensable qu'ils se livrent à des pratiques occultes.

— Ce n'est malheureusement pas tout, soupira Commynes. On a retrouvé dans la chambre de la fille, caché sous son lit, tout un attirail destiné à préparer enchantements et funestes charnognes*. Il y avait là des sachets contenant des dents humaines, de la fiente de bouc et des poils de loup. Mais le plus compromettant était une poupée de cire portant couronne de fer blanc et le nom du défunt roi inscrit sur la poitrine. Une pointe en bois était enfoncée dans le front, à l'endroit exact où Charles VIII fut frappé. C'est là, vous vous en doutez, une circonstance aggravante. Le lieutenant du prévôt est convaincu d'avoir mis la main sur la créature qui a causé, par ses sombres pouvoirs, la mort du roi.

Bayard sentit une coulée de sueur froide lui ruisseler dans le dos. Son visage suppliant se tendit vers le grand chambellan.

— Vous devez intervenir ! le conjura-t-il. Donner l'ordre de la faire promptement libérer !

— Hélas ! Je ne le puis. Trop d'éléments parlent contre elle. Jacques de Vourier a obtenu de la reine elle-même l'autorisation de soumettre les trois prisonniers à la question.

Une horrible sensation de vertige s'empara du chevalier Bayard. Il lui sembla que le sol se mettait à chanceler sous ses pieds. La vision du corps tourmenté de la belle Héloïse venait de le traverser, instillant un froid mortel jusqu'aux recoins les plus reculés de son âme.

— La question ? Mon Dieu, Héloïse ! Cela ne se peut ! C'est… c'est une effroyable erreur. C'est un coup monté. Mais oui, voyons, cela saute aux yeux ! On a voulu la compromettre pour m'atteindre indirectement. Mais la manœuvre est par trop énorme. Ne comprenez-vous pas que l'on cherche à égarer la justice royale ?

Commynes rentra la tête dans les épaules. Son embarras laissait percer à présent une relative défiance.

— Que voilà grand émoi, chevalier, même si l'on peut comprendre qu'un cœur généreux comme le vôtre se soucie du sort d'une femme dont on m'a vanté par ailleurs les charmes accomplis. Cependant, permettez que je m'interroge. Vous m'aviez confié ne connaître personne à Amboise. Quand avez-vous rencontré cette Héloïse Sanglar ?

— Lors du tournoi de paume. C'est à elle que j'ai offert le trophée du vainqueur.

— Adonc, cela fait quatre jours à peine. N'est-ce point un peu rapide pour prétendre connaître une personne ? Qui plus est du beau sexe. La nature profonde des femmes n'est-elle pas d'être double ? Fol, celui qui s'y fie trop hâtivement !

Bayard, de tout son être, s'insurgeait contre de tels propos. Il protesta :

— Je vous assure qu'Héloïse n'est pas de ces femelles qui virevoltent comme girouette au vent. Je lui sais au contraire une grande pureté d'âme.

Commynes l'apaisa d'un geste de la main et lui adressa un sourire empreint de douceur paternelle.

— Soit ! Je ne demande qu'à vous croire, mon jeune ami. Vous vous portez garant pour cette malheureuse créature et cela me suffit. J'ai pour vos mérites une trop grande considération pour remettre en cause votre jugement. Hélas ! Mon avis, comme le vôtre, n'est que de peu de poids dans la balance. Le lieutenant du prévôt est pire qu'une bête enragée. Pour rien au monde il ne lâcherait une proie quand il a posé ses griffes dessus. Le sang qu'il s'apprête à verser le rend comme fou.

— Ne pouvez-vous intercéder auprès de Sa Majesté la reine en faveur d'Héloïse ? Vous avez toute sa confiance. Elle vous écoutera.

Le grand chambellan esquissa un sourire presque douloureux.

— Mon bon, vous me prêtez plus de pouvoir que je n'en ai réellement. Anne de Bretagne est profondément croyante. L'annonce que la mort de son royal époux pourrait être due à des pratiques magiques et hérétiques lui a causé un véritable traumatisme. Elle exige de connaître la vérité. Par tous les moyens ! Croyez-moi : n'attendez rien de ce côté-là. C'est sans espoir.

Bayard sentit tout le poids de la fatalité s'abattre brutalement sur ses épaules. Son regard sembla flotter un instant dans le vide. Quand il fixa à nouveau les yeux sur son interlocuteur, ce dernier crut y déceler l'humidité d'une douleur à grand-peine contenue.

— Puis-je au moins lui parler ? La visiter dans sa cellule ? Cela, vous ne pouvez me le refuser !

*

Moins d'une heure plus tard, le chevalier emboîtait le pas d'un sombre geôlier aux allures d'ours pyrénéen. Pataud et noir de poil, cet inquiétant plantigrade d'une espèce inédite n'avait guère prononcé plus de deux ou trois mots avant de guider Bayard dans les sous-sols en labyrinthe du château.

Les deux hommes allaient, silencieux, par d'étroits couloirs obscurs que ventilaient des soupiraux pratiqués de place en place dans la muraille rongée par le salpêtre. On n'entendait pas un bruit, hormis le glissement furtif des rats à la base des murs et le tintement de l'imposant trousseau de clés que le gardien portait à la ceinture. Au bout d'un long parcours silencieux, les deux hommes finirent par descendre un escalier à vis et débouchèrent sur un palier éclairé par deux torchères. Les flammes fumeuses dansaient dans un courant d'air froid. Une demi-douzaine de portes munies de judas s'ouvraient de part et d'autre d'un petit corridor en cul-de-sac.

Le geôlier taciturne se dirigea vers l'une d'elles, fit tourner une grosse clé rouillée dans la serrure et repoussa le battant en grommelant d'un air renfrogné :

— Dix minutes. Pas une de plus. J'ai reçu des consignes.

La cellule possédait de fort modestes dimensions, guère plus de deux mètres sur deux. De la paille moisie et grouillant de vermine épandue sur le sol, des murs humides, un mince soupirail situé en hauteur et obstrué par de solides barreaux. Héloïse se tenait assise bien droite sur la planche de chêne qui lui servait de couche, les yeux tournés vers la lumière. Était-ce un effet du contraste entre l'aspect misérable des lieux et son maintien empreint de dignité, Bayard la trouva encore plus belle que lors de leurs précédentes rencontres.

Au bruit de la porte grinçant dans ses gonds, la prisonnière se détourna lentement du soupirail et l'expression de mélancolie qui baignait son visage se mua en un air de farouche défi. Cependant, quand elle vit le chevalier, ses traits marqués par les heures d'insomnie se détendirent et un sourire dévoila ses dents si blanches et si régulières qu'on eût dit une parure de perles.

— Vous ! s'exclama-t-elle en se dressant, toute frémissante. J'avais peur qu'on ne vous ait caché mon emprisonnement. Mais vous voilà enfin ! Mon père doit être rongé par l'inquiétude. Je vous en conjure, il nous faut sans tarder le rassurer.

Bayard sentit son estomac se contracter et il crut qu'un gantelet d'acier lui enserrait le cœur. Il était par trop évident qu'Héloïse ignorait tout de l'arrestation de son père. Pire ! Elle était persuadée qu'il venait la libérer. C'était plus qu'il n'en pouvait supporter, et le peu d'assurance qu'il lui restait depuis son entrevue avec Commynes se dissipa comme fumée en la brise d'automne. Il se sentait misérable, faible, indigne de la confiance aveugle que la jeune femme lui témoignait.

Cette dernière dut percevoir son trouble, car elle se figea. Son bras, qu'elle avait commencé à tendre dans sa direction, retomba contre son flanc.

— À votre triste figure, je vous devine porteur de bien mauvaises nouvelles, dit-elle. Ne me ménagez point et dites ce que vous devez. Je suis assez forte pour tout entendre.

En son for intérieur, Bayard loua une nouvelle fois le caractère bien trempé de cette jeune femme que les épreuves ne parvenaient pas à abattre. Il ne lui restait plus qu'à se montrer à la hauteur du courage de celle dont il était épris. Car, ce matin-là, en dépit des circonstances dramatiques qui présidaient à leur nouvelle rencontre, Pierre Terrail, seigneur de Bayard, devait se rendre à l'évidence. Il aimait Héloïse. Il l'aimait d'un amour simple et profond. Et cependant, craignant pour la vie de celle qui lui inspirait un si merveilleux sentiment, il éprouvait un terrible tumulte en son âme.

D'une voix dont il s'efforça de masquer la fébrilité, il informa la prisonnière des derniers événements : l'arrestation de maître Sanglar et de Réjane, la perquisition menée par le lieutenant du prévôt à la Vipère Couronnée, la découverte du matériel d'envoûtement, les soupçons qui pesaient sur elle au sujet de la mort du roi. La seule chose qu'il passa sous silence fut la décision qui avait été prise de recourir à la torture pour obtenir de rapides aveux. À quoi cela aurait-il servi ? Si pareille horreur devait survenir, Héloïse le découvrirait toujours bien assez tôt !

La jeune femme l'écouta sans l'interrompre. Tout juste un léger frémissement vint-il trahir son émotion lorsqu'elle apprit que son père partageait le même sort qu'elle. Quand Bayard eut achevé, elle se contenta de hocher la tête sans paraître céder à l'affolement qu'on eût pu attendre d'une représentante du sexe soi-disant faible. Puis elle s'adressa au chevalier avec une maîtrise de soi si remarquable qu'elle pouvait presque passer pour du détachement.

— Si je vous ai bien entendu, je ne puis guère compter que sur votre seul dévouement pour prouver mon innocence et celle de mon père.

Bien qu'il ne fût en rien responsable de la situation, Bayard s'en voulut de ne point pouvoir la contredire.

— Je suis prêt à retourner ciel et terre pour vous venir en aide, souffla-t-il en laissant percer sa rage impuissante. Tant que j'aurai un souffle de vie, chère Héloïse, je le mettrai au service de votre cause. Le malheur est que nous disposons de bien peu de temps. Commynes me l'a confirmé ce matin.

— La situation est donc si grave que cela ?

— Je le crains, hélas. Voyons, réfléchissons. Qui peut bien avoir intérêt à vous perdre ?

Un sourire nuancé d'une douce amertume éclaira le visage fatigué de la captive.

— Avant toute chose, mon doux ami, il me faut vous remercier.

— Me remercier ? s'étonna Bayard. Mais de quoi, grand Dieu, quand je me présente à vous tellement démuni que j'en éprouve moi-même si grande honte !

Héloïse eut un geste de la main, comme pour signifier que là n'était pas le plus important.

— Je vous sais gré tout simplement de ne point

m'avoir posé la question que tout autre n'eût pas manqué de formuler à votre place.

— Quelle question ?

— Celle qui aurait consisté à me demander si les objets trouvés dans ma chambre m'appartenaient bel et bien.

Bayard protesta doucement :

— Je puis vous assurer, Héloïse, que pas un seul instant je n'ai douté de vous.

Le sourire de la jeune femme s'accentua.

— Je vous crois, mon doux ami, et c'est pour cette confiance que je vous suis reconnaissante. Mais pour en revenir à votre interrogation sur les raisons d'une telle mascarade, je suppose que le véritable meurtrier peut chercher ainsi à brouiller les pistes. S'il a éventé la surveillance du Coq Hardi, c'est qu'il nous sait sur ses traces.

— Évidemment, c'est la première hypothèse qui vient à l'esprit, fit Bayard en se passant pensivement une main sur le menton. Mais il y a peut-être une autre explication…

— Laquelle ?

— Le lieutenant du prévôt, ce Jacques de Vourier, m'a fait l'effet d'un bien triste sire. Il est tellement marri d'être tenu à l'écart de l'enquête sur le décès de Charles et tellement imbu de ses prérogatives que je le crois capable de fabriquer un coupable à seule fin de se faire bien voir en cour.

— La brutalité avec laquelle ce méchant borgne m'a traitée ne m'incite guère à plaider sa cause, concéda Héloïse. Toutefois, je ne le vois pas ourdir une aussi subtile machination. C'est un être bien trop fruste. En outre, cette nuit, au Coq Hardi, j'ai cru comprendre à certaines paroles qu'il a échangées avec ses hommes qu'ils attendaient ma venue. La personne qui les a renseignés ne peut être que celle-là même qui m'a attirée en ce traquenard en se faisant passer pour vous.

Bayard sursauta.

— Passer pour moi ? Mais de quelle façon ?

En quelques mots, la jeune femme l'informa de la teneur du message qu'elle avait reçu la veille au soir. Une lueur de froide colère s'alluma au fond des prunelles du chevalier.

— Nous en revenons donc à notre mystérieux assassin. Ah ! Si seulement j'avais pu l'affronter à armes égales, la nuit où il s'en prit à moi dans la bibliothèque du Cloux !

— Ne vous en faites point le reproche, mon ami. Avec l'aide de Dieu, qui ne peut point manquer à une juste cause, je gage que l'occasion vous sera offerte de prendre votre revanche. D'ailleurs, j'ai peut-être une piste à vous suggérer…

Le cœur de Bayard fit un bond dans sa poitrinc.

— Une piste ? Est-ce bien vrai ? Mais parlez, parlez donc, ma mie !

— Je ne suis sûre de rien. Cependant la chose m'est revenue cette nuit, tandis que je songeais à cette ténébreuse affaire. La veille de sa mort, j'ai surpris Adelphe dans l'arrière-boutique de l'apothicairerie. Un raclement suspect m'avait alertée. Je suis descendue de ma chambre en silence. Adelphe farfouillait à proximité du grand alambic de cuivre. Sur le coup, j'ai eu la nette impression qu'il était troublé par mon apparition et qu'il avait quelque chose à se reprocher. Puis je me suis dit que je me faisais sans doute des idées. Or, grâce au témoignage de Réjane, nous savons que ce méchant drôle non seulement avait partie liée avec l'assassin, mais aussi qu'il tentait de lui extorquer de l'or. À force de réflexion, j'en suis arrivée à la conclusion qu'il était possible de rapprocher ces deux informations.

— Comment cela ?

— Supposons qu'Adelphe, d'une façon ou d'une autre, ait été dépositaire d'éléments compromettants pour le meurtrier. Il aurait pu être tenté de les dissimuler dans l'atelier de mon père, dont vous avez pu constater de vos propres yeux l'indescriptible désordre. Cela expliquerait la frayeur d'Adelphe quand j'ai failli le surprendre, cette fameuse nuit.

— Adonc, cela pourrait signifier qu'une preuve d'importance se trouve dissimulée dans le local de l'apothicairerie.

— Précisément ! approuva Héloïse. À condition, bien entendu, que l'inconnu qui a disposé là-bas de faux indices dans le but de me compromettre n'ait pas découvert la cachette et fait main basse sur le secret d'Adelphe.

— La seule façon de s'en assurer, enchaîna un Bayard exalté par la perspective de pouvoir concrètement œuvrer à la délivrance d'Héloïse, c'est de se rendre sans délai sur place.

À cet instant précis, un pas lourd se fit entendre derrière la porte. Une clé grinça dans la serrure. Bayard se rapprocha de la jeune femme et réunit les deux mains de celle-ci entre ses paumes. Il se pencha vers son oreille et murmura avec ferveur :

— Je promets de vous arracher bientôt à cet affreux cachot. Ayez confiance, Héloïse. La vérité finira par triompher.

Comme la porte pivotait pour laisser le passage à son geôlier, la jeune femme tourna vivement la tête et effleura de ses lèvres celles de son compagnon.

— Je m'en remets tout à vous, lui glissa-t-elle dans un souffle.

29

Le géant de cuivre

Dissimulé derrière l'encoignure d'une façade de la rue de l'Herberie, Bayard examinait le petit groupe de soldats qui montaient la garde devant la Vipère Couronnée. Il y avait là cinq hommes casqués, lance au poing, et même, pour l'un d'entre eux, arquebuse sur l'épaule. Un sergent, un peu à l'écart, faisait son important en bombant le torse et en paradant, la main sur le pommeau de son épée. Avec force gesticulations et rodomontades, il obligeait les rares badauds à passer au large. Devant un tel comité d'accueil, il ne fallait point espérer pénétrer dans l'apothicairerie par la voie ordinaire.

Bayard se remémora sa première visite en compagnie d'Héloïse. La boutique possédait une cour intérieure ainsi qu'un jardinet de simples, situés tous deux sur l'arrière et clos de murs. A priori, il devait être possible de les atteindre discrètement en passant par une propriété contiguë.

L'air détaché, le chevalier quitta sa cachette et descendit la ruelle d'un pas de flâneur. Quand il parvint à sa hauteur, le sergent lui accorda un regard peu amène, mais, impressionné sans doute par la taille et la prestance de Bayard, il n'osa pas user avec lui de ses manières cavalières. Trois maisons plus loin, un porche ouvrait sur l'atelier en plein air d'un tonnelier. L'artisan était occupé à cercler une barrique et il ne vit pas Bayard se faufiler entre un empilement de fûts prêts à être expédiés et le muret de la demeure voisine. Profitant de sa haute taille, le chevalier s'élança et franchit l'obstacle sans la moindre difficulté.

Il se retrouva dans une courette pavée qui servait visiblement de dépotoir à un marchand d'épices. Des tas d'immondices, constitués de fruits avariés et de substances pâteuses dont l'état de moisissure avancé défiait toute velléité d'identification, gisaient un peu partout et semblaient faire les délices de tous les rongeurs des environs. Une compagnie de rats s'y ébattait en effet avec l'insolente tranquillité de qui jouit de son bien en légitime propriétaire, et l'irruption de Bayard ne suffit pas à les distraire de leur festin. Pour couronner le tout, une violente odeur d'urine s'élevait des pavés gras et humides.

Le chevalier se boucha les narines et traversa le cloaque en courant. Le mur suivant était plus haut et il dut se servit de sa dague pour prendre appui entre deux pierres disjointes. Perché au faîte du parapet, il eut la confirmation que, passé le jardin apparemment désert de la demeure suivante, il rejoindrait, comme espéré, la cour intérieure de la Vipère Couronnée.

Avant de se laisser glisser au bas du dernier mur, il demeura plusieurs minutes aux aguets afin de s'assurer qu'aucun soldat ne surveillait les arrières du bâtiment. Ayant acquis la certitude que la voie était libre, il gagna prestement la porte donnant sur l'arrière-boutique, en priant Dieu que celle-ci ne fût pas verrouillée, car il lui semblait impossible d'en forcer la serrure sans attirer l'attention. Heureusement, l'huis céda à sa première sollicitation.

Face à lui, un escalier de bois menait au premier étage. Sur sa gauche s'ouvrait l'arrière-boutique, dans laquelle l'amoncellement d'ustensiles pharmaceutiques et de flacons, qui l'avait tant impressionné lors de sa première visite, offrait le navrant spectacle d'un saccage en règle. Tout était renversé, brisé, disloqué. Le sol et les murs étaient couverts de larges traînées de pommades ou d'onguents. Des taches aux couleurs criardes maculaient les vitres en papier ciré des deux étroites lucarnes, et les rayons du soleil qui passaient au travers conféraient à ce capharnaüm l'aspect d'un vitrail diabolique. On eût dit l'œuvre d'un fou hanté par d'improbables visions apocalyptiques.

En pestant contre la brutalité aveugle des hommes du lieutenant criminel, Bayard se dirigea droit vers l'imposant alambic de cuivre. De tous les instruments de la pièce, c'était le seul à avoir été épargné par la soldatesque. Sans doute parce qu'il était trop pesant pour être aisément manipulé.

Le chevalier commença par examiner le foyer de la chaudière, le raccordement du chapiteau et le contenu du condenseur, sans rien découvrir de particulier. Dans un coin, à proximité immédiate, du charbon de bois était entreposé dans un sac de jute. Bayard en renversa le contenu sur le sol et entreprit de retourner chaque morceau… en vain.

Se redressant, le cerveau en ébullition à la pensée que chaque minute perdue pouvait condamner Héloïse aux plus affreux tourments, il se remémora les confidences de la jeune femme. Elle lui avait dit avoir surpris Adelphe à proximité de l'alambic, mais elle avait parlé aussi d'une sorte de raclement prolongé. Le compagnon apothicaire avait-il déplacé le lourd appareil ? Et, en ce cas, comment s'y était-il pris ?

Afin de confirmer sa première impression, à savoir que l'alambic était trop massif pour être ébranlé par un seul homme, Bayard s'arc-bouta et pesa de toutes ses forces contre la paroi de cuivre. L'appareil ne bougea pas d'un pouce.

— Que la malepeste m'emporte si ce gringalet d'Adelphe a pu réussir à bouger ce monstre de cuivre ! souffla-t-il d'une voix étouffée.

Les mains sur les hanches, il recula de trois pas pour avoir une vue d'ensemble de cette partie de la pièce. L'appareil de distillation était placé contre une paroi en torchis. À proximité, sur la gauche, une étagère à moitié arrachée avait déversé sur le sol une douzaine de pots en grès. Parmi les fragments et les substances médicinales, mêlés en une infâme bouillie, il était impossible de distinguer le moindre objet intéressant. Bayard se dit que sa tâche était d'autant plus ardue qu'il n'avait aucune idée de la nature exacte de ce qu'il recherchait. Il se força néanmoins à réfléchir posément. D'après ce que lui avait confié Commynes, la plupart des objets compromettants avaient été trouvés dans la chambre d'Héloïse. Mais quelques-uns, notamment les philtres et les grimoires, provenaient de l'apothicairerie. Cela signifiait que cette dernière n'avait pas été seulement saccagée mais aussi fouillée de fond en comble. Donc de deux choses l'une : ou bien la cachette imaginée par Adelphe était difficilement accessible ou bien la chose qu'il y avait dissimulée pouvait facilement passer inaperçue à des regards non avertis. Dans la deuxième hypothèse, cela signifiait que celle-ci pouvait se trouver à peu près n'importe où, égarée dans l'incroyable fatras de la pièce.

Poussant un soupir où l'irritation le disputait à l'impatience, il tomba à genoux et se résolut à plonger les mains à l'aveugle sous l'épaisse couche d'onguents qui recouvrait le sol, au pied de l'alambic, là où les pots médicinaux de l'étagère étaient venus se briser. Après tout, les cachettes les plus évidentes ne sont pas toujours les moins bonnes. Et que pouvait-il y avoir de plus anodin dans un local d'apothicairerie qu'un pot à remède ? Les soldats avaient dû briser ceux-là presque machinalement, sans même y prendre garde. Qui sait ? Avec un peu de chance, le secret d'Adelphe gisait là, à portée de main. Il suffisait de se baisser pour le ramasser.

L'idée n'était pas si mauvaise, mais, au bout de longues minutes de recherches infructueuses, Bayard commençait à se demander s'il n'était pas en train de perdre un temps précieux. Il allait même renoncer quand le bout de ses doigts effleura quelque chose d'inattendu. Fébrilement, il nettoya les carreaux de terre cuite du revers de la main, les débarrassant de leurs coulées de pommade, et faillit pousser un cri de joie.

La révélation s'inscrivait à même les dalles du sol. Et Bayard sut immédiatement comment un moustique insignifiant avait pu ébranler un géant de cuivre.

30

La chambre des tourments

Après le départ de Bayard, la malheureuse Héloïse passa l'heure qui suivit à se tourmenter au sujet de son père. Ne sachant rien des circonstances de la disparition nocturne de sa fille, ce dernier devait se faire un sang d'encre, et sa propre arrestation, dans des circonstances aussi dramatiques qu'incompréhensibles, avait probablement porté son angoisse à son paroxysme. De santé fragile, le pauvre homme risquait de ne pas supporter longtemps pareille épreuve. Consciente de tout cela, la jeune femme regrettait de ne pas avoir insisté auprès du chevalier pour que celui-ci rassurât maître Sanglar.

Elle rageait d'être ainsi réduite à se morfondre dans sa cellule, sans rien pouvoir tenter pour hâter sa délivrance, quand le pas lourd de son geôlier résonna derrière la porte.

L'homme au physique ingrat s'encadra dans l'ouverture et contempla un instant sa prisonnière sans rien dire. Son visage grossier, empreint d'une bestialité obtuse, ne laissait rien deviner de ses intentions, mais ses yeux noirs, profondément enfoncés, semblaient briller d'une lueur de convoitise. Sur la défensive, Héloïse mit cependant un point d'honneur à masquer ses craintes.

— Que voulez-vous ? demanda-t-elle crânement. Ne peut-on au moins me laisser tranquille à défaut de me rendre la liberté ?

Sans répondre, le gardien marcha sur la captive et agrippa sans ménagement le col de sa robe. Il tira d'un coup sec. Le tissu se déchira, dévoilant la blancheur de la gorge.

— Déshabillez-vous ! gronda-t-il d'une voix sourde. Et sans délayer !

Devant une telle sauvagerie, la jeune femme crut quelle allait devoir lutter pour tenter de préserver sa vertu. Cependant, il n'en fut rien. L'homme lâcha prise, recula de quelques pas et lança au visage de la prisonnière une pièce d'étoffe qui se révéla être une méchante tunique de toile bise. L'instant d'après, faisant preuve d'une délicatesse surprenante chez un être apparemment aussi fruste, le geôlier se retira derrière la porte demeurée ouverte afin de lui permettre de se changer sans heurter sa pudeur.

Quelque peu déconcertée par ces égards inattendus, Héloïse profita de l'aubaine, se dévêtit à la hâte et enfila la longue chemise. Elle ne put retenir un frisson désagréable lorsque le tissu rêche entra en contact avec sa peau nue.

Au mouvement qu'elle fit pour rassembler ses habits épars, le gardien réapparut. Ses lèvres se retroussèrent en un rictus carnassier où se mêlaient à parts égales la concupiscence et une sorte de respect ambigu.

— Laissez cela ! grogna-t-il en désignant le tas de

vêtements. Vous n'en aurez plus l'utilité. Et suivez-moi. On vous attend.

Il lui entrava les mains derrière le dos à l'aide d'une cordelette de chanvre et la poussa devant lui tout au long d'une succession de couloirs obscurs. Ils parvinrent ainsi en silence devant une porte basse aux imposantes ferrures qui pivota sans un bruit à la première poussée du geôlier. Celui-ci s'effaça pour laisser passer la jeune femme.

Elle se retrouva sur une étroite plate-forme dominant une salle basse, mal éclairée par des chandelles à capuchon. Un remugle de chair grillée, pareil à celui que l'on peut humer dans la forge d'un maréchal-ferrant, la prit à la gorge. L'air humide montant de la rivière pénétrait par d'étroits soupiraux dont les solides barreaux interdisaient tout espoir de fuite. Héloïse scruta la pénombre… Un frisson parcourut son corps que le grossier tissu de la tunique protégeait mal du froid ambiant. Une main rude la poussa dans le dos. Comme une somnambule, elle descendit lentement un escalier de pierre. Les degrés inégaux étaient couverts de lichen et la jeune femme, face à l'impossibilité dans laquelle elle se trouvait de se retenir à la paroi en raison de ses mains liées en arrière, appréhendait de perdre l'équilibre et de se rompre les os sur le sol de pierre.

À mesure qu'elle approchait des dernières marches, le décor émergeait de la pénombre. Sur les murailles, des instruments de tourment luisaient à la lueur des torches. Chaînes, carcans, poulies, garrots et cordages encombraient le passage entre deux piliers maculés de traînées brunâtres dont la nature n'était que trop évidente.

Tenailles, barres de fer et braseros éteints achevaient de conférer à l'endroit une apparence des plus sinistres. Héloïse sentit l'angoisse lui nouer la gorge, mais elle s'efforça de conserver une impassibilité de façade. Elle ne put s'empêcher toutefois de frémir lorsque ses pieds nus touchèrent les dalles glacées de la salle de torture. Relevant les yeux, elle découvrit, au centre de la pièce, deux hommes qui se tenaient debout de part et d'autre d'un siège de bois fort bas qu'elle identifia aussitôt comme une sellette*. Le premier, tout de noir vêtu, avec le nez tombant, la bouche grimaçante et les yeux torves, était d'une laideur à la fois repoussante et satanique. Il portait à la ceinture un fouet à lanière de cuir. Le second présentait une face si blême et si inexpressive qu'on eût dit un masque de carton. Comme son compagnon, il tenait les mains croisées devant son ventre et observait une immobilité de statue. Assis derrière une table dressée sur une estrade, un peu à l'écart, un troisième personnage installait devant lui une écritoire et s'affairait à vérifier la pointe de plusieurs plumes d'oie. Chauve, d'apparence frêle et maladive, il mettait à sa tâche une application maniaque qui lui faisait tirer le bout de la langue. Étrangement, plus que la rigidité hostile des deux premiers hommes, ce furent l'activité besogneuse du chétif tabellion et son indifférence à sa présence qui figèrent le sang de la jeune femme dans ses veines.

Au même instant, une voix cinglante s'éleva :

— Approche donc, drôlesse ! Que l'on juge un peu de ta mine à la lumière des flambeaux !

Amplifiées par la voûte de la salle et ses nombreuses archères, les paroles parurent venir de nulle part et de partout à la fois. Pourtant, Héloïse était certaine que pas un seul des trois occupants de la pièce n'avait desserré les lèvres. Mécaniquement, elle obéit néanmoins à l'injonction et avança de quelques pas en direction de la sellette et des deux hommes qui ne semblaient là que pour en assurer la garde.

Elle se demandait encore qui avait pu s'adresser à elle quand une silhouette se détacha d'un pilier plongé dans la pénombre et pénétra lentement dans la lumière des chandelles. Elle reconnut aussitôt le borgne qui commandait aux soldats lors de son arrestation. Oubliant ses craintes, elle ne put réfréner une protestation véhémente :

— Encore vous ! J'exige d'être interrogée par un juge du Parlement ! Et aussi de savoir ce que l'on reproche à mon père, dont la réputation d'honnêteté est connue de tout Amboise !

Le lieutenant du prévôt grimaça un semblant de sourire.

— J'espérais qu'une nuit au cachot t'aurait conduite à davantage de docilité, mais je constate qu'il n'en est rien. C'est chose navrante car nous comptons, ce jour, sur ta pleine et entière coopération. Il y va de ton intérêt, crois-moi.

Héloïse se mordit les lèvres et demanda sur un ton plus conciliant :

— Qu'attendez-vous de moi ?

— Héloïse Sanglar, reprit Jacques de Vourier avec une certaine solennité, les objets trouvés dans ta chambre, sous le toit paternel, suffisent à démontrer que tu te livres à d'obscures pratiques de sorcerie. Nous sommes ici pour entendre de ta bouche confirmation de la chose. Le scribe royal que voilà enregistrera ta confession en vue de ton futur procès.

Héloïse tourna la tête un bref instant. Derrière sa table, le petit greffier avait déroulé plusieurs feuilles de papier et attendait, une plume suspendue au bout des doigts. Haussant les épaules, la jeune femme ramena ses yeux sur le lieutenant du prévôt.

— Je crains fort que son encre ne finisse par se dessécher en son écritoire.

— Que veux-tu dire ? demanda l'officier avec un froncement de sourcils.

— Que transcrire mes propos ne lui coûtera pas grand effort. N'ayant commis aucune faute, je vois mal en effet ce qu'il me faudrait avouer. J'ajoute que vous remplissez bien mal votre office si vous vous contentez d'accuser les gens sur de fausses preuves fabriquées pour les mieux perdre. Il vous suffirait pourtant d'interroger les personnes les plus respectables de la cité pour que mon père et moi soyons aussitôt lavés de toute accusation.

Jacques de Vourier fut frappé par le regard de la prisonnière, intense, brûlant, qui venait le fouiller jusqu'au fond de l'âme. La jeune femme n'était pas seulement très belle, elle exprimait aussi une force singulière, la fierté d'un sang rebelle et indomptable. L'officier ne put s'empêcher de songer à cette cavale rétive avec laquelle il avait dû lutter pendant près de trois jours avant de parvenir à en faire une monture soumise et disciplinée, sa pouliche préférée.

Il fit une nouvelle tentative :

— Tu as tort de t'obstiner dans la dénégation. Cela

ne te mènera nulle part. Allons, sois raisonnable ! Acceptes-tu, oui ou non, de reconnaître les faits ?

Héloïse ferma à demi les paupières pour ne plus voir les instruments de tourment qui l'entouraient. Elle s'efforça de penser à Bayard en qui elle avait toute confiance et qui lui avait promis de la libérer. Un sourire fugace passa sur ses lèvres, tandis que, sans même en avoir conscience, son menton se relevait avec arrogance.

— Encore faudrait-il que l'on daignât me dire de quels crimes je suis précisément accusée.

— Tu es convaincue d'avoir eu commerce avec les démons et de tirer tes sombres talents des fées et autres génies souterrains.

— Mensonge.

— Nies-tu avoir connaissance des plantes qui entrent dans la composition de certains philtres et élixirs propres à te donner empire sur les éléments et sur les êtres ?

— J'ai usance du secret des herbes qui guérissent. Mais il n'y a là nul mystère de nécromancie. C'est seulement sapience qui se peut acquérir en étudiant tous les bons traités de médecine et qui nous vient des plus doctes esprits du monde antique : Hippocrate, Celse ou Galien.

Jacques de Vourier hocha la tête avec fatalisme.

— Comme tu voudras, dit-il en poussant un long soupir. À vrai dire, je m'attendais à pareille résistance et, même, je préfère cela. Infliger des souffrances inutiles m'a toujours paru absurde. Or, j'ai reçu ordre de te remettre aux mains du tourmenteur pour que te soit appliquée la question ordinaire. Sache que Lestrape est une sorte de prince dans son domaine. Il excelle dans l'art de délier les langues. Sous ses mains expertes, les mémoires les plus engourdies retrouvent une acuité tout à fait surprenante. Les aveux coulent comme l'eau vive des torrents. Les pires canailles n'ont aucun secret pour lui. Il est sans haine et sans passion, mais sait admirablement travailler les points sensibles par lesquels la douleur fait chanceler l'âme.

Sur ces mots, le lieutenant du prévôt adressa un geste impérieux à l'homme vêtu de noir. Celui-ci s'approcha d'Héloïse, l'attrapa par les bras et la conduisit vers deux pilastres auxquels étaient scellés des anneaux de fer. Une épaisse litière de paille était installée à proximité immédiate. Sans un mot, l'homme entreprit d'attacher les poignets de la jeune femme à deux anneaux, distants l'un de l'autre, derrière son dos, puis les deux pieds à deux autres anneaux qui tenaient à l'autre pilier devant elle. Quand ce fut fait, aidé du geôlier au faciès de brute, il entreprit de tendre toutes les cordes avec force et, lorsque le corps d'Héloïse commença à ne plus pouvoir s'étirer, il lui glissa un petit tréteau sous les reins.

Le lieutenant du prévôt choisit cet instant pour s'approcher à nouveau d'elle. Le col de la tunique profondément ouvert laissait voir deux seins lourds, à la peau satinée, deux globes laiteux et presque trop volumineux pour la minceur du buste, si bien qu'entraînés par leur poids, ils s'écartaient doucement vers les aisselles, élargissant davantage l'échancrure du tissu. Un peu de sueur perlait sur son front et lui donnait un velouté brillant. Sa beauté farouche était encore accentuée par l'épaisse chevelure aux reflets cuivrés qui s'épandait librement, tel un rideau de flammes, sous sa tête renversée en arrière. Jacques de Vourier se surprit à songer que jamais encore il n'avait contemplé une prisonnière à la beauté plus vénéneuse. Héloïse était jeune, voluptueuse, intelligente et avait en elle cette énergie farouche qui manquait d'ordinaire aux représentantes de son sexe. Aux yeux fanatiques du lieutenant criminel, cela démontrait, mieux que tous les aveux, sa diablerie et son entière dévotion aux forces du mal.

— Une dernière fois, dit-il, reconnais-tu que les objets trouvés à la Vipère Couronnée t'appartiennent et servent à ton ministère occulte ?

D'une voix quelque peu étranglée du fait de sa position malcommode, la jeune femme lui répondit sans marquer la moindre hésitation :

— De toutes mes forces, je le conteste.

Une lueur cruelle s'alluma au fond des prunelles de l'officier qui céda sa place au tourmenteur. Celui-ci souleva la tête d'Héloïse, lui serra le nez et, au moment où elle ouvrait la bouche pour respirer, y introduisit le bout d'une corne sciée à sa plus petite extrémité. Puis, dans cette corne formant entonnoir, il versa lentement un pot coquemart d'eau[1]. La jeune femme, qui n'avait rien bu depuis son arrestation, la veille au soir, accueillit avec avidité les premières gorgées. Mais, très vite, l'estomac gonflé à se rompre, elle fut assaillie par une douleur suffocante. Un spasme nauséeux lui fit rejeter la tête encore plus en arrière. Elle chercha en vain à recracher la corne que l'homme en noir maintenait d'une main ferme au fond de sa gorge. Enfin, le ruissellement se tarit, la corne glissa hors de sa bouche.

Jacques de Vourier se pencha sur elle :

---

1. Environ deux litres d'eau.

— De qui tiens-tu la recette pour confectionner des effigies de cire ?

— De personne.

Crissement de la plume sur le papier.

— Quelle partie du corps de tes victimes as-tu l'habitude d'y enfermer pour sceller l'envoûtement ?

— Folies ! J'ignore tout de telles pratiques !

Le tourmenteur fut de retour à ses côtés. La corne força sans ménagement le barrage de ses mâchoires, écorchant ses lèvres au passage… De nouveau, l'eau se déversa au fond de sa gorge, l'emplissant comme une outre. Elle sentit son ventre se distendre sous l'afflux du liquide. Un élancement affreux la traversait de part en part. Elle aurait voulu pouvoir bouger, se tortiller pour échapper à la douleur aiguë, mais les cordes ne lui laissaient pas la plus petite liberté de mouvement. Elle étouffait. L'affolement la gagnait.

La voix du lieutenant criminel lui parvint cette fois de très loin. À travers un brouillard rouge qui commençait à obscurcir son champ de vision.

— Pour le compte de qui as-tu jeté un sort mortel à notre défunt roi ? Qui sont tes complices ?

— Je ne sais rien.

Comme dans une sarabande au ralenti, les mêmes gestes se succédèrent une nouvelle fois. L'homme en noir, la corne, le liquide s'écoulant en un flot lent, inexorable. Une pulsation douloureuse déchira ses intestins tendus à se rompre. Ses reins lui semblaient peser comme deux poids morts dans son dos. L'eau refoulait à présent dans sa gorge et l'empêchait de respirer. La peur de périr étouffée lui vrilla le cerveau.

— Qui t'a procuré les effets personnels du roi nécessaires à ton funeste sortilège ?

— Rien… je… je n'ai rien fait de ce que vous dites.

Jacques de Vourier fut impressionné par les yeux hallucinés d'Héloïse qui fixaient les voûtes de la salle et semblaient ne plus le voir. Il fit signe à l'individu au visage livide, qui n'avait pas encore bougé, de prêter son concours au bon déroulement du supplice. L'homme, qui était chirurgien, posa les extrémités de son index et de son majeur sur le poignet d'Héloïse. Le pouls était filant mais encore perceptible. D'un simple signe de tête, il confirma qu'on pouvait mener la question à son terme. Le lieutenant criminel fit la moue. Il eût préféré en rester là. Car la vision du visage d'Héloïse déformé par la douleur le troublait plus qu'il ne l'eût cru possible. À présent, il lui tardait presque que tout fût achevé.

Une dernière fois, la pointe effilée de la corne força les lèvres tuméfiées de la jeune femme. Le dénommé Lestrape entreprit d'y verser un quatrième pot coquemart de liquide. La sensation de tiraillement atteignit alors une sorte de paroxysme et le corps d'Héloïse fut pris de tremblements. Un éblouissement foudroyant la pourfendit.

Quand on la détacha, la jeune femme roula sur la litière de paille, se vidant par tous ses orifices. Elle eut le temps, avant que tout eût basculé et se fût obscurci autour d'elle, d'entrevoir, entre deux vagues de douleur, le visage d'un homme aux cheveux gris qui se penchait à sa rencontre.

31

Un prêté pour un rendu

Deux sillons couraient, parallèles, sur les carreaux en terre cuite de l'arrière-boutique. Leur écartement correspondait exactement à la largeur du socle de bois qui supportait l'alambic. Bayard se redressa et s'approcha de l'imposant appareil. Il examina la base de celui-ci et ne tarda pas à trouver ce qu'il cherchait. Dans le coin inférieur gauche, une pédale en bois faisait saillie. Certain d'avoir deviné juste, le chevalier posa le pied dessus et pesa de toute sa masse. Un astucieux système de contrepoids et de crémaillère permit à l'alambic de se retrouver en équilibre sur quatre roulettes de métal apparues aux quatre extrémités du support en bois. Déplacer l'ensemble en poussant dans la direction des rainures du sol devenait désormais un jeu d'enfant.

Quel ingénieux système, songea Bayard qui adressa en pensée ses sincères compliments à l'esprit inventif de maître Sanglar.

Une fois repoussé l'alambic, le chevalier se mit en devoir d'examiner le pan de mur ainsi dégagé. Il ne tarda pas à repérer un moellon dont les joints de maçonnerie ne semblaient pas tout à fait intacts. Se servant de sa dague comme levier, il ne lui fallut pas plus d'une minute pour déloger la pierre et mettre au jour une petite cache dans l'épaisseur du mur. À tâtons, il en retira une bourse remplie d'écus d'or et un bloc de cire qui se révéla renfermer en creux l'empreinte complexe d'une clé.

« Voilà donc le fameux secret de ce coquin d'Adelphe ! Si mon intuition ne me trompe pas, je gage que cette clé ouvre la porte du cabinet royal et qu'elle livra passage au meurtrier. Ce qui reste à découvrir, c'est comment un simple garçon apothicaire a pu s'en procurer un moulage. »

Sans s'attarder à cette nouvelle énigme, Bayard glissa la bourse et le moulage sous son pourpoint et quitta la Vipère Couronnée par la porte de derrière. Il s'apprêtait à escalader le mur de la propriété voisine quand un cri d'alarme s'éleva dans son dos. Se retournant d'un bloc, il aperçut le sergent qui commandait le piquet de garde en train de se ruer à travers le couloir de l'apothicairerie, bientôt suivi par plusieurs de ses hommes. Bayard maudit la coupable légèreté qui lui avait fait omettre de refermer la porte derrière lui. Le chef des gardes était sûrement entré dans la maison pour soulager un besoin naturel, voire pour faire main basse sur tout objet monnayable qu'il pourrait y trouver, et il n'avait pas manqué d'apercevoir le chevalier par la porte demeurée grande ouverte sur la cour.

Conscient qu'il ne pouvait perdre un temps précieux à tenter d'expliquer sa présence en ces lieux, le chevalier résolut de s'en remettre à son agilité pour assurer son salut. Tandis que les cris et l'écho de la cavalcade s'amplifiaient dans son dos, il prit son élan et franchit le mur d'un seul bond. Au moment où il basculait de l'autre côté, la pointe d'une pique vint effleurer sa cuisse gauche, déchirant son haut-de-chausses.

Tout en se rétablissant à terre avec la souplesse d'un chat, il poussa un soupir de soulagement : le coup n'était pas passé loin. Cela aurait été grande pitié que de finir embroché par cette piétaille vociférante !

Il n'était, pour autant, pas encore tiré d'affaire. S'il ne voulait pas être capturé, il allait devoir s'en remettre à sa vélocité. Sans perdre davantage de temps, il traversa à grandes enjambées le jardin de la demeure voisine, puis la courette du marchand d'épices et, sans reprendre souffle, escalada la dernière enceinte qui le séparait de l'atelier en plein air du tonnelier.

L'artisan, qui avait achevé son ouvrage, se reposait sur un petit banc, à l'ombre du muret. Il s'en fallut de bien peu que Bayard ne lui atterrisse sur le crâne. L'homme écarquilla des yeux stupéfaits en voyant ce démon échevelé qui semblait tout droit craché par les nuées infernales. Sans lui laisser le temps de reprendre ses esprits, Bayard se précipita sous le porche et gagna la rue. Du côté de l'apothicairerie, deux soldats rappliquaient ventre à terre, la lance pointée en avant. Le chevalier s'élança dans la direction opposée. La perspective de porter peut-être, serré contre son cœur, le salut d'Héloïse lui fit oublier le feu qui dévorait ses poumons. Il parvint à conserver suffisamment d'avance pour se fondre dans la foule qui se massait sur le parvis de l'église toute proche afin d'entendre une nouvelle messe en mémoire du monarque défunt.

Une demi-heure plus tard, débraillé et en sueur,

Bayard traversait la galerie Hacquelebac et s'arrêtait à la porte du cabinet de travail de Charles VIII. Frémissant d'impatience, il sortit le bloc de cire de sous son pourpoint et se pencha en avant afin de comparer l'empreinte de la clé avec le trou de la serrure. Une terrible désillusion l'attendait. Les deux formes ne correspondaient absolument pas ! Le chevalier, qui n'avait pas envisagé un seul instant cette cruelle hypothèse, s'y prit à deux fois pour vérifier, mais il dut se rendre à l'évidence : la clé dont Adelphe s'était procuré le moulage n'était pas celle du cabinet royal.

Sa déception était à la hauteur des espérances que la découverte du bloc de cire avait suscitées. Certes, son départ précipité de la Vipère Couronnée ne lui avait guère permis d'échafauder de nouvelles hypothèses quant à l'assassinat de Charles VIII, mais il lui semblait assez évident que l'existence d'un double de la clé du cabinet aurait été de nature à pouvoir expliquer, d'une façon ou d'une autre, la mystérieuse disparition de l'assassin. Découvrir comment celui-ci avait procédé, c'était aussi démontrer que la mort du roi ne devait rien à des pratiques occultes et donc dissiper les soupçons pesant sur Héloïse et son père. Hélas ! Cette heureuse perspective venait de s'évanouir en fumée.

De dépit, Bayard se mordit le poing puis asséna un grand coup contre le vantail. Ce n'était pourtant pas le moment de perdre son sang-froid. Pour l'amour d'Héloïse, il devait sans tarder trouver un autre moyen de la disculper. S'efforçant de calmer son bouillant caractère, il prit le temps d'examiner lucidement la situation telle qu'elle se présentait sous son nouveau jour.

Le fruit de ses réflexions ne fut guère enthousiasmant. Force lui était de constater que, depuis deux jours et sa rencontre avec Anne de Bretagne, l'énigme de la mort du roi demeurait toujours aussi impénétrable, mais qu'en plus ses vaines tentatives d'y voir plus clair n'avaient eu pour seule conséquence que de mettre en grand péril la femme qu'il aimait. Comment pouvait-il espérer renverser le sort dans les prochaines heures ? Il avait beau tourner et retourner le problème dans tous les sens, aucune solution évidente ne lui venait à l'esprit. Il restait bien une ultime piste à explorer, mais si ténue qu'il ne nourrissait guère d'illusions quant à ses chances de succès. Toutefois, puisque la vie d'Héloïse était en jeu et que sa parole se trouvait engagée auprès de la reine, il n'avait pas le droit de ne pas tout tenter pour faire triompher la vérité. Et, cette fois, il ferait fi du respect de l'étiquette et des subtilités du jeu diplomatique !

Fort de cette résolution, il s'élança à grandes enjambées à travers couloirs et escaliers, afin de gagner au plus vite l'étage réservé aux hôtes de marque. Il ne lui fallut guère plus de cinq minutes pour se retrouver devant la porte de l'appartement occupé par Giacomo Nutti, l'émissaire secret du duc de Milan. Les cloches venaient de sonner l'office régulier du matin. Les probabilités de trouver l'Italien dans sa chambre à une heure aussi tardive étaient relativement faibles, mais Bayard ne s'arrêta pas à cette considération. Avec une vigueur qui ne s'embarrassait nullement de vaines convenances, il tambourina contre la porte et appela d'une voix forte :

— Ouvrez ! Service de la reine !

Comme on tardait à lui répondre, l'impétueux chevalier manœuvra la poignée et repoussa largement le vantail. Les volets de la petite antichambre étaient hermétiquement clos et des odeurs de vin et de pâté flottaient dans l'air. Les reliefs d'un repas, un flacon entamé et deux verres disaient assez que l'ambassadeur milanais n'avait pas dîné seul la veille au soir. Un archipel de vêtements féminins épars sur la jonchée d'herbes aromatiques trahissait quelque galante compagnie et, surtout, révélait que la conquête de Nutti n'avait toujours pas quitté la place.

Confus de se retrouver, de par sa trop grande fougue, en une si embarrassante situation, Bayard s'apprêtait à battre en retraite lorsque la porte de séparation d'avec la chambre s'ouvrit en grand. Giacomo Nutti s'encadra dans le chambranle, les jambes moulées par un collant de soie bicolore, le torse nu, une pelisse en peau de loup jetée négligemment sur ses épaules. Son visage aux traits courroucés s'adoucit quand il reconnut l'intrus :

— Seigneur de Bayard ! Quelle surprise ! Est-ce la nouvelle coutume en France que de venir saluer ses hôtes étrangers au saut du lit ?

Bayard sentit le rouge de la honte empourprer ses joues. Sa gêne était d'autant plus intense qu'il éprouvait le plus grand mal à détacher ses yeux de la silhouette féminine qui, derrière Nutti, s'exposait impudiquement dans l'embrasure de la porte. Allongée sur le lit dont les draps se mêlaient en bataille, c'était une brunette piquante, aux petits seins en forme de poire, qui le dévisageait avec une lueur effrontée dans les yeux, sans paraître se soucier le moins du monde de dissimuler sa nudité à un regard étranger.

Percevant le trouble du chevalier, Nutti eut un sourire complice et s'esclaffa avec une familiarité de corps de garde :

— Chevalier, vous m'avez percé à jour ! Je reconnais ma très grande faute et j'implore votre discrétion. Trop de nobles dames seraient dépitées d'apprendre que je leur suis infidèle. Mais que voulez-vous ? Qu'elles soient d'Italie ou de France, ces petites chambrières sont parfois si aimables que je ne puis résister au plaisir de les foutre !

Cette verdeur de langage déplut au chevalier qui, malgré sa relative inexpérience de ces choses-là, pensait que la possession charnelle d'une femme n'autorisait pas toutes les licences, et surtout pas à se comporter à l'égard de celle-ci comme une armée en pays conquis. Il trouva dans sa réprobation l'afflux de sang nécessaire pour dissiper le malaise qui l'avait pris à son entrée dans l'appartement.

— Messire, dit-il d'un ton tranchant, j'ignore quelles grandes dames pourraient s'abaisser à se préoccuper à ce point de vos exploits nocturnes. Mais je constate qu'en matière de joute amoureuse, vous ne faites pas preuve de beaucoup plus d'élégance qu'au jeu de paume.

Giacomo Nutti fronça les sourcils et, sans un mot ni un regard pour sa jeune et impudique maîtresse, il avança d'un pas dans l'antichambre et ferma la porte dans son dos. Quand il ouvrit les lèvres, les mots sortirent de sa bouche tout enrobés d'une douceur trompeuse :

— Que voilà des paroles bien sévères, mon ami, et dont le sens m'échappe quelque peu ! Me ferez-vous la grâce d'être un peu plus explicite ?

— Mieux que cela ! gronda Bayard que les manières cauteleuses du diplomate insupportaient à la nausée. Je vais vous donner l'occasion de me rendre raison de cet esteuf que vous aviez fait préparer tout exprès à mon intention.

Disant cela, Bayard tira l'épée du fourreau. Une lueur affolée traversa alors le regard de l'Italien.

— Mais enfin, vous n'y pensez pas ! protesta-t-il en agitant les mains, le visage soudain blême. Je ne suis même pas armé !

— La chose ne m'a point échappé mais n'a guère d'importance, car je n'ai nulle intention de croiser le fer avec vous. Du moins pas ce matin. Mon temps est par trop précieux.

Tout en parlant, le chevalier s'était rapproché de l'Italien et, de la pointe de son épée, il s'en alla cueillir la pelisse de celui-ci sur ses épaules et l'envoya voler à l'autre bout de la pièce.

— Vergedieu ! Mais vous avez perdu la tête ! Que voulez-vous à la parfin ?

— Je vous l'ai dit en frappant à votre porte. Service de la reine. Il va vous falloir répondre, en droite heure, à quelques questions.

Voyant s'éloigner la menace d'un duel, Giacomo Nutti fit une tentative pour reprendre l'ascendant sur son jeune vis-à-vis. Croisant les bras sur sa poitrine nue, il afficha un air plein de suffisance et jeta avec mépris :

— Vous n'y pensez pas ! Je suis le représentant du duc de Milan à la cour de France. Et vous n'avez nulle autorité pour me soumettre à quelque interrogatoire que ce soit. Je vous demande donc de vous retirer et vous informe que je me plaindrai à votre protecteur, Philippe de Commynes, de vos étranges manières. Sachez pour votre gouverne que…

Bayard ne le laissa point achever. D'un geste si vif que Nutti ne le vit point distinctement, il dégaina son poignard et trancha la ceinture qui retenait le collant sur les hanches de l'Italien. Celui-ci eut tout le juste le temps de le rattraper à deux mains pour éviter de se trouver cul nu devant son agresseur.

— Il serait bon d'écouter les questions que j'ai à poser sans barguigner plus outre, et d'y répondre prestement. Ma lame brûle de tester la résistance de ces tissus italiens que l'on dit de qualité supérieure à ceux que l'on trouve de par notre beau pays.

— Fol… vous êtes totalement fol !

— La chose est fort possible, et, si cela peut vous rassurer, je m'engage à consulter quelque mire aussitôt qu'il me sera possible. En attendant, mieux vaut pour vous ne point trop me contrester*, car ma patience est des plus limitées. Êtes-vous disposé à me répondre ?

Tremblant de colère mais conscient aussi qu'il n'avait guère le choix, le Milanais opina du chef.

— Fort bien ! J'irai donc droit au but. Je sais de source sûre que vous avez cherché à pénétrer, hier matin, dans les petits appartements royaux. Je veux en savoir la raison.

— On vous aura trompé, chevalier. Ou quelqu'un se sera mépris en croyant me reconnaître. Je vous fais serment qu'à aucun moment je n'ai…

Dans un crissement de tissu déchiré, la lame du poignard, habilement dirigée, venait de fendre en deux la jambe gauche du collant. Bayard compléta son œuvre en arrachant le lambeau de tissu et en l'envoyant rejoindre au loin la peau de loup.

— Mauvaise réponse ! soupira-t-il en secouant la tête d'un air faussement affligé. Je sais que vous vous êtes présenté à l'entrée de la galerie Hacquelebac. Qu'espériez-vous trouver dans les petits appartements ?

Les yeux du diplomate roulèrent dans leurs orbites comme les dés d'un joueur en son cornet. Il semblait à présent véritablement s'interroger sur la santé mentale de son visiteur.

— Il… il me semblait avoir oublié ma bague à cacheter dans le cabinet du roi. J'espérais pouvoir la retrouver sans avoir à déranger quiconque.

— Coquardies* ! Cela, c'est l'excuse que vous avez donnée au garde qui vous a surpris sur place. Moi, je veux connaître la véritable raison. Et je ne saurais trop vous recommander de me la confier promptement.

Nutti n'en menait pas large. Et sa voix n'était plus qu'un mince filet étranglé :

— Écoutez, je… je comprends votre juste courroux, mais je puis vous assurer que chacun de mes actes n'a été dicté que par le souci de consolider l'alliance de nos deux pays. Quant à cet épisode malheureux du jeu de paume, n'y voyez aucunement une affaire personnelle. La victoire n'était pour moi qu'un moyen de m'attirer les bonnes grâces de votre souverain et ainsi de pouvoir plus aisément le convaincre du bien-fondé de mon ambassade auprès de lui.

— Épargnez-moi vos belles leçons de diplomatie ! Le motif de votre présence dans la galerie Hacquelebac ?

Vite, messire ! Mon épée décidément me démange au-delà du supportable !

Giacomo Nutti inclina la tête, définitivement vaincu.

— C'est bon, vous avez gagné puisque la force est de votre côté. Je vais tout vous dire. J'espérais tout simplement pouvoir récupérer certaine lettre secrète écrite par mon maître, Ludovic le More, à l'attention de votre regretté souverain. Je l'avais confiée au grand chambellan à mon arrivée à Amboise. Compte tenu de l'évolution des circonstances, je devais éviter à tout prix que ce document ne tombe entre de mauvaises mains.

— Est-ce là vraiment tout ?

— Mais oui, je vous l'assure ! Avec la mort du roi Charles, cette lettre peut devenir une arme redoutable que d'aucuns seraient trop heureux d'utiliser contre mon maître pour affaiblir sa position dans la péninsule.

Bayard demeura un court instant songeur. Puis il hocha gravement la tête.

— C'est bon, je vous crois. Toutefois, nous ne sommes pas tout à fait quittes. Sachez en effet que je n'oublie jamais un affront, ni surtout ne le pardonne. Tournez-vous et ouvrez cette porte !

Le Milanais s'exécuta avec une docilité empressée. En s'écartant brusquement, le battant découvrit la jeune servante qui avait abandonné sa couche dans le dessein manifeste d'épier ce qui se passait dans la pièce voisine. Impressionnée sans doute par le comportement belliqueux de Bayard, la piquante brunette avait retrouvé toute sa vergonde*. Elle se rejeta en effet en arrière puis se figea sur le double geste de ses bras pour cacher ses seins et sa plus tendre intimité.

Savourant sa vengeance, Bayard arracha d'un mouvement énergique le collant déchiré, dévoilant deux fesses poilues qu'il zébra de la pointe de sa dague, puis il expédia le diplomate dans les bras de sa donzelle d'un adroit coup de pied décoché à hauteur des reins.

— Je te rends ton bellâtre, ma jolie ! lança-t-il avec verve. Mais je doute qu'il ait le goût de folâtrer derechef en ton charmant giron.

Alors, en un salut dont l'ironie n'enlevait rien au charme indéniable, le chevalier s'inclina pour saluer la belle et quitta l'appartement sans plus adresser un regard à sa malheureuse victime.

Tandis qu'il s'éloignait dans le couloir, il songeait que sa visite impromptue s'était avérée bien plus fructueuse qu'il ne l'avait espéré. Non seulement il avait tiré vengeance de la vilenie du Milanais, mais il avait obtenu de celui-ci une information pour le moins troublante… Le seul problème, c'est que pour l'heure il ne voyait absolument pas la manière d'en tirer parti, ni même comment il convenait de l'interpréter.

32

L'estrapade

Lestrape contemplait d'un œil irrité l'homme dont le corps oscillait doucement sous la voûte de la salle basse.

Le supplice avait commencé une heure plus tôt et, bien que ce fichu marchand de potion donnât tous les signes d'un épuisement extrême, il n'avait pas encore réussi à lui soutirer le moindre aveu. L'homme, contrairement à ce que pouvait laisser supposer sa fragile constitution, faisait preuve d'une résistance étonnante. Lestrape, qui avait vu, non sans dépit, lui échapper sa première victime, s'était défoulé sur lui de toute sa frustration. Il n'avait toujours pas digéré en effet l'échec subi avec la jolie fille que le lieutenant du prévôt avait tenu à interroger lui-même. Délaissant sa corne évidée et ses pintes d'eau claire, il avait d'emblée soumis le malheureux au terrible supplice des brodequins*. Mais l'apothicaire s'était laissé broyer les os des jambes sans piper mot.

En exécuteur consciencieux, le questionnaire* ne pouvait se satisfaire d'un nouveau revers. Étienne Sanglar devait confesser non seulement ses propres crimes mais aussi ceux de sa fille. Et pour atteindre ce but, Lestrape était résolu à employer toutes les ressources de son art. Tel semblait être aussi l'avis du greffier royal qui, depuis le départ du lieutenant du prévôt, menait l'interrogatoire avec un rare acharnement.

— Reconnaissez-vous avoir formé votre propre fille aux maléfices et autres pratiques de sorcerie ?

— Jamais.

— Vous mentez ! Vous seul avez pu lui transmettre la connaissance des ouvrages sataniques que l'on a retrouvés en votre apothicairerie ! Persistez-vous à nier cette évidence ?

— Tout cela n'est que fausseté et tromperie.

Le tabellion, dont le visage émacié s'ornait d'un rictus cruel, poussa un soupir de lassitude et adressa un signe de tête à Lestrape. Ce dernier s'approcha alors du mur couvert de mousses verdâtres. Il dénoua l'extrémité de la corde qui, accrochée à un anneau scellé dans la pierre, s'en allait ensuite se loger dans une poulie du plafond avant d'aller étirer en arrière les bras du prisonnier. À un nouveau signe du greffier, le tourmenteur laissa filer la corde entre ses grosses mains velues. La poulie fit entendre un bref grincement, semblable à un rire sarcastique, et le corps d'Étienne Sanglar, chutant de trois pieds de haut, fut précipité pour la quatrième fois contre les dalles inégales du sol. Un hurlement inhumain s'éleva, répercuté par les voûtes de la salle, lorsque la douleur inouïe fulgura à travers les jambes aux os rompus.

— Il ne sert à rien de vous entêter, susurra le petit homme chauve en trempant sa plume dans l'encrier pour coucher tranquillement sur le papier les dernières dénégations du prisonnier. Vous finirez par parler tôt ou tard. Mais plus vous vous obstinerez, plus vous nous obligerez à vous faire affreusement souffrir. Votre calvaire sera si insoutenable que vous accueillerez la corde ou le bûcher, ainsi qu'il plaira au Parlement de l'ordonner, comme une véritable délivrance.

Étienne Sanglar s'était à présent recroquevillé sur le sol de pierre et gémissait doucement comme un animal blessé à mort. Soudain, une terrible convulsion lui tordit le visage. Il voulut ouvrir la bouche pour happer un peu d'air, mais ne ressentit qu'une formidable brûlure qui irradiait son bras gauche. Sa tête roula sur le sol et il bascula dans le néant.

— Par la malepeste ! jura le frêle greffier. Le voici à présent qui perd conscience. Lestrape ! Réveille-nous ce suppôt du diable ! Il est temps de jouer un peu de tes tenailles pour lui délier enfin la langue.

Avec docilité, le tourmenteur alla quérir, dans un coin de la salle, un pichet d'eau glacée qu'il revint verser sur le visage de l'apothicaire. Ce dernier n'eut pas la moindre réaction.

— Alors, Lestrape, reprit le greffier d'une voix enfiévrée. Nous avons assez perdu de temps. Pouvons-nous, oui ou non, reprendre l'interrogatoire ?

La haute silhouette tout de noir vêtue se redressa et écarta les bras en un geste d'impuissance.

— Messire… je… je crains que le choc, cette fois, n'ait été un peu trop rude.

À ces mots, le greffier dégringola de sa chaise, affolé, et se précipita vers le chirurgien qui, lassé du triste spectacle auquel on l'avait convié dans cette maudite cave humide, avait profité du départ du lieutenant criminel pour s'enivrer consciencieusement en sifflant deux bouteilles de vin d'Anjou. Pour l'heure, écroulé contre un pilier, le docte patricien cuvait en ronflant bruyamment.

— Maître Belhomme ! Maître Belhomme ! s'écria le petit tabellion en secouant le dormeur par les épaules. Réveillez-vous, par le sang du Christ ! Il serait grand temps de justifier les jaunets qui vous seront versés pour votre piètre assistance !

Réveillé en sursaut, le chirurgien laissa échapper un rot sonore et se gratta le crâne en grognant.

— Pute borgne ! Qui ose me déranger en plein labeur ?

— Debout, gros loir ! lui lança le greffier qui le toisait d'un œil réprobateur. Le prisonnier se trouve mal. Je n'ai nul besoin, j'imagine, de vous expliquer ce qu'il pourrait vous en cuire si le lieutenant criminel apprenait que vous avez compromis son enquête par votre ivrognerie.

Rappelé aussi brusquement à la réalité, le dénommé Belhomme se dressa sur ses pieds et entama un pénible mouvement de translation qui l'amena auprès du corps de l'apothicaire. Il se laissa alors tomber à genoux et examina rapidement ce dernier.

Quand il se releva, son visage livide au naturel revêtait un aspect carrément cadavérique. Devant l'interrogation muette de ses deux compagnons qui le contemplaient d'un air consterné, il ne put que marmonner d'une voix blanche :

— Nous voici tous les trois en bien cruel embarras, car cet homme est aussi mort qu'on peut l'être.

33

L'homme au pourpoint d'argent

Bayard n'eut guère le loisir de réfléchir longuement à ce qu'il venait d'apprendre de la bouche de Giacomo Nutti. Deux faits imprévus vinrent en effet distraire ses pensées. Le premier d'entre eux prit l'apparence d'un jeune page qui se présenta à lui au moment où il regagnait ses quartiers. L'adolescent était porteur d'un message de Philippe de Commynes à son intention.

En quelques phrases où transparaissait toute l'affection du grand chambellan, celui-ci informait le chevalier qu'il avait pris Héloïse Sanglar sous sa protection. Il était malheureusement intervenu trop tard pour soustraire la malheureuse à la torture. Cependant, celle-ci s'étant limitée à l'épreuve de l'eau, aucune séquelle n'était à redouter. Certes, la jeune femme était éprouvée par les souffrances endurées mais, après une journée et une bonne nuit de repos, il n'y paraîtrait plus guère. Enfin, dans un dernier paragraphe non dénué d'une certaine gravité, Commynes informait Bayard que son intervention n'avait aucunement pour effet de faire échapper Héloïse à la justice royale. Il s'agissait d'un simple répit dont la durée dépendrait du bon vouloir de la reine.

Sachant qu'en arrachant la jeune femme à ses tourmenteurs le premier chambellan avait pris le risque d'une éventuelle disgrâce, Bayard sentit une vive émotion l'étreindre et il décida de rejoindre aussitôt son protecteur afin de lui témoigner sa profonde reconnaissance.

Il traversait le promenoir situé au rez-de-chaussée du château quand survint le second événement inattendu. Un brouhaha confus attira en effet son attention du côté des terrasses extérieures. Par une fenêtre, le chevalier constata qu'un important mouvement de foule se produisait devant la façade du château. Un cordon de soldats en grande tenue d'apparat se mettait en place, tandis que tout le petit peuple des servantes et des laquais se pressait dans une véritable atmosphère de liesse. Plus loin, à l'aplomb de la tour des Minimes, les nobles seigneurs et gentes dames de la cour formaient comme une haie d'honneur. Ce n'était, sous le soleil retrouvé du printemps, que satins, brocarts, velours, plumes et bijoux scintillants. On aurait dit que tous les habitants du château, du plus humble au plus puissant, s'étaient donné le mot pour participer en plein air à une fête impromptue. Compte tenu du deuil récent qui frappait le royaume, la chose n'était pas seulement surprenante mais frisait l'inconvenance.

Désireux de connaître la raison d'un tel remue-ménage, Bayard traversa plusieurs salons en enfilade afin de gagner l'entrée principale. Comme il débouchait dans le grand vestibule, il faillit heurter un gentilhomme qui se pressait dans la même direction. Freinant juste à temps son élan, le chevalier reconnut le comte de Lusignan à sa face rubiconde de lutin facétieux et à son profil replet.

— Mordieu, chevalier ! Vous êtes donc si pressé que vous alliez tout droit me boteculer* !

— Mille pardons, messire comte, fit Bayard en saluant l'autre bien bas, je ne vous avais point vu.

Le gros Lusignan partit d'un énorme éclat de rire.

— Comment ça, vous ne m'aviez point vu ? s'esclaffa-t-il. Savez-vous que je pourrais le prendre en mauvaise part ? C'est bien la première fois qu'on prétend me croiser sans remarquer mon auguste embonpoint !

— J'étais distrait par toute cette animation que l'on aperçoit, là-bas, sur la terrasse. Connaissez-vous le motif d'une si soudaine agitation ?

— Ah çà ! Où logez-vous donc, mon jeune ami, pour ignorer la nouvelle qui fait frissonner toute la cour depuis près de deux heures ? On annonce l'arrivée imminente du duc d'Orléans. Son escorte a franchi l'enceinte de la cité quand les cloches sonnaient la fin de l'office.

— Louis d'Orléans ? Mais je croyais qu'on n'attendait pas l'arrivée des premiers pairs avant deux jours !

— C'est ma foi vrai, mais il faut croire que les espions de la maison d'Orléans sont plus diligents que les chevaucheurs de Sa Majesté la reine. Allons, venez ! Si nous traînons encore, nous allons finir par tout manquer du spectacle.

Avec un enthousiasme qui se voulait communicatif, le comte de Lusignan entraîna Bayard en le saisissant par le coude. Toutefois, lorsque les deux hommes atteignirent l'entrée principale, ce fut pour constater que la presse était telle qu'il leur était impossible de rejoindre les rangs éloignés de la noblesse.

Sans se laisser démonter pour autant, Lusignan rebroussa chemin et guida Bayard à travers le logis royal. Au bout d'un long corridor gardé par d'austères armures des siècles passés et où Bayard était certain de n'avoir encore jamais mis les pieds, le comte s'arrêta devant une porte étroite qu'il désigna à son jeune compagnon avec un clin d'œil malicieux.

— Postés ici, nous serons, tout compte fait, aux premières loges.

Avec une certaine emphase qui semblait de toute façon chez lui une seconde nature, Lusignan ouvrit la porte et découvrit l'impressionnante rampe cavalière de la tour des Minimes. Vu de l'intérieur, avec ses ouvertures en ogives et ses voûtes élégantes, l'édifice en creux, qui culminait à plus de vingt-deux toises de hauteur, ne manquait pas de majesté.

Bayard n'eut cependant guère le loisir d'admirer cette merveille édifiée par les architectes italiens de Charles VIII. Un écho de cavalcade et d'acclamations lointaines montait en s'élargissant vers les deux hommes. Au coude le plus proche de la rampe, six hérauts d'armes portant la livrée d'Orléans ne tardèrent pas à faire leur apparition. Dans leur sillage immédiat, montés sur des chevaux caparaçonnés de soie, venaient les premiers soldats de la garde ducale. Tout de suite après défilèrent une forte délégation de bourgeois d'Amboise et, engoncés dans leurs robes immaculées, le capuchon rabattu sur la tête, les chanoines du chapitre de Notre-Dame des Réprouvés. Louis d'Orléans suivait derrière, tête nue, sa cape de drap bleu flottant au-dessus de la croupe d'un superbe alezan. Le regard droit, semblant se projeter bien au-delà de son entourage immédiat, le prétendant naturel au trône de France avançait avec dignité, comme porté par un rêve de grandeur et la propre idée qu'il se faisait de sa glorieuse destinée.

Impressionné, Bayard recula dans l'encoignure de la porte. Il ne pouvait s'empêcher d'être fasciné par cette noble silhouette qui arrivait lentement à sa hauteur et dont le pourpoint de satin argenté, scintillant de mille feux, semblait retenir le moindre des rayons que le soleil dardait par les fenestrons de la tour des Minimes.

34

Le roi proclamé

Depuis le coup de force de Philippe le Long en 1316 et l'exploitation par ses légistes de l'ancienne loi salique afin d'évincer du trône la petite Jeanne de Navarre, fille de son frère le défunt roi, depuis cet événement donc, recouvert par la poussière des années et l'oubli des hommes, jamais on n'avait vu, en le royaume des lys, un prince s'emparer de la Couronne avec une si belle assurance et une si grande malice que celles dont fit preuve Louis d'Orléans ce jour-là.

En un après-midi seulement, la messe fut dite.

Aussitôt arrivé, une fois expédiées les salutations protocolaires et le recueillement obligatoire devant la dépouille de Charles VIII, son cousin, Louis sollicita de la reine une audience privée. Celle-ci dura plus de deux heures. Quand elle s'acheva, il se trouva quelques méchantes langues parmi le parti encore hostile au duc pour prétendre qu'Anne de Bretagne avait perdu cet air d'indicible tristesse qui marquait ses traits depuis le brutal décès de son époux.

Puis le duc d'Orléans tint une sorte de conseil de

guerre avec ses partisans, au premier rang desquels on comptait son beau-frère, le comte d'Étampes, et François de Longueville, comte de Dunois. Chacun se vit distribuer un rôle dans la tragi-comédie qui devait se jouer au cours des heures suivantes. Étampes fut chargé d'approcher le duc de Nemours qui, par sa double qualité de pair de France et de sempiternel impécunieux, représentait une proie de choix. La promesse d'une rente élevée et la remise d'une cassette généreusement garnie de bijoux d'or ciselé et de pierres fines suffit à rallier une voix d'autant plus précieuse qu'elle n'appartenait jusque-là à aucun des camps engagés dans la lutte successorale. Dunois se vit confier, quant à lui, une tâche plus délicate. À la tête d'une compagnie de gardes appartenant à l'escorte du duc, il força la porte du bailli Raymond de Dezest et alterna avec tant d'habileté menaces et rodomontades que celui qui avait été l'un des plus fidèles serviteurs du dernier monarque se trouva frappé de stupeur et se vit contraint sur l'heure de s'aliter. Dans le même temps, d'autres féaux du parti d'Orléans avaient rallié plusieurs membres de la cour de moindre influence, mais qui avaient le mérite d'être présents à Amboise quand tant de pairs du royaume y faisaient encore défaut. Quant à Louis d'Orléans, il se chargea en personne de rencontrer l'évêque d'Angers, Jean de Rély. À l'ancien confesseur de Charles VIII, il suffit de promettre un chapeau de cardinal pour que l'intéressé acceptât de reconnaître que les droits du duc sur le trône étaient, de très loin, les plus légitimes et qu'en aucune façon sa rébellion passée ne pouvait servir de prétexte à déroger aux liens du sang.

En somme, l'affaire fut si promptement menée que lorsqu'en fin d'après-midi Louis d'Orléans proposa la tenue d'un simple conseil de famille et que, presque par inadvertance, la question du devenir de la Couronne y fut abordée, il ne se trouva guère que Pierre de Beaujeu, duc de Bourbon et époux de l'ancienne régente, pour exiger que l'on reportât son examen au prochain Conseil des pairs. Quand le comte d'Étampes proposa de rédiger une proclamation reconnaissant Louis d'Orléans comme souverain légitime, aucune opposition formelle n'osa se manifester, et la reine elle-même parut y consentir. Le premier chambellan Philippe de Commynes fut aussitôt chargé de rédiger le document et d'y apposer le grand sceau. Puis, dans un tonnerre de vivats et de cris d'allégresse, tout ce beau monde s'en alla souper dans la salle du Conseil et s'étourdir au son des fifres, des luths et des cistres.

*

Au soir de ce beau jour de la Saint-Fulbert, Louis d'Orléans, accoudé à la fenêtre de sa chambre qui dominait la Loire, pouvait s'abandonner à la satisfaction du devoir accompli. Déjà, à la lumière des chandelles, les copistes reproduisaient à de multiples exemplaires la proclamation rédigée par Commynes, et les chevaucheurs apprêtaient leurs montures pour aller la répandre jusqu'aux marches les plus lointaines du royaume. Tandis que les ultimes lueurs du crépuscule s'éteignaient à l'horizon, son règne à lui était sur le point de commencer et, en son for intérieur, il se faisait la promesse solennelle d'y accomplir de grandes choses.

Trois coups rapides frappés à sa porte et immédiatement suivis de deux plus espacés vinrent le distraire de ses pensées. Son visage se durcit. Il se leva et alla ouvrir le vantail.

Un homme enveloppé d'un ample manteau bleu et le visage dissimulé dans l'ombre d'un chaperon porté bas sur le front se tenait sur le seuil. Avant de se glisser dans la pièce, le nouvel arrivant tourna la tête alternativement à droite et à gauche, afin de vérifier que nul dans le couloir ne pouvait le voir.

— Je vous attendais plus tôt, fit Louis d'Orléans en refermant la porte derrière son visiteur.

— Cela n'aurait point été prudent, monseigneur. Ou plutôt devrais-je dire… sire.

— Pas encore, voyons ! À chaque jour suffit sa peine, et celui-ci fut déjà bien rempli. Vous savez que j'aurais préféré éviter de bousculer ainsi les choses. Mais enfin ! Tout s'est arrangé, en définitive, pour le mieux !

L'homme au manteau bleu frotta ses mains l'une contre l'autre et laissa s'épanouir sur son visage un large sourire de satisfaction.

— Reconnaissez que Votre Seigneurie ne peut que se louer des conseils que je lui avais fait tenir par pigeon voyageur. Ne vous avais-je point affirmé qu'une action résolue s'imposait, compte tenu de la confusion dans laquelle la mort du roi avait plongé la cour, et qu'il vous suffirait de paraître pour réduire à néant la contestation qui s'était fait jour quant à vos droits légitimes ?

— Certes. Toutefois, cette chevauchée avait par trop

le goût d'une aventure hasardeuse. Et il ne me plaît point d'engager l'avenir sur un coup de dés. En outre, je suis bien aise de ne pas avoir suivi tous vos avis.

Les traits du visiteur se figèrent sur une question muette, ce qui n'échappa point à Louis d'Orléans.

— Ne faites point l'étonné, monsieur mon conseiller. Ne m'aviez-vous pas suggéré de faire disparaître le comparse que je vous avais adjoint pour mener à bien votre mission céans ?

— Certes ! Mais le moyen de faire autrement ? Ce damné Bayard avait transmis de lui une description si précise que j'ai eu toutes les peines du monde à lui faire quitter la ville en toute sûreté. Cet homme en savait trop. Si par malheur il était tombé entre les mains de nos adversaires, nous étions tous perdus !

L'homme au manteau bleu marqua une courte pause, puis, comme s'il prenait seulement la mesure des dernières paroles du duc, il reprit d'une voix altérée :

— Vous disiez que vous n'aviez pas suivi ma recommandation. Est-ce à dire que cet homme, le Défeurreur, n'est pas encore passé de vie à trépas ?

Louis d'Orléans s'amusa de la crainte qui transparaissait derrière les paroles de son affidé. Il ne répondit pas immédiatement et entreprit d'arpenter la pièce, ses mains derrière le dos. C'était une belle et grande chambre. Un feu de plantes aux senteurs sauvages brûlait dans la cheminée de marbre blanc. Le duc s'en approcha et fit semblant de s'absorber un instant dans la contemplation des flammes.

Quand il parla, ce fut d'un ton détaché, presque désinvolte :

— Le Défeurreur, mort ? Vous n'y pensez pas, mon bon ! Ses talents nous sont bien trop précieux.

— Ce qui ne l'a pas empêché malgré tout de laisser Bayard lui échapper.

Louis d'Orléans se retourna vers son interlocuteur, un sourire indéfinissable sur les lèvres.

— Précisément. Il lui restait à achever sa tâche. Après tout, il n'est point d'erreur que la persévérance ne saurait réparer.

L'homme au manteau bleu sembla se tasser sur lui-même.

— Vous voulez dire qu'il est revenu ici, à Amboise ?

— À Amboise ? répéta le duc en accentuant son sourire. Non pas ! Ici même, en ce château. C'est bien céans, n'est-ce pas, que loge ce jeune écervelé qui a osé se dresser sur notre route ?

— Mais il est rigoureusement impossible qu'il ait pu passer les postes de guet ! Tous les hommes du prévôt sont à sa recherche !

— Que voilà une réflexion des plus naïves et qui m'étonne d'un esprit aussi avisé que le vôtre ! Vous n'imaginez pas, mon bon, tout ce que peuvent dissimuler le capuchon et la robe d'un chanoine faisant escorte au futur roi de France !

Le ton ironique du duc aurait dû dissuader son visiteur d'insister, mais celui-ci était tellement bouleversé par la nouvelle du retour de son ancien comparse qu'il ne put s'empêcher de murmurer :

— Si ce coquin venait à être appréhendé, je n'ose imaginer ce qu'il pourrait advenir de nous.

Louis d'Orléans se campa sur ses deux jambes en

face de l'homme au manteau bleu et une expression pleine de morgue passa sur ses lèvres.

— S'il n'y a que cela pour vous rassurer, sachez que le Défeurreur ne survivra pas plus de quelques heures à ce Bayard qu'il a reçu l'ordre d'occire cette nuit même.

35

Face à face

Les heures s'écoulaient avec la lenteur d'un soc de charrue creusant laborieusement son sillon dans le champ étoilé de la nuit.

Allongé sur son lit, encore vêtu de ses hauts-de-chausses et de sa chemise, Bayard n'avait pas fermé l'œil depuis qu'il avait regagné sa chambre sous les combles. Les pensées se bousculaient dans son crâne et y menaient un branle endiablé. Il songeait bien entendu à Héloïse, que l'avènement inattendu de Louis d'Orléans ne lui avait pas permis de visiter, Commynes étant bien trop occupé pour pouvoir conduire le chevalier jusqu'à elle, mais aussi à la façon dont tous les éléments de l'énigme commençaient à s'emboîter les uns dans les autres. C'étaient, à dire vrai, ces réflexions-là qui le troublaient le plus.

Partant du détail insolite que lui avait révélé, sous la contrainte, l'émissaire milanais, le chevalier s'était efforcé de renouer le fil des événements dramatiques auxquels il avait été mêlé. Passant en revue toutes les possibilités, il en était venu à envisager une hypothèse qui lui avait paru, à première vue, totalement extravagante mais qui, à mesure qu'il la considérait, permettait d'expliquer bien des choses, à commencer par la mystérieuse disparition du meurtrier du roi Charles VIII. Cependant, deux motifs de réserve l'empêchaient d'adhérer tout à fait à cette nouvelle version des faits. D'une part, si celle-ci lui permettait d'entrevoir les grandes lignes de la machination qui s'était ourdie dans l'ombre du trône, bien des points demeuraient encore obscurs et nécessitaient de plus amples investigations. D'autre part, cette hypothèse inédite compromettait de si hauts et si nobles personnages qu'elle plaçait le chevalier face à un gouffre de confusion et de perplexité.

Le bruit attira son attention au moment où, effaré par les implications de ses propres conjectures, il en venait à douter sérieusement de ses facultés et à se demander si les émotions accumulées au cours des derniers jours n'avaient pas tout bonnement faussé son jugement.

Ce fut d'abord un simple frôlement derrière la porte donnant sur le couloir. Puis un craquement du bois qui trahissait une légère pression exercée contre l'huis. Son instinct de combattant prenant aussitôt le dessus, Bayard sauta au bas de sa couche et s'empara de sa dague et de son épée. Le silence régnait à nouveau dans la chambre. Mais le chevalier avait acquis la certitude que quelqu'un se tenait tapi derrière la porte. Sur la pointe des pieds, il gagna cette dernière et se plaqua contre le mur de façon à être dissimulé par le vantail si celui-ci, bien que le loquet fût engagé, finissait par être repoussé.

À la lueur de la torche fixée au mur, il distingua nettement la pointe métallique d'un poignard qu'une main inconnue venait de glisser dans l'étroit interstice ménagé entre la muraille et le battant de bois. La lame aux reflets inquiétants remonta lentement et souleva sans un bruit la chevillette qui bloquait l'issue.

La porte s'écarta.

Une silhouette féline se faufila dans la chambre. Bayard se sentit gagné par une excitation fiévreuse. Cette silhouette tenant une miséricorde dans son poing droit, il l'aurait reconnue entre toutes. C'était celle du scélérat qui l'avait lâchement agressé dans la bibliothèque du Cloux. L'homme à la tache de naissance en forme de poire !

Le chevalier attendit que son visiteur nocturne eût atteint le centre de la pièce pour repousser violemment la porte et en barrer l'accès.

Au vacarme que produisit le vantail en se refermant, le Défeurreur sursauta et se retourna avec une extrême vivacité. Découvrant Bayard dans sa posture guerrière, il lâcha un juron plein de hargne. C'était la deuxième fois en l'espace de quelques jours qu'il se laissait bêtement surprendre. Le genre d'erreur qui, dans la profession qui était la sienne, conduisait d'ordinaire assez vite au tombeau. Était-ce déjà un effet de l'âge ? Avait-il perdu ce fameux sixième sens qui jusqu'alors l'avait toujours prémuni des mauvaises surprises de ce genre ?

— Décidément, maraud, l'apostropha Bayard, c'est pour toi une coupable habitude que de t'introduire chez autrui à la nuitée ! Il serait temps que l'on t'aide à corriger ce vilain défaut !

Le Défeurreur jaugea la situation en une fraction de seconde. Compte tenu de la hauteur à laquelle se trouvait située la chambre, toute retraite était impossible du côté de la fenêtre. La seule issue possible était la porte, mais il n'avait aucune chance de l'atteindre tant que ce gaillard solidement armé restait planté devant.

— Cela ne peut se terminer ainsi entre nous, dit-il en désignant du menton la longue épée que le chevalier serrait dans sa main et qui lui assurait un avantage décisif.

Bayard aurait pu faire remarquer à son adversaire que l'inégalité des armes ne l'avait guère gêné lors de leur première rencontre, mais son esprit chevaleresque fit que cette pensée ne l'effleura même pas. Il approuva gravement de la tête et, d'un mouvement précis, jeta son épée sur le côté de façon qu'elle demeurât hors de portée de l'assassin. Dague contre miséricorde. L'équilibre était désormais rétabli, ce qui répondait mieux aux exigences de son noble cœur.

— Nous voici à armes égales, dit-il avec un détachement surprenant compte tenu des circonstances. Nous allons bien voir si tu fais autant le fier que l'autre nuit, face à un adversaire qui n'avait que ses mains nues à t'opposer. Mais, avant d'avoir à défendre ta vie, me diras-tu qui t'a envoyé pour me trucider ?

— Foutre-Dieu ! Quel grand benêt tu fais si tu t'imagines que je vais passer à confesse pour te complaire ! Mais après tout, peut-on attendre parole raisonnable dans la bouche d'un homme assez fol pour se priver de son épée face à un ennemi ?

Sans laisser à Bayard le loisir de répliquer, le Défeurreur se projeta vers l'avant en une ruée sauvage. L'attaque fut si soudaine que le chevalier ne dut son salut qu'à ses remarquables réflexes. D'un retrait du corps, il réussit à éviter la lame de son adversaire qui visait pourtant droit au cœur, puis il pivota prestement afin de tenter une riposte. Mais déjà son opposant était retombé en position de garde, jambes fléchies, le bras raccourci et la pointe de sa miséricorde dirigée vers le haut.

Ce premier assaut n'ayant rien donné, les deux antagonistes entrèrent dans une phase d'observation, tournant l'un autour de l'autre, chacun guettant l'ouverture. Plus rompu à ce genre d'exercice, le Défeurreur multipliait les feintes et les fausses attaques, espérant amener son adversaire à se découvrir. Mais Bayard restait en position et veillait à se maintenir suffisamment à distance pour pouvoir parer toute offensive.

Soudain, de façon totalement imprévisible, le spadassin plongea au sol et, roulant sur lui-même, fit perdre l'équilibre au chevalier comme une bille de bois bousculant des quilles. Le temps que ce dernier se remette de sa surprise, il lui fallait faire face à une nouvelle attaque, encore plus poussée que la précédente. Profitant de son petit gabarit et d'une vivacité supérieure, le Défeurreur s'était déjà remis sur pied et il s'apprêtait à délivrer un coup vicieux au flanc de Bayard. Bandant tous ses muscles, ce dernier parvint à dévier la lame adverse d'une parade de tierce et attrapa au passage la manche de l'assaillant qu'il repoussa brutalement contre la muraille. Étourdi par le choc, le Défeurreur porta la main gauche à son crâne et tituba pendant un bref instant. C'était plus qu'il n'en fallait à Bayard pour se redresser.

— Je reconnais que tu te bats plutôt bien, gronda son rival avec une nuance d'admiration sincère dans la voix. Toutefois, comme je n'ai nulle intention de trépasser avant d'avoir pu profiter du fruit de mes péchés, il me faut abréger la rencontre. Et comme je n'ai pas les mêmes scrupules que toi...

Laissant sa phrase en suspens, l'homme se retourna et décrocha promptement la torche de son support métallique. Puis, un rictus de joie sadique lui étirant les lèvres, il marcha droit sur le chevalier en faisant de grands moulinets avec le brandon enflammé de façon à l'acculer dans un angle de la pièce.

Bayard n'avait d'autre choix que de céder du terrain. S'il se laissait serrer de trop près, l'autre aurait beau jeu de bloquer sa dague avec sa propre lame et de le brûler cruellement au visage. Tout en reculant pas à pas, il cherchait le moyen de retourner la situation à son avantage.

Il lui apparut vite que sa seule chance résidait dans une prise de risque extrême. Il fallait surprendre son ennemi en osant une attaque si périlleuse que l'autre ne pourrait pas la voir venir. Sachant que si sa manœuvre échouait il ne lui resterait plus qu'à recommander son âme à Dieu, il tenta le tout pour le tout. S'élançant brusquement en avant, il dirigea sa dague non vers le bras droit qui tenait l'arme mais vers le gauche qui maniait la torche. Le coup qu'il asséna avec force contraignit son assaillant à lâcher prise. Le flambeau roula sur le dallage, emportant avec lui la dague de Bayard profondément fichée dans le bois.

Le Défeurreur crut le chevalier à sa merci. Il poussa un hurlement féroce et se fendit dans sa direction, la pointe de sa lame en flèche. Mais, contre toute attente,

Bayard n'avait pas rompu. Anticipant le mouvement de son adversaire, il avait poursuivi sur sa lancée et, bloquant des deux mains le bras de celui-ci, il le retourna vers sa poitrine. Emporté par son élan, l'homme n'eut pas le temps d'esquiver et vint s'empaler sur son propre poignard.

Un cri étranglé retentit dans la chambre.

Avec une infinie lenteur, comme s'il ne s'inclinait qu'à regret devant la supériorité de Bayard, le Défeurreur mit un genou à terre puis bascula doucement sur le côté. Le chevalier se précipita pour juger de l'importance de la blessure. La lame avait pénétré en profondeur sous le sein droit, et le poumon était probablement perforé. Une mousse rosâtre s'échappait des lèvres exsangues, en même temps qu'un râle crépitant se faisait entendre. Bayard releva la tête du blessé et la maintint contre ses genoux.

— Le nom de celui à qui tu obéis ! le pressa-t-il. Libère ton âme, pendant qu'il te reste encore un souffle de vie !

Le moribond remua les lèvres comme s'il voulait parler, mais sans parvenir à articuler le moindre son. Pour finir, un hoquet le secoua tout entier et il vomit un caillot de sang.

— Parle ! insista Bayard. C'est la dernière bonne action que tu puisses faire sur cette terre !

Le Défeurreur tourna son visage livide vers la muraille et son bras se leva lentement pour désigner quelque chose dans le dos du chevalier. Puis, comme si cet effort avait épuisé ses dernières forces, ses muscles se relâchèrent et il rendit son dernier soupir.

Bayard se retourna.

Dans l'encoignure du mur, frémissant à la brise nocturne qui entrait par la fenêtre ouverte, une toile d'araignée se balançait mollement.

36

Une cause perdue

— J'aimerais pouvoir satisfaire votre demande, chevalier, dit Anne de Bretagne en effleurant une rose du bout des doigts, ne serait-ce que pour vous récompenser de vos bons et loyaux services. Mais hélas ! Le sort de votre amie ne dépend plus de moi.

— De qui donc alors ?

— De notre bien-aimé cousin, le duc d'Orléans qu'il nous faut dès à présent nous habituer à nommer Louis le douzième, même si le Conseil des pairs, seul, pourra entériner la décision prise hier. Or, Louis a ordonné ce matin que l'on procédât aussi prestement que possible à l'exécution de celle qu'on lui a décrite comme une sorcière régicide.

— Mais elle est innocente ! protesta Bayard. La canaille que j'ai occise cette nuit me l'a confirmé avant de rendre gorge.

Le mensonge était éhonté mais, après tout, pensa le chevalier, la fin justifiait les moyens. Il avait en effet appris au petit matin le décès d'Étienne Sanglar et la pendaison de la malheureuse Réjane que l'on n'avait même pas pris la peine de soumettre à la question. Angoissé quant au sort d'Héloïse, il avait vu ses pires craintes confirmées par Commynes auprès duquel il s'était précipité et qui lui avait appris que, par ordre du nouveau monarque proclamé, la jeune femme avait réintégré son cachot et se trouvait placée sous une garde renforcée. Dès lors, il lui était apparu qu'Anne de Bretagne était la seule personne à pouvoir encore sauver celle dont il était épris.

La reine n'avait fait aucune difficulté à lui accorder immédiatement audience. Bayard l'avait retrouvée au pied de la galerie couverte, sur la terrasse de Naples, où elle faisait une courte promenade matinale avec ses dames de compagnie. L'air encore un peu frais embaumait du parfum des agrumes et des fleurs plantés là, quelques années plus tôt, par le jardinier napolitain Dom Pacello da Mercogliano. Anne de Bretagne portait toujours ses habits de deuil, une robe de satin noire, simple jusqu'à l'austérité, et un châle en dentelle de la même couleur. Toutefois, Bayard avait éprouvé la vague impression que quelque chose avait changé en elle depuis la première fois qu'il lui avait parlé en compagnie de Commynes. Elle ressemblait alors à une statue de marbre, assez semblable à ces anges éplorés que l'on voit au pied des tombeaux. Mais en la retrouvant ce matin-là, nimbée par la douce lumière du jour naissant et occupée à flâner au milieu des rosiers et de ses suivantes, le chevalier avait acquis la certitude que la vie était revenue sur ce doux visage. Et cette constatation, bien loin de lui procurer la joie qu'on eût pu attendre de tout loyal sujet, lui avait inspiré un étrange malaise.

L'accueil que lui avait réservé la reine avait cependant vite dissipé cette sensation désagréable. Éloignant ses dames de compagnie, Anne de Bretagne l'avait entraîné vers le plus proche belvédère pour pouvoir l'écouter en toute discrétion. Bayard avait commencé par l'informer des plus récents événements, achevant son récit par l'affrontement de la nuit précédente et par la nouvelle de la mort du Défeurreur. Soudain plus pâle, la reine avait joint les mains et marqué un temps de recueillement. Elle avait ensuite félicité longuement le chevalier d'avoir mené à bien la mission qu'elle lui avait confiée. Estimant l'instant propice, Bayard avait alors évoqué le sort de sa chère Héloïse. Cependant, le visage d'Anne de Bretagne s'était brusquement assombri lorsqu'il s'était risqué à solliciter la grâce de la jeune femme. C'est alors qu'elle lui avait fait savoir que le futur roi avait malheureusement ordonné l'exécution rapide de celle qui n'était à ses yeux qu'une misérable meurtrière.

Après le mensonge de Bayard plaçant dans la bouche du Défeurreur d'imaginaires paroles innocentant Héloïse, la reine observa un temps de réflexion.

— Puisque vous m'affirmez que cette jeune femme… comment dites-vous qu'elle s'appelle déjà ?

— Héloïse, Votre Majesté.

— Puisque vous me dites avoir obtenu confirmation de l'innocence de votre Héloïse, je veux bien essayer de parler à Louis. Mais je ne suis pas certaine de le faire revenir sur sa décision. Le lieutenant du prévôt l'a convaincu qu'il existait des preuves formelles contre votre protégée. Il risque fort de ne voir, dans les propos de l'homme que vous avez tué, qu'une tentative désespérée de disculper une complice. J'ai bien peur que, malgré mon intercession, la cause soit perdue d'avance.

— Mon Dieu ! Que me faut-il donc faire pour la sauver ?

Un sourire empreint de compassion éclaira le visage de la reine. Elle retira des plis de sa robe une petite médaille en argent qu'elle tendit au chevalier.

— Pourquoi ne pas prier Notre-Dame, messire ? Par son infinie bonté, elle nous est souvent d'un bien grand secours. Tenez ! Je vous offre ce médaillon de la Vierge. Il me vient, par le biais de mon époux, de son père le défunt roi Louis XI, qui le portait sur son chaperon.

Bayard s'inclina pour recevoir le présent. Quand il se redressa, ses traits marquaient un trouble si soudain que la reine s'en inquiéta :

— Que se passe-t-il, mon ami ? Vous êtes brusquement si pâle !

Bayard ne répondit pas tout de suite. Il venait à l'instant de comprendre ce que le Défeurreur avait voulu signifier en lui montrant cette toile d'araignée, au moment de rendre l'âme. Par ce geste, il lui désignait tout simplement l'identité du véritable assassin de Charles VIII ! Or, cette révélation donnait un poids indiscutable à l'hypothèse si extravagante qu'il avait échafaudée durant la nuit.

— Votre Majesté, dit-il après avoir dominé non sans mal l'affolement de son cœur dans sa poitrine, je crois pouvoir affirmer que l'homme que j'ai tué cette nuit n'était qu'un vulgaire comparse. Le véritable assassin du roi est encore bien vivant. Il est ici, dans ce château, et je vous promets de le démasquer avant la fin du jour. Mais, pour cela, j'ai besoin que vous m'accordiez deux faveurs.

Anne de Bretagne réprima un frisson.

— Vous me faites peur, chevalier. Mais j'ai confiance en vous. Si ces deux faveurs sont en mon pouvoir, je vous les accorde bien volontiers par avance.

— Elles le sont, Majesté, du moins je le pense. En premier lieu, j'ai besoin d'un sauf-conduit pour interroger Héloïse dans sa cellule. Quelques minutes me suffiront amplement. En second lieu, je vous demande de réunir un conseil restreint après souper afin que je puisse, aux yeux de tous, faire éclater la vérité.

Anne de Bretagne plongea dans les yeux de Bayard un regard mi-admiratif, mi-inquiet.

— Ainsi sera-t-il donc fait, prononça-t-elle d'une voix blanche.

37

Où l'on apprend comment enherber son prochain

Les retrouvailles entre Bayard et Héloïse furent aussi brèves qu'intenses et douloureuses.

À peine eut-elle aperçu le chevalier à la porte de son cachot que la jeune femme, ruisselante de larmes, abandonna toute réserve et se précipita dans ses bras.

— Oh ! Vous êtes revenu ! hoqueta-t-elle. Comme je suis soulagée de vous revoir !… Mais quel affreux cauchemar !…

— Comment allez-vous, Héloïse ? demanda le chevalier en enfouissant son visage dans l'opulente chevelure aux reflets cuivrés. Si vous saviez comme je m'en veux de ne pas avoir pu vous arracher à temps aux griffes de vos bourreaux !

— Je. je vais mieux. Mais qu'importe mon propre sort !… Père est mort ! Ces… ces brutes l'ont tué. Son corps n'a pas résisté aux supplices… Co… comment la reine a-t-elle pu laisser commettre une telle injustice ?

Ces quelques phrases avaient eu toutes les peines du monde à franchir la barrière que représentait l'étau serré de sa gorge. À présent, elle se laissait aller contre le torse du chevalier, comme si elle était privée de toute énergie vitale. Semblable à une poupée de chiffon.

Bayard la soutint de ses bras resserrés. La chaleur de ce corps, si proche du sien que les tendres seins effleuraient sa poitrine, le troublait plus qu'il ne l'eût cru possible en d'aussi dramatiques circonstances. Avec d'infinies précautions, il ramena la jeune femme jusqu'à la médiocre paillasse lui servant de couche et l'allongea aussi doucement que possible. Un pincement lui serra le cœur quand il la contempla alors tout entière, dans son cruel dénuement. Sa tunique de toile grossière était tachée, maculée de poussière et portait des accrocs. Ses traits étaient creusés et de larges cernes bistre soulignaient ses yeux aux prunelles éteintes.

— Je partage votre douleur, Héloïse. Mais la reine n'est pour rien dans le malheur qui vous frappe. C'est grâce à elle au contraire que je suis auprès de vous. Comme moi, elle croit en votre innocence, et, avec son soutien, je suis certain de pouvoir vous disculper de la plus éclatante des façons.

Il observa un silence, le temps de poser une main apaisante sur le front en sueur de la jeune femme. Celle-ci poussa un soupir et ferma un instant les yeux. Bayard se pencha alors sur son oreille pour murmurer :

— Je crois avoir deviné l'identité du scélérat qui a ourdi cet horrible complot contre le roi. C'est, à n'en pas douter, le même homme qui a voulu détourner les soupçons en vous accablant.

Les paupières d'Héloïse se soulevèrent.

— Qui ? implora-t-elle en se redressant et en se

cramponnant nerveusement au pourpoint du chevalier. Le nom de ce misérable ! Dites-le-moi, je vous en prie !

— Je ne le puis. Pas encore, tout du moins, car c'est là une accusation que l'on ne peut formuler à la légère. Il me faut d'abord obtenir la preuve formelle de sa félonie. C'est aussi pour cela que je suis ici. J'ai besoin de votre aide.

Elle lui offrit un sourire encore tremblant.

— Mon aide ? Mais comment... comment pourrais-je vous être d'un quelconque secours, moi qui suis en si piètre état ?

— Ce sont vos connaissances en l'art des simples et des multiples drogues utilisées en médecine que je viens solliciter. Plus précisément, je voudrais savoir s'il existe un poison capable de tuer un homme de façon quasi instantanée.

Une lueur intriguée passa dans les yeux de la jeune femme. Toutefois, en dépit de la curiosité que suscitaient en elle les paroles de Bayard, sa résistance était à bout et elle éprouvait les pires difficultés à se concentrer. Elle n'aspirait plus, en fait, qu'à s'abandonner au repos dans les bras de l'homme qu'elle aimait. Écrasée de fatigue, elle se laissa aller à nouveau en arrière.

— Il y a un livre dans l'apothicairerie de mon père, dit-elle d'une voix si faible qu'on eût dit un soupir prolongé. Un ouvrage qui traite tout entier de la question et intitulé *Le Livre des venins*[1]. Vous devriez le trouver sans peine.

---

1. *Le Livre des venins*, écrit par Magister Santes de Ardoynis en 1424, décrivait tous les poisons connus à l'époque, ainsi que leurs effets et leurs usages.

— Écoutez-moi, Héloïse, reprit le chevalier qui ne voulait pas accabler la jeune femme en lui décrivant le chaos qu'était devenue la boutique de son père. Écoutez-moi, je vous en conjure. Nous n'avons pas le temps ! Il me faut ces renseignements sur l'heure. J'ai besoin de savoir si cette drogue existe et quels sont précisément ses effets.

— Fort bien, dit Héloïse en repoussant la tentation du sommeil, mais promettez-moi une chose…

— Tout ce que vous voudrez, mon amie !

— C'est de veiller à ce qu'un juste châtiment frappe, sans exception, tous ceux qui ont causé la perte de mon père. Jurez-le-moi !

— Je vous en fais le serment, articula Bayard d'une voix ferme.

La jeune femme approuva gravement d'un hochement de tête. Puis, sans le contraindre à répéter sa question, elle enchaîna en s'efforçant de contrôler sa respiration oppressée :

— Il existe plusieurs drogues susceptibles de donner la mort rapidement. La plus facile à mettre en œuvre est le jus d'amande qui s'obtient à partir des graines et pépins de divers fruits : pêche, abricot, amande, merise ou prune. La belladone est aussi très utilisée. On prétend que les sorcières se l'appliquent en pommade sur la peau, lors du sabbat, pour déclencher des visions et pénétrer plus vite dans un univers démoniaque. L'ingestion de cette plante provoque rougeur de la face, soif intense, dilatation des pupilles et agitation. La mort survient en général par paralysie des voies respiratoires. Il y a aussi le *datura stramonium* et la jusquiame noire, dont les effets sont assez semblables. L'aconit, quant à lui, peut être utilisé, sous forme d'infusion, par simple contact cutané. L'empoisonnement se signale d'abord par des fourmillements et une intense sudation. Puis une paralysie progressive entraîne la mort en moins d'une heure par faiblesse du cœur.

— N'y a-t-il rien de plus expéditif? l'interrompit Bayard. Un poison qui agirait à la vitesse de la foudre?

— Oublions alors les minéraux tels que le réalgar, l'orpiment ou l'antimoine. Pas assez rapides d'action. En revanche, l'un des poisons les plus violents dont j'ai usance est tiré de la graine de ricin[1]. Sa particularité est d'être quasiment inoffensif quand on l'absorbe par la bouche, mais redoutable par inhalation ou appliqué au niveau d'une plaie. Il présente, en outre, l'avantage de laisser très peu de traces, tout au plus quelques plaques rouges sur le corps de la victime.

Bayard sursauta. Les derniers mots prononcés par Héloïse lui avaient brutalement rappelé les marbrures observées sur le cadavre de Charles VIII et que Jehan Michel, le médecin de celui-ci, avait prises pour de simples contusions. Tout, décidément, corroborait sa folle version des faits!

— Cela pourrait bien être ça, murmura-t-il entre ses dents, avant de tirer de son pourpoint le bloc de cire retrouvé à la Vipère Couronnée pour le montrer à Héloïse.

---

1. L'agent responsable de l'effet létal est la ricine, une protéine environ 6000 fois plus toxique que le cyanure et 12000 fois plus vénéneuse que le venin du crotale.

— Un dernier point à présent. Ceci vous dit-il quelque chose ? Je l'ai découvert derrière l'alambic de votre père, dans une cache secrète. À n'en pas douter, c'est Adelphe qui l'aura placé là.

La jeune femme prit l'objet et l'examina avec attention.

— Comme c'est étrange, fit-elle, songeuse.

— Quoi donc ?

— Que vous me montriez cette empreinte juste après m'avoir interrogée sur les différentes façons d'enherber son prochain.

— Et pourquoi cela ?

— Il se trouve que je connais très bien la clé dont la forme se trouve incrustée dans ce morceau de cire. Les contours en sont suffisamment caractéristiques. Il s'agit de celle qui ne quittait jamais mon père et qui ouvre son coffre aux poisons.

38

Un bien singulier manège

Après avoir quitté Héloïse sur la promesse renouvelée qu'elle serait libérée le soir même, Bayard gagna la galerie Hacquelebac et donna ordre aux gardes en faction de ne laisser personne le déranger. Puis il passa dans le cabinet du défunt roi.

Là, il se figea au milieu de la pièce et demeura ainsi immobile de longues minutes, semblant tombé en profonde léthargie. Puis il se rapprocha de la table de travail et examina les différents objets qui s'y trouvaient posés. Au bout de quelques minutes, il sembla changer d'avis et se dirigea vers un cabinet en noyer dont il fouilla les moindres recoins. Enfin, il inspecta les tapisseries des murs avant de revenir vers le centre du cabinet, les poings sur les hanches et la mine soucieuse.

— Où diable peut-elle donc bien être ? dit-il à haute voix, comme s'il avait besoin de cela pour stimuler ses capacités de réflexion.

Ce fut alors qu'une scène survenue deux jours plut tôt lui revint en mémoire. Il se revit dans ce même cabinet en compagnie d'Héloïse, quand celle-ci, par la pertinence de ses questions, avait révélé bien des zones d'ombre entourant les événements ayant immédiatement précédé la mort de Charles VIII. À un moment donné, la jeune femme s'était positionnée derrière le fauteuil du roi et avait machinalement enroulé autour de l'un de ses doigts un fil échappé à la couture du dossier.

Était-il possible que ce simple détail lui livrât la solution ? C'était presque trop beau pour être vrai.

D'un pas hésitant, comme s'il craignait de devoir trop vite faire face à une désillusion, Bayard s'approcha du fauteuil. Un examen rapide lui permit de constater que la couture inférieure du dossier était effectivement défaite sur presque toute sa largeur. Sans plus hésiter, le chevalier glissa la main entre le panneau de bois et le coussin brodé. Au milieu du rembourrage de duvet, l'extrémité de ses doigts ne tarda pas à effleurer une feuille de papier épais.

Il faillit pousser un cri de triomphe, tant il était soulagé de constater que ses suppositions s'avéraient à ce point exactes. Toutefois, s'efforçant au calme, il passa ses gants de fin chevreau, saisit délicatement la feuille entre le majeur et l'index et la tira en douceur de sa cachette.

C'était une lettre pliée en trois et portant sur le dessus une élégante suscription, ainsi qu'un imposant cachet de cire verte brisé en deux.

Bayard n'avait nul besoin de déchiffrer les mots tracés à l'encre noire pour deviner qu'il s'agissait là du fameux document secret que Giacomo Nutti avait été chargé de faire parvenir à Charles VIII de la part du duc de Milan, Ludovic Sforza. Délicatement, il déplia la lettre et constata qu'elle contenait bien ce qu'il s'attendait à y trouver.

Comme pris d'une inspiration soudaine, il revint alors vers la galerie, la traversa à grands pas et disparut dans l'escalier. Un peu plus tard, il était de retour, portant dans sa main une petite cage en osier où roucoulait un couple de colombes. L'un des bateleurs engagés pour animer le château durant le tournoi de paume, et que l'on avait prié sans ménagement de déguerpir, les avait cédées contre quelques piécettes à Éléonore, l'imposante matrone des cuisines. À son tour, celle-ci n'avait fait aucune difficulté pour les confier au chevalier qui les lui avait demandées avec son plus charmant sourire.

De retour de sa rapide incursion dans les communs, Bayard s'enferma à nouveau dans le cabinet de travail. Quand il rouvrit la porte peu après, son visage était pâle comme un suaire, et dans la cage d'osier qu'il tenait toujours au bout de son bras gisaient les corps sans vie des deux petits volatiles.

Ce singulier manège, auquel les factionnaires de garde ne comprenaient décidément pas grand-chose, connut bientôt son épilogue à l'autre bout de la galerie. Le chevalier y consacra de longues minutes à fouiller l'antichambre. Dans un grand coffre de bois clouté, il finit par mettre la main sur ce qu'il cherchait : un manteau de soie rouge, aux coutures grossièrement apparentes.

Alors tout s'éclaira définitivement : une à une, dans son esprit enfiévré, les pièces de l'horrible machination qui avait perdu Charles VIII prenaient leur place exacte. Il était plus que temps de révéler à qui de droit la façon dont une âme perfide avait conçu et exécuté ce crime odieux et apparemment impossible.

Oui, il lui tardait à présent de démasquer l'improbable régicide.

39

Le triomphe du chevalier Bayard

Anne de Bretagne, très digne, avait revêtu de longs vêtements de deuil en riche brocart, rehaussés d'une croix pectorale en argent finement ciselé. Elle se tenait assise près du trône, où l'on avait placé le sceptre et la couronne de son défunt époux.

Louis d'Orléans était installé sur un siège à sa droite, en très léger retrait. Par comparaison avec celle de la souveraine, sa tenue semblait presque ostentatoire. Il avait revêtu une cotte-hardie en velours bleu ornée de losanges dorés, un haut-de-chausses puce enfoncé dans des bottes de cuir fauve et portait, autour du cou, le collier de coquilles d'or entrelacées symbolisant l'ordre de Saint-Michel. Une ceinture brodée à boucle de vermeil, à laquelle était suspendu un fourreau bordé d'or, complétait cette somptueuse vêture d'apparat.

Les ducs de Nemours et de Bourbon ainsi que le comte d'Étampes, tous trois pairs de France, se tenaient assis sur des tabourets de cuir, à gauche de la cathèdre de la reine. L'évêque Jean de Rély et Philippe de Commynes, quant à eux, avaient pris place sur un banc, dans l'encadrement de la plus proche fenêtre.

Au centre de la pièce, faisant face à tous ces hauts personnages : Bayard !

— Approchez, chevalier, fit la reine en esquissant un discret geste d'invite. Nous avons réuni ce conseil à votre demande afin d'apprendre de votre bouche d'importantes révélations. Je vous mande donc de parler sans crainte et d'une langue sincère.

— Il me coûte, Majesté, de venir troubler votre chagrin, mais mon dévouement au défunt roi me dicte en cette heure ma conduite. Je dois faire, devant cette noble assemblée, proclamation de ce que votre époux n'est point mort par accident, mais qu'il a été lâchement occis.

Le comte d'Étampes intervint avec ironie :

— La grande révélation que voici ! Nous savons tous cela depuis hier. La meurtrière, qui a agi par mystère de sorcerie, se trouve enfermée dans les geôles du château où elle attend de subir son juste châtiment, ce qui ne saurait d'ailleurs tarder. Les preuves réunies contre elle sont, paraît-il, accablantes.

— Elle est pourtant innocente ! répliqua Bayard sans se laisser démonter. Je parlais de lâcheté à l'instant car la mort du roi a été provoquée par l'un de ses proches. Quelqu'un qui se trouve ici même, dans cette salle !

Des murmures étouffés de surprise et de réprobation se firent entendre. La reine les arrêta net, d'un seul mouvement de tête. Louis d'Orléans prit alors la parole. Son visage était sévère, son ton lourd d'une irritation mal contenue :

— J'espère, chevalier, que vous avez de sérieux motifs de parler comme vous le faites. Ce sont là des affirmations qui ne se doivent point prononcer à la légère !

Le jeune homme, si fringant en la bataille, se sentit frissonner sous le feu glacé des prunelles de son futur souverain. Ses poils se hérissèrent et, quand il reprit la parole, sa langue lui parut de plomb.

— Je n'ai pas seulement un motif mais des preuves. Voyez-vous, l'assassin était tellement sûr que son crime passerait inaperçu qu'il a laissé derrière lui suffisamment d'éléments pour le conduire à sa perte. Toutefois, si Votre Majesté le permet, je voudrais, avant de vous parler du crime, évoquer rapidement les événements qui ont suivi celui-ci.

— Faites, chevalier, dit Anne de Bretagne en accompagnant ses mots d'un geste d'encouragement. Nous vous écoutons.

— Comme je le disais à l'instant, reprit Bayard, le meurtrier était convaincu que personne ne soupçonnerait l'existence même de son crime, car il avait tout calculé afin que celui-ci passât pour un funeste accident. Malheureusement pour lui, j'acquis vite la certitude que cette version des faits se heurtait à une impossibilité absolue. Charles VIII était tout simplement trop petit pour avoir pu heurter le linteau de pierre sous lequel on retrouva son corps. Je fis donc part aussitôt de mes doutes au grand chambellan.

Tous les regards, hormis celui de la reine, se fixèrent, étonnés, vers Philippe de Commynes. Celui-ci se contenta de confirmer d'un signe de tête en affichant une expression d'intense gravité.

— D'une façon que vous comprendrez aisément par la suite, enchaîna le chevalier, le meurtrier eut vent de mes soupçons. Pour m'empêcher de troubler ses plans plus avant, il tenta de me faire assassiner par son complice. L'agression eut lieu là nuit qui suivit la mort du roi, dans la bibliothèque du Cloux, où je cherchais dans les archives l'existence d'un éventuel passage secret par lequel l'assassin aurait pu fuir les appartements royaux, une fois son forfait accompli.

— C'est ma foi vrai ! s'exclama l'évêque Jean de Rély. Si la mort du roi n'a pas été provoquée par envoûtement, comme vous le prétendez, comment expliquez-vous la disparition du meurtrier ? Étant donné le déroulement des événements, il lui était rigoureusement impossible de quitter la galerie Hacquelebac !

Sans répondre directement à l'objection de l'ecclésiastique, Bayard sollicita de la reine la possibilité de poursuivre son exposé :

— C'est là effectivement un point sensible, mais je me fais fort de vous en livrer bientôt l'explication, Votre Altesse. Pour le moment, j'aimerais achever le récit de ce qui s'est passé après le crime.

Une nouvelle fois, Anne de Bretagne approuva d'un mouvement de la main.

— L'attentement contre ma personne ayant échoué, les scélérats, car nous savons maintenant qu'ils étaient deux, comprennent que l'enquête va suivre son cours. Il leur faut dès lors éviter que l'on puisse remonter jusqu'à eux. C'est la raison pour laquelle ils vont d'abord se débarrasser d'un témoin gênant : un garçon apothicaire nommé Adelphe, auprès de qui ils s'étaient procuré l'arme qui leur permit d'expédier lâchement le roi Charles. Mais cela n'est point encore suffisant. La reine a été mise au courant de toute l'affaire par les bons soins de messire de Commynes et de votre serviteur. Ordre a été donné à tous les postes de guet d'intercepter le complice du meurtrier, dont j'ai pu dresser une description précise. Il faut donc à tout prix éloigner le danger. Pour cela, quoi de plus efficace que de livrer à la justice un bouc émissaire qui fera un coupable idéal ? Si, par la même occasion, on peut m'atteindre et perturber ainsi mes investigations, c'est encore mieux. Un faux billet prétendument signé de ma main convoque donc Héloïse Sanglar, la fille de l'apothicaire qui m'a apporté son concours, au Coq Hardi, un bordeau surveillé par les hommes du prévôt à ma demande car nous avons appris qu'Adelphe y a rencontré son assassin juste avant de disparaître. Entre-temps, on a pris soin de dissimuler dans l'apothicairerie ces fameuses preuves qui sont censées révéler que le roi a été victime d'un envoûtement. Pourtant grossier, le stratagème fonctionne à merveille. Héloïse est arrêtée. Bien qu'elle clame son innocence, elle est soumise à la question. Son père, qui subit le même sort, succombe sous la torture.

En évoquant les tourments endurés par sa bien-aimée, la voix du chevalier manqua défaillir. La colère le faisait chanceler. Et ce fut seulement au prix d'un prodigieux effort sur lui-même qu'il parvint à conserver un calme suffisant pour poursuivre :

— Si les manœuvres des assassins ont pu tromper le lieutenant du prévôt, elles n'ont pas eu sur ma personne l'effet escompté. Plus que jamais, j'étais résolu à découvrir la vérité. J'ai donc continué à fureter un peu partout. J'imagine que cela a dû porter à son comble l'exaspération de ceux que je traquais. Cette nuit même, mon agresseur du Cloux s'est introduit dans ma chambre avec la ferme intention de me réduire à tout jamais au silence. Mal lui en a pris ! Je l'ai payé de sa félonie avec trois bons pouces d'acier dans la poitrine.

Une nouvelle rumeur de stupéfaction anima l'assemblée.

— Oui, ce misérable connu sous le nom du Défeurreur a payé ses crimes ! Mais, avant de s'en aller brûler dans les feux de l'enfer, il m'a révélé le nom de son complice.

Le regard de Bayard pesa lourdement sur chacun des membres de l'assistance. Louis d'Orléans, qui s'agitait depuis un instant sur son siège, frappa du poing son accoudoir.

— Assez clabaudé, chevalier ! protesta-t-il. Puisque vous prétendez avoir résolu le mystère entourant la mort de notre cousin, venez-en droit au fait ! Cette façon de nous faire lanterner est insupportable !

— Je comprends l'impatience de Votre Seigneurie, concéda Bayard, mais il était important que tous fussent parfaitement informés des tenants et aboutissants de cette affaire.

Puis, se tournant à nouveau vers Anne de Bretagne, il ajouta :

— À présent, si Votre Majesté le permet, je vais vous expliquer comment le meurtrier a procédé. Laissez-moi narrer, pour commencer, les événements tels qu'ils ont semblé se dérouler :

« Vous-même et monsieur le premier chambellan quittez ce matin-là le roi fort bien portant en son cabinet. Vous longez la galerie et atteignez presque son extrémité nord lorsqu'un cri vous fait faire demi-tour. Le roi gît sur le sol, à l'aplomb d'un linteau de pierre, blessé à la tête. Monsieur de Commynes reste auprès de lui pour le réconforter et vous-même courez quérir du secours. Las ! Quand vous arrivez, notre bon roi est déjà passé de vie à trépas. Pour tous, il s'agit d'une mauvaise chute, d'un accident aussi absurde qu'imprévisible.

« Cependant, l'émoi et la confusion aidant, nul ne songe à vérifier si les apparences ne cachent pas une autre vérité, bien plus terrible. Ce sur quoi, évidemment, l'assassin comptait pour que son crime demeurât non seulement impuni, mais tout simplement ignoré de tous.

— Faribole ! protesta le comte d'Étampes. Comment, chevalier ! Vous seul auriez su faire preuve de discernement, tandis que tous, nous aurions été trompés ?

Bayard ne se laissa pas troubler. Impassible, il poursuivit :

— Il n'y a point à s'en offusquer. Le coup fut si joliment monté qu'un instant je crus m'être abusé moi-même. Car, comme me le fit remarquer ce jour-là monsieur de Commynes lorsque je me confiai à lui, si assassin il y eut, qu'en était-il donc advenu ?

« Pour le comprendre, il suffit de changer de perspective. Non pas se dire que le meurtre est impossible, mais que c'est l'accident qui n'a pu se produire. Et pour une raison bien simple que je vous ai indiquée tout à l'heure : le roi était trop petit pour heurter l'arcade de pierre. Dès lors, la seule question sur laquelle nous devons fixer notre attention est la suivante : comment le meurtrier a-t-il fait pour s'échapper ? J'ai tout d'abord pensé qu'il pouvait exister en la galerie quelque passage secret. Mais un examen minutieux des lieux et ma visite aux archives du Cloux ont fini par me convaincre du contraire. Les fenêtres du corridor, quant à elles, étaient restées closes. Eussent-elles été manœuvrées que la reine ou monsieur de Commynes n'auraient pas manqué de s'en apercevoir. Elles grincent horriblement. Je l'ai moi-même constaté. On dirait un heaume tout de bon rouillé par les pluies. Les autres possibilités, tout aussi triviales, ne menaient à rien. Notre homme n'avait pu trouver refuge ni dans le cabinet du roi, fermé à clé, ni dans la chambre de repos attenante, qui fut inspectée aussitôt le corps découvert. Quant à l'escalier, il était inaccessible, puisque la reine s'y trouvait en compagnie des gens d'armes qu'elle ramena auprès du corps.

— Nous n'avançons guère, grommela Nemours.

— Au contraire ! Quand toutes les solutions possibles ont été écartées, c'est que le problème a été mal posé. En l'occurrence, c'est l'assassin qui nous a volontairement égarés. Alors, oublions la comédie qu'il nous a servie et faisons appel à notre raison. S'il n'a pu s'échapper de la galerie après y avoir agressé le roi, c'est que le crime a eu lieu ailleurs et à un autre moment !

Anne de Bretagne sursauta sur son siège.

— Cette fois, messire Bayard, objecta-t-elle, c'est moi qui éprouve quelques difficultés à vous suivre. J'ai entendu le roi crier. Je l'ai vu l'instant d'après gisant à terre. Comment pourrait-il avoir été attaqué ailleurs que dans la galerie ?

— Sauf le respect que je vous dois, Votre Majesté, vous faites erreur. Vous ne l'avez ni vu ni entendu. Cela, c'est la triste farce qu'on vous a jouée, afin que personne ne puisse connaître la vérité, qui est celle-ci : Charles est mort empoisonné dans son cabinet de travail, juste avant que vous n'entendiez le fameux cri.

La stupeur se lut sur le visage de toutes les personnes présentes. Voyant cela, Bayard ne put réprimer un sentiment de légitime fierté.

— Comme je vous l'ai dit, reprit-il, l'affaire fut montée avec une rare habileté. Mais laissez-moi à présent vous conter ce qui s'est réellement passé. L'assassin s'est introduit ce matin-là dans les appartements royaux. Son complice, le fameux Défeurreur, l'accompagnait. Tandis que celui-ci se cachait dans la chambre adjacente, notre homme entrait dans le cabinet du roi. Il le pouvait car il était un familier de Charles.

« Une fois dans la pièce, le félon laisse sur place l'arme diabolique qui va lui permettre d'empoisonner le roi, puis il se débrouille pour détourner l'attention des autres occupants. Il en profite alors pour subtiliser discrètement la clé du cabinet. Après cela, il ne lui reste plus qu'à quitter les lieux en compagnie de celle qui va, dès lors, lui servir à la fois de témoin et d'alibi. C'est-à-dire vous, Majesté !

Bayard marqua une pause. Les regards se portèrent alors sur Anne de Bretagne puis glissèrent en direction de Philippe de Commynes qui s'était imperceptiblement raidi sur son banc.

— Le meurtrier s'éloigne donc avec vous le long de la galerie. Son complice sort alors de la chambre. Il a revêtu pour la circonstance une pelisse grenat semblable à celle du roi. C'est lui qui s'allonge sur le sol et attend de vous savoir proche de l'escalier pour pousser le cri que vous avez attribué au roi. Le but de la manœuvre ? Brouiller les cartes et faire en sorte que, même si un doute venait à surgir sur la cause du royal décès, l'agression soit écartée comme rigoureusement impossible.

« Lorsque je compris cela, je me heurtai néanmoins à une difficulté. Comment l'assassin pouvait-il être certain que son arme aurait rempli sa fonction et surtout que le poison aurait déjà fait son effet ? Il lui fallait en effet être sûr que le roi ne serait pas en mesure, lui aussi, de réagir au cri poussé par son comparse. La réponse m'apparut lorsque je compris enfin quelle avait été l'arme employée et que je reçus confirmation par Héloïse Sanglar que certaine drogue végétale pouvait s'avérer particulièrement expéditive. D'ailleurs, je rappellerai que pour être encore plus sûr de son fait, le meurtrier a usé d'un habile stratagème afin d'obliger la reine à demeurer dans la galerie le temps nécessaire.

Observant le geste machinal que la reine fit en portant la main à sa croix pectorale, le chevalier esquissa un sourire.

— Je vois que Votre Altesse a compris ce à quoi je faisais allusion. Eh oui ! En brisant un pendentif semblable à celui que vous portez aujourd'hui, le meurtrier a gagné les précieux instants qui l'assuraient de la réussite de ses noirs desseins. Or donc, quand le cri retentit dans la galerie, Charles est déjà à l'agonie dans son cabinet. Vous vous précipitez. Commynes, car on aura compris qu'il s'agit de lui, vous devance et vous empêche d'approcher la silhouette prostrée sur le sol. Il vous prie instamment d'aller quérir du secours. Aussitôt que vous avez tourné le dos, les deux misérables se précipitent dans le cabinet de travail, auprès du vrai cadavre, et le frappent à la tête avec un gourdin de bois. C'est cette arme qui laissera dans la plaie l'écharde que le médecin, au grand dam de Commynes, finira par extraire. Et c'est aussi ce qui explique que le roi ait si peu saigné : il était déjà mort quand on l'a frappé. Ensuite, les assassins disposent le corps dans la galerie. Commynes se charge alors de fermer le cabinet à clé et de glisser celle-ci sous les vêtements du roi. Un détail qui renforce encore l'apparence du crime impossible. Puis, comme les secours sont en train de remonter par l'escalier, le comparse court se dissimuler dans l'antichambre où il se débarrasse de son manteau grenat. Le temps était, certes, compté et il fallait agir avec une grande promptitude. Mais la chose ne présentait pas de réelle difficulté. Il suffisait ensuite à ce comparse de se glisser derrière les gens qui se pressaient à votre suite. La confusion aidant, nul ne le remarqua. Et voilà comment on peut assassiner un roi et disparaître comme par enchantement !

Un lourd silence succéda à cette stupéfiante révélation. Commynes, qui était resté jusque-là comme absent, fut le premier à réagir. Il s'ébroua et applaudit des deux mains.

— Bravo, chevalier ! ironisa-t-il. La belle fable que

vous nous avez contée là ! Mais qui est le fruit de votre imagination ! Comment voulez-vous que l'on prête foi à de pareilles sornettes ?

Bayard foudroya le chambellan du regard.

— Vous oubliez les preuves que vous avez laissées derrière vous, à commencer par l'arme du crime. Et cette arme, la voici !

D'un geste ample, le chevalier tira de sous son pourpoint la missive secrète du duc de Milan et la brandit à bout de bras pour que tous l'aient bien en vue.

— Une simple lettre ! ricana le grand chambellan. Mais à qui voulez-vous faire croire une telle énormité ?

— Par exemple ! surenchérit Louis d'Orléans dont la nervosité allait manifestement croissant. Je voudrais bien savoir en effet par quel prodige cette feuille de papier a pu se transformer en arme mortelle !

Bayard fit la moue.

— Nul prodige en cette affaire, monseigneur, mais le fruit d'une intelligence malfaisante et dévoyée. Car il faut reconnaître que l'idée d'utiliser ce document relevait du trait de génie. En remettant au roi, le matin du crime, cette correspondance secrète et urgente, Commynes s'assurait non seulement que Charles VIII resterait dans son cabinet, mais aussi qu'il ne perdrait pas un instant pour en prendre connaissance. Et c'est précisément cet empressement qui lui fut fatal. Car voyez-vous, cette lettre, ou plutôt le sceau qui la fermait, a été trafiqué. Une lame particulièrement coupante et enduite de poison a été coulée dans la cire, de sorte que toute personne brisant le cachet s'inocule elle-même la drogue mortelle.

— Tout ceci est faux ! s'insurgea Commynes. Si j'étais l'esprit fourbe que vous dites, jamais je n'aurais été assez fol pour laisser cet écrit dans le cabinet du roi, une fois mon but atteint ! C'est vous, vous qui avez tout manigancé pour tenter de disculper la femme dont vous vous êtes entiché !

— Silence, misérable ! gronda Bayard en se tournant vers le grand chambellan. Je ne doute pas que vous ayez tenté de faire disparaître cette preuve. Cela vous était aisé, puisque vous aviez, comme moi, accès aux petits appartements pour les besoins de l'enquête. Mais vous ne l'avez pas retrouvée. Pourquoi, me direz-vous ? Toute simplement parce que Charles VIII, agonisant, a pris soin de préserver la lettre qui désignait son meurtrier. Il l'a tout bonnement dissimulée dans le dossier de son fauteuil avant de s'écrouler, foudroyé... Par un juste retour des choses, c'est bien cette missive qui m'a, en définitive, mis sur la voie. Après avoir appris, hier, de la bouche même de Giacomo Nutti, qu'il vous l'avait remise dès son arrivée à Amboise, c'est-à-dire six jours avant l'assassinat du roi, j'ai compris que je tenais le premier fil de l'écheveau. Pourquoi aviez-vous attendu presque une semaine pour remettre à votre souverain un pli dont vous-même aviez souligné l'extrême urgence ? C'était incompréhensible. Et j'ai fini par me demander si la remise de la lettre au roi, quelques instants avant sa mort, pouvait être une simple coïncidence. Mais même alors, je ne pouvais me résoudre à voir en vous un vulgaire assassin.

— Qu'est-ce qui a achevé de vous convaincre, chevalier ? demanda Anne de Bretagne dont le visage, livide, offrait un contraste saisissant avec ses habits de deuil.

— Le témoignage du Défeurreur que j'évoquais un instant plus tôt. Au moment de mourir, sans doute par souci de racheter ses fautes, celui-ci m'a livré l'identité de son comparse. Certes, je dois reconnaître que je n'ai pas tout de suite saisi le sens de sa confession. Incapable de prononcer un mot, il m'avait désigné une toile d'araignée sur le mur de la chambre. C'est seulement ce matin, Majesté, quand vous avez eu la bonté de m'offrir une médaille que vous teniez du père de votre époux que j'ai compris ce que cela signifiait. L'aragne*, je ne vous apprends rien, est le surnom que ses ennemis avaient donné au roi Louis XI. Bien entendu, ce n'est pas lui que voulait désigner le Défeurreur, mais son plus proche conseiller, un dévoué serviteur du royaume, en fait le pire des renégats, j'ai nommé : Philippe de Commynes, ici présent !

— Il est un peu trop facile de faire parler les morts ! risqua encore le chambellan, mais on devinait au son de sa voix que lui-même ne se faisait plus guère d'illusions sur ses chances de convaincre l'assemblée.

— Qu'à cela ne tienne ! railla Bayard. Vous voulez une dernière preuve matérielle ? Je la tiens à votre disposition. Il s'agit du manteau grenat laissé dans l'antichambre après qu'il eut servi à tromper la reine. Celui-là, je comprends que vous n'ayez pas tenté de le récupérer, car vous auriez eu bien du mal à le dissimuler aux gardes en faction dans la galerie. Et puis l'idée que vous aviez eue, consistant à le retourner de façon que seule la doublure fût apparente, pouvait vous sembler une précaution suffisante, mais elle n'aura pas suffi à me tromper.

— Vous êtes le diable ! rugit Commynes. Dieu m'est témoin…

— Taisez-vous, misérable ! le coupa Bayard. Avant d'en appeler à Dieu et diable, il vous faudra répondre de votre félonie devant la justice des hommes !

Épilogue

Ce fut la seule véritable erreur commise par le chevalier au cours de cette ténébreuse affaire.

Le soir même, alors que Bayard venait de confier Héloïse aux bons soins de la dévouée Ermeline et de raccompagner les deux femmes à la Vipère Couronnée, un sergent vint le prier de se rendre au château, sur mandement de la reine.

Anne de Bretagne le reçut, comme la première fois, dans sa propre chambre. Elle commença par louer son dévouement et le félicita d'avoir fait toute la lumière sur la mort de son époux. Puis elle l'invita à prier à ses côtés, dans son oratoire privé, afin de rendre grâce au Seigneur pour ses bienfaits et son soutien, sans lequel rien de grand en ce monde ne serait possible.

Profondément ému, Bayard avait du mal à réaliser que lui, modeste nobliau de province, était ainsi admis dans l'intimité de sa souveraine et traité par elle avec les égards réservés, d'ordinaire, aux plus grands noms du royaume. Il savourait ce privilège, sachant bien toutefois que sa nature profonde et son goût des choses simples ne le destinaient pas à mener une existence de courtisan. Il n'était pas taillé pour la subtilité des intrigues de palais, mais plutôt pour le fracas des champs de bataille et la rude camaraderie des armées en campagne.

Il en reçut confirmation, un instant plus tard, quand Anne de Bretagne, après l'avoir fait asseoir face à elle, s'adressa à lui d'une voix empreinte de solennité mais où perçait néanmoins une certaine gêne :

— Après vous avoir remercié pour tout ce que vous avez accompli, il me faut cependant, chevalier, exiger encore davantage de votre loyauté. Vous devez jurer sur les saintes Écritures de ne jamais dévoiler ce que vous avez découvert au sujet de la mort du roi. Afin de préserver la paix du royaume, il convient en effet que la mort de Charles demeure, pour tous ceux qui n'ont pas assisté au conseil de ce soir, un simple accident. J'imagine que vous comprenez ce que cela implique. Il n'y aura jamais de procès. Philippe de Commynes ne répondra de son crime devant aucun tribunal en ce bas monde.

Bayard eut l'impression qu'un cataclysme s'abattait sur lui. Son sang se figea dans ses veines. Les murs de la chambre royale se mirent à tanguer. Comment ?! Ce scélérat qui avait assassiné son souverain, qui avait laissé torturer une femme qu'il savait innocente pour la pousser à endosser son propre crime, qui avait ensuite, faute d'aveux, poussé la fourberie à son comble en jouant les dévoués protecteurs, ce lâche allait échapper au juste châtiment qu'il méritait cent fois !

— Je comprends votre désappointement, messire Bayard. Même si cela peut vous paraître dérisoire, sachez bien que Commynes sera banni à tout jamais de la cour. Il devra se retirer définitivement en ses terres et tâcher d'y obtenir le pardon de Dieu pour ses péchés, le seul qui compte vraiment. Pour un homme tel que lui, ne plus être aux affaires sera peut-être la plus douloureuse des punitions.

— Pourquoi… pourquoi une telle mansuétude ? s'enquit péniblement Bayard.

Le regard de la reine se voila.

— Il n'est point question en cette affaire de mansuétude. Et puisque votre fidélité et votre bravoure méritent notre plus haute considération, il me faut vous parler franchement. Commynes, vous devez vous en douter, n'a pas agi seul mais pour le compte d'un autre. Peut-être même sur son ordre. Si son crime venait à s'ébruiter, on ne manquerait pas de s'interroger sur l'identité de celui qui avait intérêt à voir Charles disparaître. Un nom viendrait sur toutes les lèvres.

— Votre Majesté ne veut tout de même pas parler de…

— Pas un mot de plus, chevalier ! l'interrompit la reine. Ce nom précisément ne doit pas être prononcé. Cela ne se peut. L'intérêt du royaume prime sur toute autre considération. Songez que moi-même, je pourrais avoir à unir, demain, ma destinée à cet homme auquel nous songeons tous les deux[1]. Imaginez de quel poids le silence pèsera alors sur mon âme et consentez à en

1. En vertu des clauses de son traité de mariage, Anne, demeurée sans enfant viable, se devait d'épouser le nouveau roi de France. Le temps pour Louis d'Orléans, devenu Louis XII, de faire annuler sa première union avec Jeanne de France, et son mariage avec Anne de Bretagne fut effectivement célébré le 7 janvier 1499.

prendre votre part. Pour le cœur souffrant d'une femme qui se trouve être votre reine et pour la grandeur du royaume, je vous demande d'engager votre parole, messire Bayard.

Sur ces mots, la reine se leva et s'en alla quérir une bible sur son prie-Dieu. Quand elle revint auprès de lui, Bayard semblait avoir vieilli de dix ans. Il se prit le visage entre les mains. Ses yeux sombres contemplaient obstinément le parquet de chêne. Ils étaient fixes et inexpressifs. Les paroles d'Anne de Bretagne lui étaient parvenues de très loin, d'entre les brumes d'un mauvais rêve. Jurer le silence, c'était perdre Héloïse. Jamais il n'oserait se présenter à nouveau devant elle, après avoir manqué à la promesse qu'il lui avait faite de punir tous les responsables de la mort de son père.

— Je comprends ce que vous ressentez, messire Bayard, dit alors Anne de Bretagne, et chaque jour que Notre Seigneur voudra bien m'accorder sur cette terre, je prierai pour vous.

Tremblant, le visage défait, le chevalier posa lentement sa main droite sur le livre sacré… et il jura.

NOTE HISTORIQUE

Bayard et le crime d'Amboise propose une explication purement imaginaire, mais somme toute plausible, de la mort brutale de Charles VIII, survenue le 7 avril 1498 en son château d'Amboise. Ce décès se trouve rapporté par Philippe de Commynes lui-même dans le livre huitième des fameux *Mémoires* qui lui ont valu de passer à la postérité. «*Estant le roy en cette grande gloire, quant au monde, et en bon vouloir, quant à Dieu, le septiesme jour d'avril, l'an mil quatre cens quatre vingts dix huit, veille de Pasques Flories, il partit de la chambre de la royne Anne de Bretagne, sa femme, et la mena quant et luy pour voir jouer à la paume ceux qui jouoient aux fossés du chasteau, et il ne l'y avoit jamais menée que cette fois. Et entrèrent ensemble en une galerie, qu'on appelloit la galerie Hacquelebac, parce que ledit Hacquelebac l'avoit eue autrefois en garde : et estoit le plus déshonneste lieu de léans, car tout le monde y pissoit et estoit rompue à l'entrée : et s'y heurta le roy, du front, contre l'huys, combien qu'il fust bien petit, et puis regarda une grand'pièce les joueurs, et devisoit à tout le monde. Je n'estoye point present, mais sondit confesseur, l'évesque d'Angers, et ses prochains chambellans le m'ont conté : car j'en estoye parti huit jours avant, et estoye allé à ma maison. La dernière parole qu'il prononça jamais en devisant en santé, c'estoit qu'il dit avoir espérance de ne faire jamais pesché mortel, ni véniel s'il pouvoit ; et, en disant cette parole, il chut à l'envers et perdit la parole (il ne pouvoit estre deux heures après midy), et demoura là jusques à onze heures de nuit.* »

On notera la façon singulière dont le chroniqueur insiste sur son absence à Amboise au moment du décès du monarque. Quand on sait que cette dernière partie des *Mémoires* est celle pour laquelle on relève les plus nombreuses traces de retouches, on admettra qu'il était tentant pour l'auteur de laisser libre cours à son imagination… Ce dernier reconnaît seulement trois entorses, d'importance inégale, à la vérité historique. La première concerne la fameuse galerie Hacquelebac où Charles VIII reçut un choc fatal à la tête. Celle-ci ne desservait pas les petits appartements du roi. Il s'agissait d'un passage fort mal commode et d'ordinaire réservé aux serviteurs. Il fut emprunté, ce funeste jour d'avril 1498, par le roi et la reine uniquement en raison des multiples travaux d'embellissement qui rendaient impraticables de nombreuses parties du château d'Amboise. Autre entorse, somme toute légère, à la vérité historique : les circonstances exactes de la mort de Charles VIII. Tous les témoignages concordent avec celui de Commynes pour établir que le roi survécut plusieurs heures au choc qui lui coûta la vie. Mais en eût-il été autrement s'il s'était effectivement agi de dissimuler un régicide en simple accident ? Enfin, la dernière liberté que nous avons prise avec l'histoire, telle que la rapportent les manuels, concerne l'avènement de Louis d'Orléans. Il n'apparaît nulle part que ses droits légitimes à la Couronne aient été contestés. Certes, il était entré en rébellion ouverte contre le pouvoir royal du temps de la régence d'Anne de Beaujeu, mais, même si certains hauts seigneurs virent d'un mauvais œil cet ancien mauvais sujet monter sur le trône, les droits du sang ne laissaient aucune place à la dispute.

Le lecteur curieux qui désirera en savoir plus sur l'époque évoquée dans ce livre, ainsi que sur les personnages historiques mêlés à la trame romanesque, pourra consulter avec profit les ouvrages et le site internet ci-dessous :

Bastard-d'Estang, Vicomte, 1858. *Les Parlements de France, essai historique*, Didier et Cie, Paris.

Benézet, Jean-Pierre, 1999. *Pharmacie et médicament en Méditerranée occidentale (XIIIe-XVIe siècles)*, Éditions Honoré Champion.

Blanchard, Joël, 2006. *Philippe de Commynes*, Fayard.

Bouvet, Maurice, 1937. *Histoire de la pharmacie en France des origines à nos jours*, Éditions Occitania.

Commynes (de), Philippe, 2007. *Mémoires*, édition critique par Joël Blanchard, Droz.

Hale, John R., 1998. *La Civilisation de l'Europe à la Renaissance*, Perrin.

Jacquart, Jean, 1987. *Bayard*, Fayard.

Jouanna, Arlette, et coll., 2001. *La France de la Renaissance*, Robert Laffont.

Labande-Mailfert, Yvonne, 1986. *Charles VIII*, Fayard.

Le Fur, Didier, 2006. *Charles VIII*, Perrin.

Le Fur, Didier, 2001. *Louis XII*, Perrin.

Pigaillem, Henri, 2008. *Anne de Bretagne*, Pygmalion.

Quilliet, Bernard, 1986. *Louis XII, père du peuple*, Fayard.

Thieffry, Francine, 2000. *L'Art de vivre dans les châteaux à la Renaissance*, Ouest-France.

Tourault, Philippe, 2004. *Anne de Bretagne*, Perrin.

Vendrix, Philippe, 1999. *La Musique à la Renaissance*, Presses universitaires de France.

Et le site internet : www.renaissance-amboise.com

GLOSSAIRE

À jambes rebindaines : les quatre fers en l'air
Affiquets : robes, agrafes d'ornement pour tenir un vêtement
Aragne : araignée
Arpent : unité de mesure, vaut environ 71 mètres
Avant prime : avant l'aurore
Besacier : maraudeur
Biclarel : loup-garou
Boteculer : bousculer
Brodequins : méthode de torture qui consistait à faire éclater les os des jambes à l'aide de coins de bois enfoncés à coups de maillet et pouvait laisser la victime estropiée à vie
Cagot : faux dévot
Caponne : lâche, poltronne
Chapon maubec : poltron à mauvaise langue
Charnognes : sortilèges
Cigain : tzigane
Cliquailles : pièces de monnaie, argent
Compain : ami
Contrester : résister
Coquardies : sottises
Coquebert : nigaud, stupide

Coquefabuse : fourberie
Cordelles : intrigues
Crochet : voleur
Déportement : mauvaise conduite
Destourber : troubler
Donner dans le godant : tomber dans le piège
Donoyer : courtiser
Ébanoyer (s') : se divertir
Emberlucoquer : attirer dans un traquenard
Escorge : fouet
Esforcer : violer
Essoinne (en cette) : en cette affaire
Estour : combat
Estropiat : bandit
Faire le fendant : faire le beau, le fier
Falourdeur : prétentieux
Fouaille : bois de chauffage
Fredain : scélérat
Galapian : vaurien, vagabond
Hucher : crier
Jacqueline : une bouteille de vin
Jaser : parler avec médisance
Jeu de table : sorte de trictrac qui était alors très répandu dans les châteaux et se pratiquait sur une table avec des tiges, des dés et des pions
Latinier : précepteur
Looch : mot arabe qui désignait un médicament liquide, de la consistance d'un sirop épais. Cette forme était particulièrement adaptée aux affections des voies respiratoires. On faisait sucer le remède aux malades avec un bâton de réglisse
Miséricorde : sorte de poignard d'arçon
Muguet : galant

Pomme indigne: nom donné autrefois à l'aubergine
Porter l'écu en chantel: montrer sa face extérieure
Poudre de succession: un poison
Poulaines: chaussures fines, allongées et exagérément pointues, en vogue aux XIVe et XVe siècles
Pourpenser: méditer
Questionnaire: nom donné au tourmenteur chargé d'administrer la question aux prisonniers
Râteleur: personne chargée, dans les villes, de dégager au petit matin le milieu de la chaussée, où les immondices de la veille s'amoncelaient dans des rigoles centrales
Sellette: siège qui était disposé en général dans le prétoire des tribunaux criminels et sur lequel on faisait asseoir l'accusé pour subir son dernier interrogatoire, d'où l'expression *être mis sur la sellette*
Sorcerie: sorcellerie
Tenetz (jeu de): autre nom du jeu de paume, à l'origine du mot tennis
Tierce: vers 9 heures
Toise: unité de mesure, vaut environ deux mètres
Vergoigner: faire honte, déshonorer
Vergonde: pudeur

Table

DU MÊME AUTEUR
AUX ÉDITIONS DU MASQUE :

Le Piège de verre, 2018
Le Disparu de l'Hôtel-Dieu, 2019
Par deux fois tu mourras, 2020
La Fureur de Frédégonde, 2021

PAPIER À BASE DE FIBRES CERTIFIÉES

Le Livre de Poche s'engage pour l'environnement en réduisant l'empreinte carbone de ses livres. Celle de cet exemplaire est de :
200 g éq. CO_2
Rendez-vous sur www.livredepoche-durable.fr

Composition réalisée par Soft Office

Achevé d'imprimer en juin 2024, en France par
Maury Imprimeur – 45330 Malesherbes
Dépôt légal 1re publication : novembre 2022
N° d'impression : 277924
Edition 07- juin 2024
LIBRAIRIE GÉNÉRALE FRANÇAISE
21, rue du Montparnasse – 75298 Paris Cedex 06

70/3956/1